不審者

伊岡　瞬

集英社文庫

不審者

序章

《激しく降る雨が、すべてを濡《ぬ》らしている。

「お願い、もう許して」

全身ぐしょ濡れの、トレンチコートを着た女は振り向き、泣きながら懇願した。

十二階建てビルの屋上、そこで行き止まりだ。柵もない。彼女の足の先にはもう踏みしめるべきものは何もない。はるか下方に、ビルの明かりを反射して黒く光る、濡れた都会のアスファルトが見える。

「お願い、助けて」

その頬を伝うのが雨なのか涙なのかわからない。聞こえない。おれの心は何も聞こえない。もっと泣け。おまえに冷たくされて、おれの心はどれほど傷つき血の涙を流したことか。いまこそ思い知るがいい。

ボウガンの引き金に指をかけたとき、いつか読んだ本の一節が頭に浮かんだ。

「おまえが長く深淵《しんえん》を覗《のぞ》き込むとき、深淵もまたおまえを覗き込む」

何をいまさら。覗き込むどころか、とっくに深淵の底をはいずりまわっている。

おれは引き絞ったボウガンの矢を、女の腹のあたりに向け、引き金に力を込めた――。》

折尾里佳子《おりおりかこ》は、そこでいったん視線を上げ、冷めかけたコーヒーに口をつけた。

四百字詰め原稿用紙換算で八百枚近い長編小説、『遥《はる》か深き夜の底から』もようやく終盤にさしかかってきた。ゴールが見えてきたことにはほっとするが、ミステリーは、むしろこのあたりから一層気が抜けない。

有名なニーチェの言葉の引用部分は、念のためあとで確認しておこう。次に個別の表現だ。

折尾里佳子は、《柵もない》の右脇に縦線を引き、そこから行間を縫って、上部の余白まで引き出し線を伸ばした。

《原則としてビルの屋上には柵が必要であると思われますが、ない理由を説明しなくてよろしいですか。添付資料⑨参照》と書き込む。プリントアウトした、『建築基準法施行令』の『第百二十六条屋上広場等』の項目を添えるつもりだ。

柵があろうとなかろうと、話の本筋には関係ない。むしろ、この場面でそんな説明を加えては、テンポを削《そ》ぐことにもなる。蛇足かもしれない。しかし、それはそれ、なのだ。

　作者の反応の予測はついても、訂正や加筆の可能性を指摘することがこの仕事だ。感謝されることもあるが、憎まれ役だと感じることもある。

　ここまで雨の夜の陰惨なシーンが続いて、少し神経が疲れた。ひと休みしようかと、視線を上げた。

　のけぞるように椅子の背もたれを鳴らし、指で眉間《みけん》のあたりをつまんで揉《も》みほぐす。

　仕事机は壁に面していて、自分で取りつけたボードには、メモがびっしりと張り付けてある。

　右に顔を向ければ、ほぼ真南に向いた庭に面したベランダがあり、レースのカーテン越しにそろそろ西に傾きかけた初夏の光が差し込んでいる。作業中の作品世界とはまったく異質の、明るく平和な世界が広がっている。

　里佳子たちが暮らしている部屋は、マンションの一階にあって、ささやかな専用庭がついている。

　この庭はいわゆる生活道路に面しており、道路の向こう側は小さいながら公園になっている。つまり邪魔をする建物がないので、たっぷりと日が差し込んでくる。季節によっては朝日も夕日も見ることができる。真夏はその長い日照時間を迷惑に感じることもあるが、少なくとも今は一年で一番気持ちのいい季節だ。

子どもたちの歓声が聞こえてくる。そういえば、きょうは日曜日だった。会社を辞めて何年になるだろう。最近は、とっさにきょうが平日なのか週末なのか戸惑うことがある。あえていうなら、夫が家にいるかいないかぐらいの差だ。

日曜日だが、夫はいない。接待というほど大げさではないらしいが、会社の人間たちとゴルフ大会だそうだ。夜はともかく、昼間仕事に集中していると、寂しいとかつまらないという感情はほとんど湧かない。

きょうの作業は、予想よりもだいぶはかどった。全体の進捗も予定よりいい。こんな日の夕方は、疲労感と同時に充足感が湧き上がってくる。期限まであと三日あるが、うまくいけば明日中にはほぼ終えるだろう。

ふと机上のデジタル時計の時刻を見て、ベビーベッドに視線を移した。ミルクを飲ませてから、すでに一時間近く経っている。これはもう性分といってもいいのだが、熱中するとほかのことが見えなくなる癖がある。

幸い、ぐっすり寝込んでいるようで、ぐずりもせず静かだ。

「洸《こう》ちゃん、きょうはずいぶんいい子ね。外はいいお天気だよ」

起こさないよう小さく声をかけ、窓の外に目を向ける。晴れてはいるが、いつのまにか風が強くなったようだ。そういえば、少し前から、ひゅうひゅうと風がすり抜けてゆく音が聞こえていた。二年前、結婚と引っ越し記念を兼ねて植えた、庭のオリーブの若木も、枝だけでなく幹ごと揺れている。

「なんだか、荒れ模様なのかな」

両手を上げ、伸びをしながら立ち上がった。まだ起きる気配がない。せっかく寝ているなら、もう少し起こさないでおこうか。でも少しだけ顔が見たい。ゆっくり近づく。

「パパさんのゴルフの調子はどうかな。この風だとOB連発でまた最下位かもね。ブービーメーカーって言うんだよ。なんだか、赤ちゃんの玩具《おもちゃ》みたいな名前だね」

ベビーベッドの柵に手をかけて覗き込んだ。

「あ、いけない」

うつぶせに寝ている。生まれてほぼ半年、まだ寝返りは打てないと思っていたのに、赤ん坊の成長は早い。でも、慣れないうつぶせは危険だと聞いたことがある。あわてて、抱き上げる。

淡いブルーのロンパースの、尻のあたりがぐっしょりと重い。おむつが汚れているようだ。気持ちが悪くてもがいたのだろうか。

「ごめんね、取り替えようね」

違和感に、首筋あたりの産毛がざわつく。赤ん坊を抱いた感じが、いつもとなんとなく違う。妙にぐったりしている。

「洸ちゃん、洸ちゃん」

抱きかかえたまま声をかけるが、反応がない。目を閉じたままだ。あらためて顔を覗き込み、顔から血の気が引いていく感じがした。まるで人形のようだ。

「洸ちゃん。洸ちゃん」

げっぷをさせるときのように、抱きかかえて背中を叩《たた》くが反応はない。

名前を呼ぶ声がしだいに泣き声に変わる。

「起きて。起きて。お願いだから起きて。ごめんね、ごめんね」

際限なく背中を叩き続ける。謝罪の言葉は、やがてただの嗚咽《おえつ》に変わる。


ドアが開き、閉まる音。

「ごめんごめん、遅くなった。いや、ひどい風で、さんざんだったよ」

呑気《のんき》な声が近づいてくる。夫の秀嗣《しゅうじ》が、会社のゴルフ大会を終えて帰宅したとき、里佳子はすでに暗くなったリビングのソファに、明かりもつけずに座っていた。

窓の外では嵐のような強風が吹き荒れている。

テーブルの上には、中身の減っていない哺乳瓶が転がっている。腕の中の赤ん坊は、さっきからまったく動いていない。

リビングに顔を出した秀嗣が一瞬たちすくむ。

「ああ、びっくりした。暗いじゃないか」

壁にあるライトのスイッチを入れた秀嗣の口調が変わった。

「里佳子——。どうかしたのか」

里佳子は、ようやく顔を上げて夫の顔を見た。

「洸ちゃんが、変なの。ミルク飲まないんだ」

「飲まないって。寝てるんじゃないのか」

「わからない」

ゴルフバッグを壁に立てかけた秀嗣が近づいて、里佳子が抱きかかえているものを覗き込んだ。秀嗣の体から、汗と風と埃《ほこり》の臭いがした。

秀嗣が、「おい、おい」とまだのんびりした声をかけながら、その頬を指先でそっとつつく。微笑《ほほえ》みの残っていた目が真剣になる。

「これ。なんだか、変じゃないか」

秀嗣の口調が強張《こわば》っている。

「だから言ってるでしょ。変なのよ」

「だから、って——」

秀嗣が急に早口で何か言いながら、赤ん坊を奪おうとした。里佳子は渡すまいと必死に抱きしめる。

「やめて、やめて」

秀嗣はあきらめたらしく手を放し、どこかへ電話をかけた。

「――あ、あの、119番ですか。――はい、病気だと思います。子どもが、赤ん坊が変なんです。すぐに来てもらえますか。――はい、住所はですね――」

里佳子は、つなぎの服を着た赤ん坊を、ゆっくりと揺らしながら、ふだん寝かしつけるときに歌う子守唄を、くちずさんだ。ミルクを飲んでもまだぐずるとき、この歌を歌うと、赤ん坊はいつも気持ちよさそうに眠りに落ちてくれる。いまはただ、深く眠っているだけなのだ。

どこからか、サイレンが聞こえてくる。風に乗って、強くなったり弱くなったりしている。

気にしないでゆっくり眠っていいよ。大人になると、嫌なことがたくさん待っているからね。

お外は風が吹いているよ。とても強く吹いているよ。

1

《佳貴《よしたか》はボトルから直接ミネラルウォーターを飲み下しながら、腕時計に目をやった。チェックアウトまであと十五分しかない。なのに沙織《さおり》はまだ裸で寝ている。》

折尾里佳子は、たったいま先を尖《とが》らせたばかりの鉛筆で《腕時計》の右脇に縦線を引き、鉛筆で線を引き出す。

その先に十一ポイント程度――せいぜい四ミリ四方――の濃すぎない文字で、《前章でシャワー前に腕時計を外し済。念のため。cf. P.125, L.12》と書いた。１２５ページの12行目をご参照ください、という意味だ。この箇所で、佳貴は腕時計を外し、ホテル備え付けの小さなテーブルの上に投げ出したことになっている。

さらに《裸で》の脇にも同じように縦線を引き、同様に、《同じく前章で沙織が『せめてガウンぐらい脱がせてよ』と発言していますが、その後脱いだと考えてよろしいですか。cf. P.127, L.8》と書く。

現在、『衆星出版《しゆうせい》』から初校をまかされている、『蒼《あお》くて遠い海鳴り』の一節だ。

このあたりは、作者の玉木由布《たまきゆう》も興奮気味に書いたのか、誤変換や脱字、重複、さらに展開の矛盾などが多く、すでに余白が鉛筆による指摘でいっぱいになってきた。

この作者の作品をまかされるのは六年ぶりだ。前回の作品名は、『遥か深き夜の底から』だった。そういえば、あれはたしか――。

頭を小さく左右に振って、雑念を追い払う。特に、仕事の邪魔になりそうな余計な感情は。

噂《うわさ》では、玉木由布という作家は感情を露《あら》わにするタイプらしい。ちなみに、女性的なペンネームだが、彼は五十代半ばのやや太り気味の男性だ。里佳子は直接話したことはないが、以前打ち合わせで衆星出版を訪れたとき、通路ですれ違ったことがある。瞼《まぶた》が重そうに垂れていて、どこを見ているのかわからないぐらい目が細かった。

そのあと、編集者の村野《むらの》と会議室での打ち合わせを終えて、雑談になった。

「さっきすれ違ったのは、玉木由布さんですか」

スマートフォンをチェックしていた村野が、長めの髪をかき上げて「ええ」と答えた。

「そうです。折尾さんにお願いしたこと、ありましたっけ？」

「はい。何年か前に」

そのときの担当は村野ではなかった。村野は黒縁のメガネを外し、頭の後ろで両手を組むような恰好で、椅子にもたれかかった。

「玉木さんの場合、半分以上は、『ママ』で戻ってきますね」

内緒話とか悪口というほどの感じもない。単に事実を述べている、といった口調だ。

この場合の『ママ』とは、校閲者ないし編集者の指摘——慣例で〝えんぴつ〟と呼ぶことも多い——に対し、「訂正はせずにそのまま進めてくれ」という作者側の意思表示だ。もう少し悪く解釈すれば「余計なお世話だ」になる。

里佳子のような校閲担当者のチェックのあと、「著者校」と呼ばれる作者自身による校正作業が待っている。さきほどのような細かい指摘をしても、「粗《あら》探しするな」と言わんばかりに、赤ペンで×印をつけるだけでなく、三十六ポイントはありそうな大きさで《ママ》と書き殴る作家は多い。

校閲者は著者校の結果をいちいち聞くわけではないが、再校を担当したとき、修正の赤字を見ればおよその想像はつく。

誤字脱字はともかく、作家が内容の矛盾について我を通す理由はたぶんふたつだと、里佳子は思っている。ひとつは多少の整合性のために、物語全体のスピード感を落としたくない場合。たとえば腕時計をいつはめようが外そうが、本筋にはほぼ関係ない。いまが何時かがわかればそれでいいのだ。

もうひとつの理由はもっと単純で、プライドが傷つくからだろう。つまり「意味があって書いた文章にケチつけるんじゃない」という感情だ。

ほかの校閲者とあまり突っ込んだ話をしたことはない。里佳子は、大部分を『ママ』で突き返されようと、わざと別の表現に変えられようと、気にはならない。いや、気にしないようにしている。あくまでも仕事だ――。

意識が机の上に戻ってくる。

マグカップに手を伸ばし、口もとに当てたが中身がなかった。二杯目が空だ。

最近、ちょっとコーヒーを飲みすぎだなと思うのだが、やはり日本茶でも紅茶でもなく、このローストした豆の匂いになんとなく神経が休まる。打ち合わせや資料探しで都心に出たときに、デパ地下や専門店で買ってくるのがささやかな贅沢《ぜいたく》だ。

それを毎朝、三杯分ドリップするのが日課になっている。夫の秀嗣が出かける前に一杯飲み、残りの二杯分を里佳子が飲む。以前はこの分量で午後までもっていたのだが、最近は昼食前になくなってしまうことが多い。自分ではあまり意識しないようにしているが、このところ、少しずついらいらが溜《た》まってきている。

その原因が何なのかはわかっている。わかってはいるが、簡単に解決できる問題ではない。それどころか、夫にもあまり露骨に相談できないし、うっぷんの晴らしかたもよくわからない。

まあ、しかたがない――。

子どものころから、避けようがない障壁が現れると、そんなふうにあきらめて受け入れるか、当面はそもそもなかったことにする癖がついてしまった。

無意識のうちに、自分で首の付け根のあたりを揉んでいた。

二十代のころは、何時間机に向かっていても、肩が凝ったことなどなかった。それが、最近、張りを感じるようになってきた。今年の誕生日で三十三歳になる。まだ、「歳のせいで」という年齢ではないだろう。単に運動不足だな、と反省する。あの人みたいにヨガでも始めてみようか——。

現実世界に引き戻されたついでに、机の隅に置いた電波時計で時刻を確認する。午前十一時二十九分だ。

きょうは水曜日だから、幼稚園に通うひとり息子の洸太《こうた》は早帰りの日だ。あと二十分もすれば帰ってくる。

どうしようかな——。

果てしなく続くように思われた、今年の長いゴールデンウィークが終わって間もない。ようやく「日常」のペースに戻りつつある。

もう少し先へ進めておきたい未練はあったが、里佳子は午前中の作業をここで一区切りつけることにした。もう一度作品の世界に入って、再び現実に戻ってくるには少し時間が短すぎるからだ。

それに、お迎えに遅刻するわけにはいかない。いっときたりとも、子どもから目を離してはならない。せっかく在宅の仕事をしているのだから、本当は幼稚園にも行かせず、目の届くところにおきたい。しかし、夫の秀嗣が「小さいうちから集団生活に慣れておかないと、大人になって苦労する」と反対する。

たしかに、それも一理あるとは思う。あまり過保護に育てた野菜は実を結ばないと、いつかの小説にも書いてあった。それに、息子が幼稚園に行っているあいだは、仕事がはかどるのも事実だ。

とにかく今は、昼食の支度を済ませてしまおう。

昼食は蕎麦《そば》にしようと思っていた。朝からからっと晴れて、五月にありがちな汗ばむほどの陽気だ。さっぱりしたものが食べたい。洸太も冷たい蕎麦が大好きだ。反対はしないと思うが、念のため義母の治子《はるこ》にも声をかけておくことにした。

悪気はないのだろうが、たまに「あら、きょうはパンが食べたかったのに」などと言うときがあるからだ。

夫の秀嗣は、里佳子のひとつ年上で今年三十四歳になる。治子は割と遅めの四十一歳で秀嗣を産んだ。つまり、今年で七十五歳だ。そろそろ老いが気になる年齢だ。

結婚後二年間暮らしたマンションから、六年前に秀嗣の実家であるここへ越してきた。洸太が生まれた年だ。里佳子たち夫婦の都合もあって、同居することになった。

たしかに、洸太が赤ん坊だったころは、助かったこともある。しかし同居が長くなるにつれ、お互いの我が出てきて摩擦も増えた。つまり、目下の里佳子のストレスの一番の原因が、この義母との同居だ。

治子の居室は一階で、リビングに隣接した十畳の和室だ。尺貫法でいえば一間《けん》半ある掃き出し窓は庭に面しており、サンルーム風の二畳ほどの板の間もついている。もとは客間として使っていたところだが、日当たりが良いし、階段の上《のぼ》り下りは億劫《おっくう》なだけでなく危険だというので、同居を機にここで寝起きしている。

ただ、隣り合ってはいても、リビングと直接行き来はできず、一度廊下に出なければならない。ちょうどよい距離感だ。

「お義母《かあ》さん、お昼はお蕎麦でいいですか」

部屋の外から声をかけてみた。中からは、ここ最近治子が凝っている、ヨガの若い女のインストラクターの声が聞こえてくる。このDVDを見るために、春先に、操作の簡単なプレイヤーを秀嗣がセットした。それ以来、欠かせない日課になっている。

もっとも、ヨガといっても「高齢者向け」という謳《うた》い文句で、里佳子も脇で二度ほど見たことがあるが、いわばストレッチのようなものだ。

「けっこうですよ」

引き戸の向こうから、運動の途中らしき声が返ってきた。凛《りん》とした、といえば聞こえはいいが、負けず嫌いで気が強い、という表現もできる。

　秀嗣がたまに語る昔ばなしでも、治子が態度の悪い店員をやり込めたであるとか、自転車を盗まれたと届け出たときの応対が悪いと警官に食ってかかっただとか、武勇伝にはことかかない。夫婦喧嘩《げんか》も絶えることがなく、ほとんどの場合、治子のほうが優勢だったという。里佳子の両親の力関係が一方的だったのとは正反対だ。

「だけど、あれでもずいぶん丸くなったんだぜ」と秀嗣は苦笑する。

　もしも「あれ」以上だったら、初めから同居はしていなかっただろうと思うが、わざわざ口には出さない。仮の話をして、それがもとで不愉快になってもしかたないからだ。

　幼稚園バスが来る時刻までに、一度湯を沸かし、薬味の用意をしておく。長ねぎと、買っておいた茗荷《みょうが》を刻む。

　洸太はまだ五歳のくせに、茗荷が大好きだ。義母がそれを見るたび、わずかに眉をひそめて、「なんだか秀嗣の小さいころと一緒ね」と言う。秀嗣も子どものころから茗荷が好物だったらしい。だから何、ということもなく、いつも話はそこで終わる。

　洸太は家でお昼を食べたあとは、まるでパソコンをシャットダウンするように、こてっと昼寝をする。そんなところも、似ていると言えば似ている。もっとも、幼稚園ではそんなことはないらしいから、家だと安心するのだろうか。

その昼寝の時間を利用して、里佳子は洗い物やちょっとした雑用を済ませる。ただ、たとえ治子がいようと、洸太を置いて買い物には行けない。最近はますますその傾向が強い。

一時間ほどすると洸太が起き出す。その後の予定は日によって違うが、きょうは、車でほんの数分のところにある、児童館へ連れていくつもりだ。おそらく顔見知りも来ているはずなので、遊ばせているあいだに、上の階に併設されている図書館の分館へ寄りたい。少しだけ調べたいことがある。

進行中の『蒼くて遠い海鳴り』の中に、江戸時代の地名としてある名称が出てきたのだが、これが実際にあったものなのか、作者の創作によるものなのか判断できない。ネットで調べた限りではヒットしなかったので、どうやら架空らしい。直接本人に「架空ですか」と問えればこんなに簡単なことはないのだが、作者と校閲者が直接やりとりすることは、少なくとも現在のシステムではありえない。

こんなときは、該当箇所にチェックをつけて《未確認》あるいは《確認できませんでした》と書けば、それで校閲者としての義務は果たせるのだが、可能な限り裏付けをとっておきたい。

2

スマートフォンのアラームが、十一時四十八分を告げた。ガスの火が消えているのを確認して、鍵とスマートフォンだけを持って家を出た。周囲は戸建てと低層マンションが混在する、典型的な住宅街だ。幹線道路の抜け道にもなっていないので、小さな子どもを持つ身としては少し安心だ。

「うわ、すごい風」

思わず独り言が漏れる。家にいるときは気づかなかったが、ときおり突風のようなきつい風が吹く。住宅街のところどころに虫食いのように残る小さな畑から、土ぼこりが舞い上がる。

自宅から歩いて二分ほどの小ぶりなマンションの駐車場前が、洸太が通う『ひまわり第二幼稚園』の送迎バスの停留所になっている。

顔見知りのお母さん三人がすでに来ていて、手ぶりも交えて会話に夢中だ。この幼稚園では慣習的に、同じバス停の園児を「バス友」、その母親を「バス友ママ」と呼ぶらしい。

里佳子以外のバス友ママたちは、いつも定刻の十分ほど前には来て、あれこれ話し込んでいる。ここでのちょっとした「会議」を楽しみにしているようだ。

「こんにちは」軽く会釈し挨拶《あいさつ》する。

「こんにちは」バス友ママ三人から、ほぼ同時に明るい返事が戻ってくる。

阿礼《あれい》くんの「ハキハキママ」岩崎千沙《いわさきちさ》、賢《すぐる》くんの「セレブ美人ママ」栗原由香利《くりはらゆかり》、そして柑奈《かんな》ちゃんの「ラテン系ママ」横川亜実《よこかわあみ》。三人とも、里佳子がこっそり名付けた。

それぞれ多少の癖はあるが、そこそこにいい人たちだ。過度な自慢話や、逆にしつこくこちらの家庭内のことに探りを入れたりしない。それは幸運だったと思っている。顔を合わせるたびに、夫の会社での立ち位置だとか、半年も先の海外旅行の自慢話などを聞かされてはうんざりしてしまう。

ただ、それでもなお、なるべく時刻ぎりぎりに行って、会話には深くかかわらないようにしている。それはべつに彼女たちが嫌いなわけでも、含むところがあるからでもない。

現に、仕事が一段落したあとだったりすれば、その場に残って「甲州街道《こうしゅうかいどう》沿いに新しくできたスーパーは、野菜はいまひとつだが肉はかなり安い」とか「駅前に小さなたい焼き屋さんが開店した」などという情報交換をしたりすることもある。

仕事途中にあまり会話をしたくない理由は、いま取り組んでいる作品の世界から現実的な話題に引き戻されてしまいたくない、その一点だ。

仕事を途中で抜け出してきた場合は、あまりほかの話題に意識を持っていかれたくない。お昼を食べ、後片付けをし、息子を児童館に連れていくまでに、他者との会話は最低限にしておきたい。現実世界からの「情報」は流入させたくないのだ。

よくも悪くも里佳子の中では、ミネラルウォーターを飲みながら佳貴が沙織の裸の背中を見下ろしているところで一時停止になったままだ。「今夜は肉じゃがにする予定」などという会話には、できれば加わりたくない。

そのあたり、もう少し柔軟に考えたり、簡単にスイッチを切り替えられる校閲者もいるらしいが、自分は不器用なのだと、あきらめている。

「きゃあやだ」

かわいらしい声を立てて、四人の中で唯一スカートをはいている「セレブ美人ママ」の由香利が、強風に舞い上がるすそを押さえるのに苦労している。

「コンタクトがずれちゃった」

男性の視線はないから、無意識に出るしぐさと可愛《かわい》らしさだろう。自分にはない魅力だなと、ただ客観的に思う。

正面が丸ごと犬の顔になっている、青と黄色に塗装された幼稚園バスがやってきた。

停車するやいなや、ピンクのエプロンをつけた若くて元気な女性職員が、ステップを駆け下りる。

「こんにちはー」

「こんにちはー」

出迎えの母親たちと挨拶を交わすあいだに、園児たちがたどたどしい足取りで降りてくる。手すりにつかまってステップを下りながら、それぞれの親を目で探す。見つけるなり、駆け寄ってくる。洸太は三番目だ。

「はい。それでは、みなさん——」

職員が少し芝居がかった身振りで、風に舞い上がりそうなエプロンの前で手を重ね合わせ、元気な声をあげる。それに合わせて四名の園児も気をつけのような姿勢をとった。いや、眠さのせいか空腹のせいか、ただひとりの女児、柑奈は少しぐずりはじめている。

「さようなら」

「さようなら」

柑奈以外の男児たちの叫び声のような挨拶が終わって、すぐにバスは去るはずだった。里佳子と洸太のところに、エプロンの職員がするすると近づいてきた。

「あのう、園長先生からお伝えしておくように言われたんですが」

「なんでしょう」

答えながら、とっさに洸太の体を見まわした。怪我《けが》をしている様子はない。帰りかけたほかのお母さんたちも、気になったのか足を止めた。

「きょうのお外遊びの時間なんですけど」

「はい」

「洸太くんが、知らない男の人と話していたそうなんです」

「知らない人と？」

「あら」と、里佳子より先に声を上げたのは、阿礼の「ハキハキママ」千沙だ。いわゆる「元体育会系」だ。いつも元気がいい。

「どういうことですか」と里佳子が訊《き》き返す。

「ママ、おなかすいた」

「はいはい。帰ろうね。じゃあ、お先に」

ぐずっていた柑奈と亜実の親子は帰って行くが、ほかの二組はその場に残っている。関心があるのだろう。それを意識してか、職員の声が少し大きくなった。

「智世《ともよ》先生がちょっと目を離した隙だったらしいんですけど、洸太くんが花壇の脇のフエンスのところに行って、男の人と話していたそうなんです」

智世先生というのは、洸太のいる年長の『さくら組』を受け持つ先生だ。

「誰？　知ってる人？」と洸太に訊いた。

洸太はこわばった顔をして首を小さく左右に振るだけだ。ふだんから、あまりはっきりと物を言わない。しかたなく、職員に尋ねる。

「怪しい人だったんですか？」

「智世先生がすぐに近寄って、『どちらさまですか』って声をかけたそうなんですけど、『いえいえ、ちょっと』とか答えて、笑いながらすぐ行ってしまったそうです。だから、たぶん、通りかかった人が、子どもが可愛くて声をかけただけだろうっていうことでした。ただ、園長先生が『念のためにお母様にお伝えして』とおっしゃって。最近ほら、いろいろありますから」

悪気はないのだろうが、語尾を濁されてかえって不安が増す。

「どんな感じの人ですか？」

「わたしも、詳しくは聞いていないんですけど、ちょうどパパさんたちと同世代ぐらいだったので、顔見知りかもしれないっておっしゃってました。特に怪しげには見えなかったって」

仕事柄か、職員が自分の組織の人間に「おっしゃって」を連発するのが少し気にかかった。

「そうですか。――ねえ洸太、その人、知ってる人？」

もう一度同じ質問をする。

「ううん、しらない」

そっけなく答えて、顔を左右に振った。

「ほんとに知らない人？」

腰を曲げて、洸太の腕を取り、目を見ながら訊いた。しかし、洸太なりになんとなく気まずく感じるのか、道路の端に生えたタンポポの綿毛が風に舞うのを目で追って、もう一度「しらない」と答えた。

「ということで。一応ご報告です」と、職員は濡れてもいない手をエプロンで拭いた。

「はい。──ありがとうございました」

ほかに答えようもない。なんとなく嫌な感じがするといえばする。しかし、情報がこれだけでは、どうにもしようがない。

控えめなエンジン音を立てて去っていくバスを見送る。ずっと口を挟みたそうだったハキハキママの岩崎千沙が、なんだか気になるね、と声をかけてきた。

「この前の強盗、まだ捕まってないんでしょ」

「ないわよ、たぶん」

セレブ美人ママの栗原由香利がうなずく。

二か月ほど前に、近くで起きた事件のことだ。

駅の反対側に住む資産家老夫婦の家に、息子を名乗って電話してきた男が「いま、手持ちの金はあるか」と訊いた。妻のほうが素直に「三百万ちょっとなら」と答えた。その夜、押し込み強盗が入り、現金を奪って逃げた。夫婦は命は助かったが、かなり手荒な扱いを受けて、しばらく入院していたはずだ。

息子に声が似ていたし、他人は知らない家族の事情なども知っていたので、つい油断したのだという。知人か、あるいは周到に情報収集したのだろう。

「ねえねえ、そういえば半年ぐらい前に、気持ち悪い事件も起きたじゃない」

「あの、首を切られたハムスターとかの？」

「そうそう」

千沙はともかく、由香利も意外にそういう話が好きなのだ。お金持ち、だから気になるのかもしれない。

彼女たちが話題にしたのは、やはりこの近辺で昨年末ごろに続けて起きた、不審で気味の悪い事件のことだ。夜のうちに、個人宅の庭に首を切られたハムスターの死骸だとか、腐りかけた魚の内臓だとかが投げ込まれたのだ。

里佳子はあまりネット系のニュースなどは見ないし、テレビもほとんど見ないが、バス停での会話によれば、ワイドショーでも何度か取り上げられていたそうだ。犯人も捕まったとは聞いていない。

「ほんと、最近物騒だし、何が起きるかわからないね」

まだ話したそうなバス友ママたちに挨拶をして、家に向かった。

ときおり突風が吹いて、立ち止まる。

「すごい風だね」

「うん」

目を酷使する仕事をしているのに、里佳子は両目とも裸眼視力が1・2ほどある。コンタクトも眼鏡もしていない。

「ねえ、洸太」

「うん」

「さっき先生が言ってた、フェンスのところでお話しした人って、ほんとに見たことない人?」

自分でもしつこいかなと思いながらも、つい訊いてしまう。自他ともに認める心配性なのだ。他人の家の動物の死骸より、自分の子に近づいた正体不明の男のほうに関心がある。

「思い出せないだけ?」

問いつめる口調にならないよう、あえて軽い調子で訊いた。洸太は、どちらかといえば口が重い。ただ、周囲に他人がいないと話すこともある。

「しらない」

しかし洸太は、ぶっきらぼうに同じ答えを返した。

「――ねえ、おなかすいた」

洸太が、ほかの園児の前では出さない、どこか甘えた声で言う。

「きょうは、お蕎麦だよ。洸太の好きな茗荷もある」

「ぼく、みょうがすき」

「それでさ、さっきのその男の人に、名前とか訊かれたりした？」

「きかれた」

立ち止まり、再び腰を落として洸太の顔を見る。

「なんて答えたの？」

「おりおこうた」

まずかっただろうかと問いたげな上目遣いで、里佳子を見る。

「あとは？」

「いま、いえにはだれかいる？　ってきかれた」

「なんて答えたの」

「おかあさんとおばあちゃん」

「家の場所とかも訊かれた？」

「うん。とびたきゅうだよねっていったから、ちがうって」

「西調布《にしちょうふ》だって教えたの？」

「いおうとしたら、ともよせんせいがきた。でも、いえるよ」

口調がやや自慢げになった。

洸太が年長組になってすぐのことだ。園児たちのあいだで「自分の親の名前とか住所を言えるか」という競い合いがちょっとしたブームになったらしい。洸太は両親と治子の名、それに戸建てで短いせいか、住所も言える。

「ねえ、洸太」再び歩きだす。

「なに」

「住所とか言えるのはえらいけど、次からは、知らない人に訊かれても、簡単に言っちゃだめよ。名前とか、住所とか」

「まいごのときも？」

最近やっと、自分の名前を「コウタ」と片仮名で書けるようになったばかりのくせに、屁理屈《へりくつ》だけは一人前だ。

「迷子のときはしょうがないけど」

苦笑しかけたが、すぐに笑いは引いた。通りすがりの人が、遊ぶ園児を見て可愛さのあまり声をかけるというのは、よくあることらしい。里佳子自身も、公園の砂場などでよちよち歩きのよその子に声をかけたりする。しかし、わざわざ園長が里佳子に伝えるよう指示したというのは、どこか怪しげな気配を察したからではないのか。

それに――。通りすがりの人が、「家には誰かいる？」などと訊くだろうか。

3

自宅に戻ると、治子が台所に立っていた。

籠《こも》った熱気からすると、何か茹《ゆ》でているらしい。

「あら、お義母さん」

洸太に手洗いとうがいをするように言って、義母の背後から近づいた。ヨガ用のニットシャツを花柄のスモックに着替えたようだが、首筋にまだうっすらと汗が残っている。

「はい。おかえりなさい」

治子はこちらも見ずに、布巾で手を拭って菜箸を持つ。

「お蕎麦、茹でてるんですか」

いらいらを隠したつもりだが、つい、声の調子が荒くなった。

「あなたがそう言ったから」

「わたしが茹でるつもりだったんですけど」

見れば、すでに乾麺を袋から出して鍋の中で躍らせている。しかも、里佳子が用意したものではない。

「お湯が沸いたままだったのよ。冷めたらもったいないじゃない」

治子も簡単には引き下がらない。

「それは。——すみませんでした」

あっさり認めて謝った。治子の指摘は、もっともな部分もある。麺などを茹でる予定があるときは、少しでも時間が空いた隙に、厚手の鍋に多めに湯を沸かしておく癖があった。実際に調理するとき、わずかでも時間の短縮になるので洸太が赤ん坊のころから身についた習慣だ。もちろん火は止めてあったが、不経済であることは確かだ。治子の「もったいない」という主張もわからなくはない。

「それとも、わたしの茹で加減じゃ嫌かしら」

治子が、麺をかき混ぜる手を休めずに訊く。

「いえ、そんなことはないです。それじゃあ、つけつゆの用意をしますね」

嫌、というほどではないが、本心を言えば少しだけ残念だった。

三日前に、スーパーで茶蕎麦の安売りをしていたので、それを茹でるつもりでいた。時節柄、リビングの窓越しに庭の新緑をながめながら茶蕎麦をするなんて、少しだけ風流かなと思ったのだ。蕎麦を盛った器の隅に、庭の山椒《さんしょう》か南天の若葉でも添えて。

そして、それ以上に自分がいないところで火を使ってほしくなかった。万が一のことがあれば、取り返しがつかない。しかし、直接言っても聞く耳を持ってくれないのはわかっている。しかたがない。また秀嗣にやんわりと注意してもらおう。

治子の動線の邪魔にならないよう、ダイニングテーブルに置かれた盆に、さっと水洗いしておいた蕎麦ちょこを置き、薬味の小鉢なども載せた。治子が茹でている、蕎麦の入っていた外袋をゴミ箱に捨てようとして、何気なく表示を見た。

いやだ。一年近く前に賞味期限が切れている——。

どうしよう、偶然気づいたふうに言ってみようか。お義母さん、これずいぶん前に賞味期限が切れているから、こっちのを茹で直しましょう。——いや、気を悪くするに違いない。それに、乾麺だ。生ものとは違う。たとえば、そうめんなんて一年ぐらい古くなったほうが美味《おい》しいと言うではないか。

外袋は、そのまま丸めてゴミ箱に捨てた。

少し行儀が悪いと思ったが、義母の目を盗んで、茹であがったばかりの蕎麦を数本つまんで、つるつるとすすってみた。特別おかしな臭いも味もない。問題なさそうだ。

「ねえ、おかあさん、みょうがもっといれていい？」

蕎麦より先に、茗荷をすくって食べた洸太が、体を小さくゆする。

「そうね、じゃあ、あとスプーン一杯ね」

「わあい」

「そういえば秀嗣も、小さいころから茗荷が大好きな子だった」

またそれか。茗荷が出るたびに繰り返される会話だ。

聞こえなかったふりをする。

洸太が口から蕎麦を飛ばしそうな勢いで訊いた。

「ねえ、ねえ。おそばたべたら、てっぺいくんのうち、あそびにいっていい？」

友人の仲田鉄平《なかたてっぺい》とは、きのう喧嘩したはずだったが、もう仲直りしたのだろうか。まあ、五歳児なんてそんなものだろう。もともと、幼稚園でも一番仲がいいのはたしかだ。

「遊びに行く約束したの？」

「してないけど、きてもいいっていってたよ」

「ごめん。きょうは行けない」

「やだ、いきたい。どうして」

洸太は、蕎麦を口に入れかけのまま、やや興奮気味に抗議する。最近、こんなふうに自己主張する回数が増えた。

口をひらけば「どうして、どうして」を連発する。いらいらして「どうしてもなの」と答えてしまうときもあるが、できるだけきちんと理由を説明しようとは、思っている。

「急に来られても、鉄平くんのおうちで迷惑かもしれないでしょ。それにお母さん、きょうはちょっと用事があるし」

「あたらしいでんしゃみせてくれるっていったのに」

まだあきらめがつかないようだ。洸太と秀嗣はここ最近、親子そろって鉄道趣味に染まりつつある。

「あら、だったら、わたしがお散歩がてら連れていこうか？」

治子が口を挟んだので、失礼にならないよう「いえ、ちょっと一緒に行きたいところがありますから」と答えた。

「遠慮しなくていいのよ」

「ありがとうございます。でも、また次の機会にお願いします」

だって、運転できないじゃありませんか、と喉まで出かかる。

鉄平の家までは一キロ近くある。車か自転車でないと無理だ。自転車の二人乗りなど、絶対にさせられない。

移動手段だけの問題ではない。半年ほど前のことだが、あまりに洸太がぐずるし、どうしても締め切りが迫ったゲラがあって、不本意ながら、治子に「送り」を頼んだことがある。

鉄平の家ではない。歩いて数分のごく近所の友人宅までだ。さすがに、そのぐらいなら大丈夫だろうと思った。

ときどき秀嗣が言うように、過度の心配性は、おいおい直していかなければならないことは、里佳子も自覚している。だからこのときも、送りだけは治子に頼み、迎えは夕方の適当な時刻に自分で行くつもりだった。

「帰りは、向こうさんが送り届けてくださるって」

戻ってきた治子はそう言った。間違いなくそう言った。もちろん、ここでも一抹の不安はあったが、とにかく切羽詰まった忙しさに負けて、つい甘えてしまった。先方はきちんとした人で、子どもを危ない目に遭わせたりしない人だという安心感もあった。

ふと気づくと、午後の六時を回っていた。まだ帰ってきていない。

どうしたのだろう——。あわててその友人宅に電話をすると、「洸太くんはうちの子と一緒に晩御飯食べてる」という答えが返ってきた。怒っているというほどではないが、少しよそよそしい口調だった。もしかしたらと思い、それとなく聞き出すと「送り届ける」とは言っていないらしい。大急ぎで迎えに行った。翌日、ちょっとした洋菓子のセットを持って再度詫《わ》びに行った。

その一度で懲りた。

高校時代に里佳子についたニックネームは『リトル』だった。当初のごく短期間は、旧姓の「小川《おがわ》」にひっかけた『リトル・リバー』だったが、長いあだ名は定着しない。しだいに詰まって『リトル』になった。

「だって小心者だしね」と、はっきり口にするクラスメイトもいた。「それと『堪忍袋が小さい』っていうのもある」と茶化した友人もいたが、そちらはあまり納得していない。そもそもあだ名にされるほど気が短いという自覚はない。

自分では、とびぬけて臆病者だとも思わないが、たしかに、人並みよりは慎重で用心深いかもしれない。古い石の橋があれば、二度叩いてみたあとで、先に誰かが渡るのを待つ性分だ。校閲者などという少し変わった職業を選んだのは、人生でほとんど唯一の冒険だという気もする——。

治子をまったく信用しないわけではないが、とにかくその一件以来、「送迎」は遠慮している。いや、洸太の面倒をみてもらうこともほとんどない。失敗の芽は種を蒔《ま》かなければ生えない、それが『リトル』が学んだ人生訓だ。

「ねえ洸太。きょうは、お昼寝したら、お母さんと児童館に行こうよ」

治子にも聞こえるような声で、洸太に話しかける。

「じどうかん?」少し考えて、すぐに思い出したようだ。「うん、じどうかんいく。でんしゃのほんみる」

少し機嫌が直った。

「ねえ、里佳子さん」

「はい」

箸をおいた治子が、なんとなくよそよそしい口調で切り出した。

「言いづらいんだけど——」

を浮かべた。

「なんですか」

話を早く済ませて欲しいので、切り出しやすいよう、小さく首をかしげて、愛想笑い
「この前、少し用立てたじゃない。二万円ほど」

「ああ、はい。――ええと」とっさに考える。いつの話だろうか。

「やだ。忘れちゃったの？」と治子が笑う。「もしかしたら、そうかもしれないって思ってたのよ。ほら、こないだ電器屋さんに行ったとき」

「はあ」

もちろん覚えているが、何を言いたいのかわからない。

治子が言うのは、二か月ほど前、壊れた炊飯器を買い替えに、ショッピングモールの中にある家電量販店に寄ったときのことだろう。里佳子たち親子と治子の四人で、外食しがてらのミニイベントとして出かけたのだ。

そして、ちょっと奮発した炊飯器を買った。治子が説明を続ける。

「あのときほら、ブルーなんとかを買うって言って――」

それも覚えている。同じ店に、セールの目玉商品で安く売っているブルーレイレコーダーがあった。実はその少し前から、もう何年も使っているＤＶＤレコーダーの調子が悪くなっていたので、買い替えを検討していた。どうせならブルーレイも見たいねとも。

「これ、いいね」

「買いたいね」

という話になったのだが、財布の中身を調べてみると、目当ての炊飯器を買ってしまうと、手持ちが一万円ちょっと足りない。里佳子の主義で、クレジットカードで買い物はしない。

「惜しいけど、縁がなかったということで」

セールの期限はその日までとなっている。かといって、わざわざ一度自宅に戻って金を持って出直すほどの執着もない。

「お金なら、わたし出すわよ」

その場に一緒にいた治子が言った。さっそく財布をバッグから出そうとしている。

「じゃあ、この場は借りて、思い切って買っちゃおうか」

秀嗣が里佳子に同意を求めた。異存はない。もともと買いたいと思っていたものだし、治子からは一時的に借りるだけだ。治子が財布から出した二枚の万札を秀嗣が受け取り、炊飯器もブルーレイレコーダーも買って帰った。

その日のうちに、二万円は返した。秀嗣が渡すところを、脇で里佳子も見ていた。最初、治子は受け取ろうとしなかった。

「あら、いいわよ。貰《もら》っときなさいよ。わたしも、リビングで見せてもらうときだってあるんだし」

「いやいや、年金生活者に買ってもらうわけにはいかないよ」

秀嗣が冗談めかして言い、二枚の札は少しだけ行ったり来たりして、結局、治子の財布に収まった。そう、たしかに返したはずだ。

「炊飯器とブルーレイレコーダーを買ったときのことですか」

「ね、思い出したでしょ」申し訳なさそうな、少しだけ得意そうな顔つきだ。「二万円、まだよね」

「でも、あれは――」

「今すぐじゃなくていいのよ。ちょっとメモでもしておいてもらえれば」

「わかりました」

ここで押し問答はしたくない。やはり夫が帰宅したら相談しようと思った。

「よろしくね。――はい、ごちそうさま」

勝ち誇ったような笑みを浮かべ、自分の食器を下げるため席を立った治子を見て、やはりこの人とは波長が合わないと思った。

いや、波長や相性の問題ではない。もっと深刻だ。実は治子はここ数か月のあいだに、二度も家の階段から落ちた。

一度目は、一月半ばのことだった。

里佳子がいつものように二階で仕事をしていると、突然、ずだだだっという大きな音が聞こえた。反射的に椅子から腰が浮いた。

この時間、洸太は幼稚園に行っているし、秀嗣はもちろん会社だ。だとすれば、治子しかいない。

とにかく、すぐさま部屋を出て様子を見た。この家の階段は途中で折り返す形になっているが、その折り返しの部分に、治子がうずくまるように倒れている。目を閉じ、動いていない。

「お義母さん」

まず声をかけ、壁に手をついて体を支えながら降りた。

「お義母さん？」

もう一度声をかけてみたが、反応がない。頭を打ったのかもしれない。こんなときは、むやみに動かさないほうがいいという知識はあった。

かがみこむようにしてよく見れば、胸が上下している。つまり、呼吸をしている。

仕事机に置いてあるスマートフォンから、救急に電話をかけた。治子は、救急車が来るころには意識をとりもどし、里佳子が止めるのも聞かず、自力で歩き、コップに水を汲《く》んで飲んだりした。

その後、念のため病院へ搬送してもらい、一晩入院することになった。翌日、秀嗣が会社を休んで付き添い、精密検査を受けたが、軽い脳震盪《のうしんとう》だという診断だった。

「だけど、打ちどころが悪かったら命にかかわるともいわれたよ」

秀嗣が真剣な顔で言った。

階段には、洸太の玩具の車両がひとつ落ちていた。遊んで出しっぱなしにしておいた、それにつまずいたのが原因のようだった。治子はふだんは一階で生活しているが、たまに二階の収納スペースに置いたままの治子専用の箪笥《たんす》に、着替えなどをとりに来ることがある。

秀嗣に玩具の出しっぱなしを注意され、洸太は黙ってうなずいたが、なんとなく不服そうだった。

二度目は三月の終わりごろだ。やはりなにかに足をとられ、同じように滑り落ちたが、このときは腰を打って少し擦りむいた程度の軽傷で済んだ。治子は「何か丸いものが落ちていた」と主張したが、何もみつからなかった。

「足を滑らせたんだろう」と秀嗣が言った。

近所の知人から何か聞いたのか、ヨガに凝り出したのはそれからだ。

おそらく、注意力や運動能力に自信がなくなったからだろう。

4

児童館へ行くころには、風はやみかけていた。

中に入ってみると、家に遊びに行くと言っていたはずの仲田鉄平が、母親と一緒にいた。

「なんだ、鉄平くんここにいたじゃない」

「ほんとだ」

いいかげんなんだからと言い終える前に、洸太は目を輝かせて鉄平のもとへ走り寄って行く。

母親の果保《かほ》に挨拶すると「お仕事を兼ねて？」と訊かれた。

「実はそうなの」と苦笑する。

「あと一時間ぐらいはいるから、そのあいだでよければ一緒に見てるわよ」

果保は察しがいいだけでなく、細かいところまできちんとした性格なので、ママ友の中ではもっとも信頼している一人だ。少しなら預けても心配はない。好意に甘えることにした。

洸太の面倒を頼んで、上の階の図書館分館の閲覧コーナーへ向かう。しんと静まり返っている中、みな熱心に調べものをしている。だから洸太を連れて入るのは、とても気を遣う。

何冊か資料を見つけ、手早く調べてみたが、江戸時代の地名については、裏付けがとれなかった。この上、中央図書館に行くまでもないだろう。ゲラには《確認できませんでした》と書き添えて処理することにした。児童館に戻る。

「洸太、帰るわよ。鉄平くんのママ、ありがとうございました」

「いいえ」

果保がおっとりした笑みで答える。

「やだ、もうすこしあそぶ」

鉄平と電車の本を見ていた洸太は、足をばたばたさせた。

「このあと、お買い物もしないとならないから」

「じゃあ、ここでまってる」

「もう少しならいいわよ」

果保がそう言ってくれるのはありがたいが、もう一度戻って来るのも、それはそれで面倒だ。

「じゃあ、寝る前にしりとりしてあげるから」

「ほんとに?」洸太の顔が明るくなる。

「ほんと」

なぜか洸太は、布団の中でしりとりをするのが好きなのだ。

「あと、チョコアイスかって」

「それはどうかな」

適当にごまかしながら、鉄平親子にさよならの挨拶をして車に戻った。

洸太が、晩御飯はカレーがいいと言うので——もっとも、洸太に訊けば、カレーか寿《す》司《し》のサーモンかハンバーグしか出てこないのだが——カレーに決めた。凝った作り方をしなければ、ご飯を炊いているあいだに完成する。付け合わせはサラダにしよう。大根と人参《にんじん》と胡瓜《きゅうり》を千切りにしたのを、手製のドレッシングで和《あ》える。甘めの三杯酢に胡麻《ごま》油を足すだけだが、人参が好きでない洸太も、このサラダなら食べる。

よし、きょうの夕食の準備は一時間で完了だ——。

そう思うと、なんとなく嬉しくなった。ものごとが計画通りに進むのは、気持ちが晴れる。

買い物を終えて帰る途中には、すでに夜の部のゲラ作業の手順を頭の中で組み立てていた。

里佳子は、自宅で「校正・校閲」の仕事をしている。雇われているのではなく、いわゆるフリーランスだ。

説明がめんどうくさいので、ご近所さんやバス友ママとの会話では、単に「校正」と言ったりもするが、正確には「校正・校閲」と呼ばれる作業だ。

もともとは、校正者養成コースのある専門学校を卒業したあと、準大手出版社の「校閲部」というところで働いていた。しかし、出版業界全体の不況は『リトル』里佳子の予想以上だった。会社の経営悪化が噂されるなか、日増しに残業が増えていくのと、近い将来校閲部は廃止されて外注になり、部員は営業職などに配置換えになるという噂もあったため、二十五歳のとき、結婚を機に退職した。

その後、つてを頼ったり公募に応じたりして、少しずつ安定的な受注先を増やしてきた。出産前後に多少のブランクはあるが、それ以外はほぼ途切れることなく、フリーで仕事を受けている。

ただし、フリーランスと言えば聞こえはいいが、要するに下請けだ。コネクションのある出版社の編集者や校閲担当者から、スケジュールの打診が来て、受けられれば了解して、そこから仕事が始まる。

回ってくる作品のジャンルは、八割ほどが小説だ。コラムやエッセイなどは、あまり受けたことがない。小説の場合、大作長編だったりすれば、相応の期間拘束されることになるが、見返りもそれなりに大きい。

料金に、業界の統一基準などはない。現に、里佳子がこれまで受けた仕事を見ても、かなりばらつきがある。

単発の短いコラムなどのときは、一編でいくらという料金設定のことが多い。それが小説になると、ほとんどの社が字数計算だ。ただし、厳密に一字単位で数えるわけではなく、字数や行数により設定したページ単価から算出した額だ。この単価は社によって異なるし、校閲者のランクによっても違ってくる。

ちなみに細かいことを言えば、詰めて書く作家とやたらに改行する作家とでは、同じギャラでも目を通す文字数に大きな差が出る。

バス友ママから「で、結局それって儲《もう》かるの？」と問われれば、苦笑するしかない。たとえば、Ｗｅｂ上に商品をアップしておけばあとは勝手に売れる、という商売ではない。確実に、作業した分しかギャラは発生しない。

しかも、小さな子どもをかかえ、家事をしながらなので、受けられる分量には限界がある。

《５００ページ２段組を12日で》などという打診のときは、涙をのんで辞退することもある。おそらく物理的に間に合わないからだ。無理に受けて精度を落とせば、二度と仕事をもらえないかもしれない。そのぐらいシビアでもある。

たしかに、バス友ママが言うように「クレーマーとかの相手をしないで、ずっと机の前に座っていられる」が、楽な仕事ではない。とんでもなく集中力を要する作業なのだ。月あたりの収入は、多いときで二十万を少し超える程度、受注の少ない月はその半分ぐらいだったりもする。

肩の凝りとすり減らす神経と縛られる時間を考えると、もう少し見返りがあっても、と思うこともある。それでもこの仕事は気に入っている。

職場で仕事に直接関係ない人間関係に気を遣ったり、満員電車で見知らぬ男に体を押し付けられたりせずに済むからだ。

あれは、そろそろ梅雨《つゆ》も明けかけた、七月半ばの蒸し暑い朝だった。

里佳子はいまだに「満員電車」という単語に出会うたび、高校二年生の夏の、あの空間と臭いを思い出す。

里佳子は生まれて初めて、しかもあまりにもあからさまな痴漢に遭った。

登校途中の満員の電車内でのことだ。あとからあとから乗り込んでくる乗客に、ぎゅうぎゅうと押され、連結部のドアに押し付けられる形で立っていた。

揺れた拍子に尻に当たった誰かの手が、そのまま留《とど》まってもぞもぞしていることに気づいた。

斜め後方に立った男が、スカートの上から尻を撫《な》でまわしているのだ。顔を向けるのが怖かったので、視線だけを動かして見た。

スーツを着た、まだ若い男のようだということだけはわかったが、顔を睨《にら》んだり、まして怒鳴ったり腕をねじり上げたりすることはできなかった。ほとんど唯一の選択肢は逃げることだが、走行中は身動きがとれない。次の駅は降りる客が少ないから、ドアまでたどり着ける自信がない。それに、一度降りてしまうと、次の満員電車に乗れるかどうかわからない。そうなれば遅刻する可能性もある。

一方、里佳子が下車する駅は、乗り換え駅なので乗客の出入りは多い。結局、そこまでのあと二駅、我慢することにした。

周囲の人が気づいていたかどうかはわからない。ただ、犯人はうまくカバンで隠していたようだった。男が触り始めてから、降りるまでの数分間がとてつもなく長く感じられた。ただじっとうなだれて我慢していた。天井の吹き出し口から出てくるのは、なぜか冷房ではなくただの送風だった。車内は湿《しめ》った空気が満ちていた。女性の香水やファンデーションのものより、男性化粧品と脂っこい体臭のまじった臭いが、髪や服にへばりつきそうだった。

そのままただ我慢し、いつもの駅で下車し、誰かに何かを訴えることもなく、登校した。

授業中は文字どおり歯を食いしばってこらえ、休み時間のたびにトイレに籠って、悔しさと情けなさで泣いた。どうして、シャープペンシルの先で手を突くぐらいのことをしなかったのか。ほとんど顔も見ていないあの男が、いまも思い出し笑いしているのかと想像するだけで、怒りのあまり吐き気すら覚えた。

しかし結局、翌朝までに里佳子が立てた対策は、乗る電車を一本早くすることだった。もし同じ場面になっても反撃できなかったら、あの男に二度美味しい思いをさせることになるからだ。

専門学校二年のとき、まったく同じ状況下に置かれた。まるで再現したかのように、車両内の混み具合も、しばらくは避けていた立ち位置も、あの朝と同じだった。尻やもものあたりを撫でまわされ、額《ひたい》から汗をにじませながら、たっぷりひと駅分悩んだ。そして心を決めた。もしもまた泣き寝入りしたら、自分は一生痴漢と対峙《たいじ》できない。こういう輩《やから》は、あらがえない女の匂いを嗅ぎつけるという。それが本当なら、自分はただの都合のいい慰みものだ。

それではあまりに情けない。心を決めた。二度、ゆっくり深呼吸をしてから、大きく息を吸って、あらん限りの声で叫んだ。

「やめてくださいっ」

恥ずかしさの反動からか、自分でもびっくりするような大声が出た。周囲がざわつき、視線が集まるのを感じた。

その直後に電車はホームに入り、ドアが開いた。触っていた男は逃げるように降りていった。

「犯人、あいつですか」

スーツ姿の男性が声をかけてくれた。なぜか涙がこぼれて声が出ないので、強くうなずいた。

サラリーマン風や学生風の数人が追いかけようとしてくれたが、犯人は慣れているのか、逃げ足が速かった。あっというまに人ごみの中に消えた。

思えば、人前で感情的に大声を上げたのは、あの一度きりだ。痴漢を告発することにあれほど勇気を必要としたのは、相変わらず自分が『リトル』のままだからなのか、それとも、ほかの女性たちの多くも、じつは泣き寝入りしているのか。

あらたまって「あなた痴漢に遭ったことある?」と訊いてみたことがないから、わからない。ただ、小説に出てくる女性たちは、こんな場合は股間を握りつぶしたり、手の甲にボールペンを突き刺したりする。

買い物から帰る車の中で、洸太は二度ほど大あくびをして、寝てしまった。

洸太はとにかくよく寝る。食事のあとや退屈なときはもちろん、叱られてばつが悪いようなときも、里佳子が説教しているそばから、こっくりこっくりし始める。

これは、一種の「ふて寝」かもしれない。スーパーの出入り口の脇にある、ガチャガチャをやるといって少しぐずったが、きっぱり拒否したからだろう。事前に約束していたときはやらせるが、急にねだって駄々をこねるようなときには認めない。うるさいからと安易に許してしまうと、しだいにエスカレートしていってきりがなくなる、とはよく聞く話だ。

少し堅苦しく考え過ぎだろうか——。

ほかの母親から聞く、この歳《とし》の男児の凶暴さは少し脚色しているのではないかと思うほどだ。

わめく、投げる、壊す。それに比べれば、洸太は驚くほどおとなしい。多少ぐずることがあっても、言って聞かせるとすぐに矛を収める。あまり自己主張をしない。よく言えば慎《つつ》ましい、悪く言えば覇気がない。

顔を赤くしてうつむいていたあの朝の自分と重ねて見てしまう——。

もっとも、あまり自己主張をしない、人を殴るぐらいなら自分が殴られて終わりにする、という主義の秀嗣にも、不思議と似ている。

「ただいま」

玄関をあけて声をかけたが、治子の部屋から返事はない。テレビの音も聞こえない。散歩に行くと言っていたから、近所の知り合いの家でも訪ねているのかもしれない。

治子は今年の誕生日が来たら「後期高齢者」の仲間入りだが、幸い二度の階段すべり落ち事故の後遺症もなく、これという持病もないため、病院通いはしていない。テレビを見ることと、ヨガと庭の手入れぐらいしか趣味はないらしく、毎日時間を持て余しているようだ。ただ、気の合う友人も何人かいて、しょっちゅう出歩いている。

買い物の袋を車に残し、ゆすっても起きない洸太を抱きかかえ、リビングまで運んだ。とりあえずソファに寝かせ、こんなときのために出しっぱなしになっているタオルケットをかけてやった。

本当は、二階の寝室まで運んで布団に寝かせてやりたいが、洸太は最近急に重くなってきて、抱えて階段を上がるのは危険だ。治子の件があってから、なおさら慎重になった。

車から運んだ生鮮食品を冷蔵庫にしまって時計を見ると、まだ午後四時半だ。料理は一時間で仕上げる予定だから、逆算すればあと一時間ほどは仕事ができる。治子は留守のようだし、洸太は寝ている。いまなら集中できる。

火の始末と窓や玄関の戸締りを確認して、二階に上がった。

築三十年近いこの家は、ごく標準的な建売住宅の間取りになっている。

階段を上がった二階には、庭側、つまり南向きに部屋が三つ並ぶ。北側の余ったスペースにはシャワーヘッド付きの洗面台とトイレ、ちょっとした収納スペースなどがある。

ここに治子の箪笥も置いてある。

三つある部屋の真ん中の和室が、里佳子たち三人の寝室だ。ちなみに、庭に面した三つの部屋のベランダは、境がなくひとつながりになっている。一度、ベランダで洗濯物を干していたとき、三歳だった洸太にクレセント錠をかけられたことがある。幼児の力なので、ほんのわずかに引っ掛かっただけだが、それでも開かない。マンション住まいの知人が同じ目に遭って、大変な思いをしたと聞いたことがある。それを思い出し、一瞬あせったが、隣の部屋の窓が開いていたので事なきを得た。

庭側に向かって左手の洋室が、洸太の遊び部屋と里佳子の仕事部屋を兼ねている。雨の日などは幼稚園から帰った洸太をここで遊ばせながら、仕事をすることもある。

洸太は少し前から、友人たち——中でも特に仲田鉄平の影響を受けて、鉄道にはまっている。ピンバッジなどのグッズ類や、電車関連の玩具も集め出した。鉄平はその名が示すとおり、父子二代にわたる筋金入りの鉄道好きだ。

特に『プチトレール』という名の、電池でレールの上を走る小さな電車の玩具を強く欲しがった。鉄平の母の果保にさぐりを入れると「際限がなくなるわよ」と忠告を受けた。どうしようか迷っていたのだが、洸太に甘い秀嗣があっさり基本のセットをそろえてしまった。治子が階段で踏んだと思われるのも、この玩具の電車だ。

実際にレールの上を走らせると、がーがーとかなり耳障りな騒音を発するのだが、里佳子が仕事のときは、洸太も気を遣って音のしない遊びをする。

残る一部屋、向かって右手の西寄りの洋室は、ほとんど荷物置場と化している。秀嗣が音楽を聴きながらごろ寝するソファベッドや、収納ケースにぎっしり詰め込んだ里佳子の本、それに秀嗣の趣味のものなどが置いてある。

秀嗣の持ち物は、ほとんど現役ではない。「昔、弾いていた」と言うわりにあまり使用感のないエレキギター、すっかりほこりをかぶっているゴルフバッグ、あとは結婚前から持っている、模型やソフビ人形といったもの。窓の近くにコンパクトなパソコンデスクが置いてあり、秀嗣専用のノートパソコンとプリンターなどの周辺機器が置いてある。里佳子はふだん仕事用の自分のノートパソコンを使っているので、夫のパソコンには触れたことがない。おそらく世間の男性と同じく、「アダルトサイト」と呼ばれるたぐいも見ていると思うが、探ったことはないし、確かめようとも思わない。悪質な有料サイトにひっかかったりしなければ、目くじらを立てるほどではない。

きょうは一階のリビングに洸太を寝かせたまま、仕事部屋のシンプルな白い机に向かった。

作業途中はゲラや筆記具をはじめとした文具、辞書などが散らばるが、一日の終わりにはそれぞれをあるべき場所にきちんとしまう。ふだんは電気スタンドとペン立てぐらいしか置いていない。もともと整理整頓は苦にはならない性分だ。

秀嗣はよく「どうせ明日の朝また出すんだから、そのままにしておけばいいのに」とからかう。価値観の違いとしか言いようがない。

夕方の校閲作業は、比較的スムーズに進んだ。

チェックを入れたのは、単純な誤記や入力ミスによる文字抜けなど、裏付けの調べが必要ないものがほとんどだった。気づけば、午後の五時半を回っている。さっき一度見に下りたときは、洸太はまだ寝ていた。そろそろ起こさないと夜の寝つきが悪くなる。このあたりで一度中断することに決めた。

夕食後には夜の部の作業をするつもりなので、さすがに机の上はそのままにして、一階に下りた。

リビングに入ったとき、視界の隅で何かが動いた。なんだろうと思って目をこらし、すぐに理由がわかった。日が傾き、陰影が濃くなった生け垣が揺れたのだ。何か、人影が動いたような気もする。風は、いまはほとんどやんでいる。

この家の立地は、二列に合計八軒並んだブロックの南西の角に位置し、西側はやや交通量の多い道路に面している。そろそろ修繕が必要なアルミ製のフェンスの内側は、敷地のいわばデッドスペースになっていて、蜘蛛《くも》が巣を張り、使わなくなった植木鉢などが置かれている。

メインの庭はほぼ真南を向いて、塀代わりの生け垣の向こうは、センターラインもない生活道路だ。こぢんまりとした庭と玄関へ繋《つな》がるカーポートもこの道路に面している。

こちらの道は、抜け道でもなく、近所の住人や配達員ぐらいしか通らない。親がそばで様子を見ながら、小さな子を道路で遊ばせることもできる。

その、ふだんあまり人通りのない道から、誰かが覗いていたのか。

窓際に歩み寄り、クレセント錠は下ろしたままガラス越しに観察する。ガラスに西日が当たってよく見えないので、半分ほど窓を開けた。

古くから植わっている庭木の中には、かなり巨木化しているものもある。特に栢植《つげ》などは、根元のあたりは直径が二十センチほどもありそうで、もはや素人《しろうと》の手では伐採できないだろう。

庭と道路との境は、ブロック塀ではなく、カナメモチという、春先に赤みを帯びた葉が出る樹木を生け垣にしている。そこそこに葉が密生するので、目隠しにいいし、ブロックや板の塀よりは風通しがよい。

秀嗣の身長は百七十四センチだが、ちょうど彼の背丈ほどの高さに切りそろえてある。その生け垣越しに人の頭らしきものが見えたのだから、背伸びをしていたか、秀嗣よりも背の高い人物だろう。葉が揺れたように見えたということは、単に道路を歩いていただけでなく、わざわざ生け垣を手で押し開いて、庭を覗き込んだ可能性もある。

たしかに、雑草などはまめに抜いてあるし、治子が面倒をみている薔薇《ばら》やマツバギクなども奇麗に咲いている。赤い花の好きな里佳子が春先に種を蒔いた、ホウセンカやトウゴマ、サルビアなども、おいおい咲くだろう。もう少し開放的な庭なら、立ち止まってながめる人もいるかもしれない。しかし、生け垣を掻《か》き分けて覗き込むほどの庭でもない――。

ふと、たかが木の葉が揺れただけで、あれこれ考えている自分に気づき、「やっぱり『リトル』かな」と小さく声に出して笑った。いや、そういえばそろそろ「月のもの」が来るから、少し神経過敏になっているのかもしれない。

そんなことを考えていたら、再びカナメモチの葉が揺れ、その正体が姿を現した。

「猫ちゃん」

安堵《あんど》の息とともに、自然に笑みが浮かんだ。

ほぼ全体が白い毛並みで、右目の周囲と左前足だけが、未完成のパンダのように黒くぶちになっている。まだ完全な大人にはなりきっていないようで、人間でいえば若者の雰囲気がある。

猫は特別好きでも嫌いでもないが、そういえばひと月ほど前にも、庭を横ぎるのを見た記憶がある。

猫は、里佳子にみつかったことに気づき、ぴたりと動きを止め、こちらの様子をうかがっている。

「いいわよ」

開けた窓から声をかけた。

「通り抜けるぐらいなら、いつでもどうぞ。でも、できればおしっこなんかはしないでね」

言葉が通じたかのように、猫はやや下を向くと、足早に通り抜けていった。

洸太は流れ込んだ外気を感じたのか、そろそろ目覚めそうにもぞもぞと動き出した。

「洸太、起きなさい」

まずはジャガイモと人参の皮むきをするために、キッチンへ向かった。

5

秀嗣は夜八時過ぎに帰宅した。

ほかの三人は、すでに食事を済ませた。里佳子は、夫の帰りを待つこともあるが、仕事の都合などに合わせて、臨機応変にしている。治子は自分の部屋に戻って、テレビを見ながら就寝までの時間をのんびり過ごしているだろう。洸太は風呂に入れたので、完全に髪が乾いたら、折りを見て寝かせるばかりだ。濡れたままにすると、すぐ風邪をひく。ただ、いまはお気に入りのバラエティ番組をやっているので、それが終わるまで待つ。すべていつもどおりの時間の流れだ。

「ただいま」

秀嗣がリビングに顔を出すと、テレビにかじりついていた洸太が、ぱっと振り返った。

「おとうさん、おみやげ！」

部屋着に着がえている秀嗣に、まとわりつくようにして洸太がねだる。里佳子には見せない態度だ。五歳にもなれば、誰にどう甘えればいいか、ちゃんと計算している。

「きょうは、これだぞー」

秀嗣が通勤用のバッグから、丸いプラケースを出した。ガチャガチャだ。

「あ、またそんなの買って」つい口を出してしまう。

「わーい、ピンズだ」

洸太は歓声を上げ、丸いカプセルを開けようと苦戦している。

電車のデザインのピンバッジを、洸太は生意気にも「ピンズ」と呼ぶ。ガチャガチャのマシンにもそう書いてあるが、どうやらこれも仲田鉄平に教えてもらったらしい。

ここ半年ほど、なにかといえば「でんしゃ、でんしゃ」とうるさい洸太と話を合わせるために、秀嗣もにわか「鉄ヲタ」を目指して勉強中だ。

「なーんだ。またきゅうせんけいか」

洸太が落胆した声をだして、カプセルの中身をリビングテーブルに置いた。

里佳子はまったく興味がないから、覚えようとも思わないのだが、電車にはいろいろな「型」があって、それぞれに英字や数字で表す名称があるらしい。洸太が集めているのは、とりあえず最寄りの駅を通っている京王《けいおう》線関連のものだ。しかし今の反応を見る限りでは「9000系」というのは、レア度が低そうだ。

「なーんだっていうなよ。せっかく買ってきたのに」秀嗣がふくれてみせる。

「でもこれ、もうよっつめだよ」洸太が口を尖らせる。

「なんだか、そればっかり出るんだよな」

どうやら、同じ種類のものは複数いらないらしい。つまり、「お蔵入り」だ。ひとつ二百円だというが、塵《ちり》も積もればばかにならない。

「おとうさん。癖になるから、あんまり買わないで。お金だってもったいないし」

「でも、週に二、三回だぜ」

「そうだけど……」

「てっぺいくんみたいに、とうきゅうでんしゃのもほしい」

「こんど、東急《とうきゅう》に乗ることがあったら買ってくるよ」

「わーい。やくそくだからね」

「乗ったら、だぞ」

秀嗣が里佳子の顔を見て、苦笑した。

ネットなどで知識を仕入れた秀嗣に言わせると、今のうちになんとか飽きさせて、別な方向に興味を持たせないと、「電車熱病」は深く広く進むらしい。

「京王、東急から西武《せいぶ》、東武《とうぶ》になって、メトロやJRなんかに行かれたら、破産するかも」と冗談めかして言っていた。しかし、困ったような顔をしてみせつつも、秀嗣自身も楽しんでいる気がする。

もしも、人間の分類に「平均的」などというレベルがあるとすれば、秀嗣の子育ては、まさに平均的と呼べるかもしれない。「もう少し協力してよ」と申し立てたいほど無関心ではない。かといって「少し放っておいて」と抗議したくなるほど熱心過ぎもしない。最近よくあるという、友達のような親子だ。

秀嗣が、めずらしく帰宅するなり冷蔵庫から出した発泡酒のプルタブを引き、ごくごくと喉を鳴らした。

洸太の関心がテレビに戻ったので、話題を変える。

「あのね、たいしたことないと思うんだけど」

「うん？」

テーブルに広げた夕刊に目を通しながら、カレーを口に運びはじめた秀嗣は、どこか上《うわ》の空《そら》で返事をした。

「幼稚園で、洸太が知らない人に話しかけられたんだって」

「話しかけられた？」

秀嗣は紙面から顔を上げて、里佳子を見た。

里佳子は、職員から聞いた話と洸太から聞き出した内容を、ざっとまとめて説明した。

「それだけ？」拍子抜けした様子だ。

「うん、それだけ」

「どうってことないんじゃない」

「そう思いたいけど。なんとなく気になって」

紙面に目を戻しかけた秀嗣が、にやにやしながら里佳子を見る。

「誘拐するなら、もっとお金持ちの子にするだろう。ほら、バス友にいるじゃないか。父親が医者だとか」

「栗原さんのこと？　やだ、縁起でもない」

秀嗣は発泡酒をあおって、笑みを浮かべる。酒にあまり強くない秀嗣の、目の周囲がすでに赤い。

「大丈夫だって。なんだっけ、里佳子の昔のあだ名。『ミクロ』じゃなくて――」

『リトル』のことを言っているのだ。

「もういいわよ。話すんじゃなかった」

口を尖らせた。たしかに、庭先から誰か覗いていた気がしたなどとは、言う気もなくなった。さらに、ぴりぴりしすぎかもしれない。バス停で話題に出た「アポ電」の事件もそうだが、最近の押し込み強盗は下調べをきちんとするらしい。折尾家に、危険をおかして強盗に入るほどの財産がないことは、簡単にわかりそうなものだ。それにご近所と人間関係のトラブルもない。


洸太が見ていた番組が終わった。

今夜の予定に頭を切り替える。そろそろ洸太を布団に連れていって、約束した「しりとり」をして寝かしつける頃合いだ。いつもだいたい二十個ほど言ってネタが尽きると、洸太は寝息を立てる。そうしたら、ほっぺたにチュウをして部屋を出る。そのあとは――。

夫の顔を盗み見る。

今夜はもしかすると、少し早めに仕事を切り上げなければならないかもしれない。前回からすでに四日経つ。秀嗣がさっきからずっと新聞に目を落としているのも、数日ぶりにアルコールを口にしたのも、もしかすると照れ隠しなのかもしれない。だとすれば、それはつまり一種の合図でもある。つまり、今夜あたり、そういうことになりそうだ。

　もう二年も前から、里佳子夫婦は洸太の弟か妹が欲しいと願っている。もちろん、それなりに努力もしている。半年ほど前、医者に相談してみた。不妊治療をしたほうがいいのかと。

「第一子が問題なくできたんだから、気に病むことはないと思いますよ。こういうのは巡りあわせですから」

　そう軽い調子で医者は答えた。

　たしかに、タイミングとか相性のようなものがあるとは思う。バス友ママの岩崎千沙などは「阿礼ができたときは、『あーっ、きたーっ』ってわかった」と、こちらが赤面しそうなことを言って笑う。

　秀嗣には言わないが、そろそろ生理の時期だから今回は無駄かもしれない。それでも試す価値はある。

　正直なところ、性行為で快感を得たことは、ほとんどない。だから、そういう面での欲望はないのだが、子どもは欲しい。もちろん、そんなことも言わない。

　秀嗣も食事が終わったようなので、後片づけを始めようか、それとも、先に風呂に入ってしまったほうがいいか、と迷ったときだ。唐突に秀嗣が訊いてきた。

「そういえば、こんどの土曜日って、特に予定なかったよね」

「えっ、土曜の夜？」

「いや、夜じゃなくて昼間」

夜のことを考えているときだったので、顔が少し赤らんだかもしれない。

家族のスケジュールが書き込んである壁のカレンダーに目をやった。自治会主催の資源ごみの回収があるほかは、特に予定はない。

「特には。わたしは、いまかかえている仕事があるけど」

半日以上家を空けるようなイベントは無理、という意味だ。

「そうだろうと思って、来てもらうことにしたよ。外で会うとなると、支度とかあるからさ」

「来てもらうって、誰に？」

秀嗣の話は、よくこうして飛ぶ。自分だけが理解していることを、言葉足らずに説明するので、何度か訊き直さないと意味がつかめない。

「ちょっとお客さんが来るんだ」

秀嗣は、再び新聞に目を落とし、どうでもいいことのように答えた。さっきからの照れ隠しの正体は、これだったらしい。

「だから、お客さんって誰？」

秀嗣は顔を上げ、里佳子と目を合わせて、にやっと笑った。赤みはすでに顔全体に広がっている。

「へへ、それは会ってからのお楽しみ」

　秀嗣は、あまり効果を期待できそうもない「サプライズ企画」を立てる趣味がある。

「誰だか教えてよ。掃除とかお茶の用意とかしなくちゃならないし」

「じゃあ、外で食事でもしようか。二時間ぐらいならいいだろ」

「ねえ、誰なのよ」

「へへ、当日まで秘密」

「なんだか、感じ悪い」

「それよりさ、おふくろにも、予定を入れないように言っておいてくれよ」

「あなたが言ってよ」

「言うのはいいけど、最近忘れるからなあ」

　忘れるから妻に言わせる、という理屈にも、少し腹が立った。あなたの母親でしょ、と責めたい。

「実はね、そのことなんだけど――」

　感情論にならないよう、具体的に二万円の一件について相談した。

「単なる勘違いは誰にでもあるだろ」

　予想したとおりの反応だ。

「それと、ひとりのときに火を使わないように、もう一度言ってくれる？」

「料理したの？」

「目を離した隙に、お蕎麦茹でてた」

秀嗣は、思案顔でサイドボードの上の写真立てに目をやった。里佳子たち親子と治子の四人で、ちょっとした日帰り旅行へ行ったときに撮ったものだ。

「きみは家にいるんだしさ、なんとかちょこちょこ見てやってよ」

「でも、あんまり言いたくないけど、例の事故みたいにほんの一瞬ていうことがあるでしょ」

もちろん、二度の「階段すべり落ち事故」のことを言っている。

「火事になったり、寝たきりになったりしたら、大変でしょ」

「わかったよ。機嫌のよさそうなときに言っておくよ」

その目を見て、たぶん言わないだろうな、と思った。子どものときに怖いと思った人は、大人になっても怖いのだ。

秀嗣は、江東区森下《こうとうくもりした》に、本社機能と一部の工場がある、『ヤナハル食品』に勤めている。立地としては地下鉄森下駅から徒歩十分ほど、隅田川《すみだがわ》と旧中川《きゅうなかがわ》を結ぶ運河に近く、清澄白河《きよすみしらかわ》駅から通う社員もいる。チルド食品を主力にした、中堅の食品メーカーで、創業は終戦直後の昭和二十一年と聞いた。

自社ブランド商品もあるが、ＯＥＭと呼ばれる受託商品も多い。つまり、秀嗣の会社で作って、大手企業やプライベートブランドのパッケージで包んで売るのだ。このシステムは、製造業としては特別めずらしいものではなく、食品にとどまらず、衣料品や大型家電、自動車にも存在する。

秀嗣は冗談でごまかしてあまりはっきり言わないのだが、そのＯＥＭの価格競争が熾《し》烈《れつ》で、このところ会社の業績が伸び悩んでいるらしい。

秀嗣はいま、総務部の企画調査課という部署にいる。

具体的な業務としては、自社ブランドだけでなくＯＥＭも含めて商品の売上動向をチェックし、売上が伸びない商品については、その原因などを探って開発部にフィードバックする。あるいは発注元に出向いて、具体的な検討を重ねたりする。ただし営業ではないので、接待などとは縁のない職場だ。そのおかげで、帰宅はあまり遅くならない。

大手なら立派にひとつの「部」を構えるところもあるそうだが、秀嗣の会社のレベルでは、そこまでの規模ではないらしい。

「調査なんかしてないで、とにかくスーパーの棚に押し込んでこいよ」

製造ラインあたりからは、そういう声が出ているそうだ。

その声に押されたからでもないだろうが、営業部門を強力にテコ入れする、という新方針が決まった。

『ヤナハル食品』では、今年の一月に前社長からその長男へと代替わりした。秀嗣が言うには、二世社長にありがちな「過剰な張り切り具合」だそうだ。営業面の強化だけでなく、東南アジアのどこだかに新工場を作るという構想もあるらしい。

誰がつけたのか、新社長にさっそくついたあだ名は「ドラリス」。ドラ息子云々《うんぬん》ではなく、「ドラスチックなリストラクチャリングを行う」が口癖だからという。

そして、おそらく営業部あたりから多少の悪意を込めて流れた噂だろうが、営業部の増員や新設海外工場への異動は、内勤、管理部門が優先的に対象になるらしい。

「らしい」ばかりなのだが、この異動を含めたリストラが、目下の秀嗣の胃痛の種だ。

ＯＬ生活が短かった里佳子にあまり断定的なことは言えないが、その程度のことはサラリーマンの日常なのではないだろうか。

話を聞く限り、秀嗣はほんとうに辛《つら》い体験というものをしたことがないように感じる。たとえば小、中学生時代を含め、露骨ないじめに遭ったこともないという。もちろんそれは良いことなのだが、他人の痛みに多少鈍感なところがあるように感じる。

趣味などをみても、軽く浅くさらってみて、すぐに飽きる。家計に響くような「道楽」に入れ込まないのはありがたいが、何かを真剣に悩んだことがあるのか、疑問に思うこともある。彼の人生でもっとも長く続いたのが『ヤナハル食品』での勤務だろう。

もし転職するなどと言いだしたら、どう答えるべきか。頭から猛反対する気はないが、本心ではやはり賛成できない。


その後も、秀嗣はがんとして客の正体を教えなかった。

この人は、これほど意志が強かっただろうかと、少し見方を変えたほどだ。

もしかすると、女だろうか――。

いやそれはない、と苦笑しながら首を小さく振る。浮気も離婚も可能性としてはあるが、洸太や母親がいる休日の昼日中に、浮気相手を呼ぶはずがない。

ならば、誰だ。

気になるから教えてと秀嗣に何度か訴えて、ようやく「最大限のヒント」を貰った。

「噂ぐらいは聞いたはず」と言う。

「目上のかた？　年下？　男？　女？」

「男。若干年上だけど、そんなに気にすることないよ。っていうか、おれもまだ半信半疑のところがあってさ」

噂ぐらいは聞いた若干年上の男、という、クイズめいたキーワードに、ひとつの可能性が浮かんだ。

しかしまさか――。

6

結局、問題の「お客様」には、土曜の昼に家へ来てもらうことに決まった。

家族全員で外出の支度をするのはそれなりに大変だし、リビングだけでことが済めば、ふだんからあまり散らかしていないので、片づけにそれほど時間を取られない。

食事は、久しぶりに寿司の出前を頼んで済ませることにした。前日に、お隣の調布駅近くにあるいきつけの美容院でカットをしてもらい、洋菓子の詰め合わせと、ふだん飲んでいるのよりも少し高い日本茶を買った。

いよいよ土曜日当日になった。

天気予報では特に言っていなかったと思うが、朝から強い風だ。このところ、強風の日が続く。

客が来るのは、昼の十二時半だという。ならばと、いつもとほぼ変わらない朝の六時に起きて、作業をすることにした。本来は——言葉は悪いが——夫や子どもをほったらかしでもいい週末の午前中こそ、稼ぎどきなのだ。

玉木由布の『蒼くて遠い海鳴り』が、クライマックスに近づいている。

この作家を担当するのは今回で二度目だが、やはり、盛り上がるシーンになると誤変換や用語の重複が明らかに増えた。そういえば多作だと聞いた記憶があるから、勢いで一気に書き上げるタイプなのかもしれない。

たとえば、「数人の人間が」などの微妙な表現も多い。「数人」なら「人間」に決まっている。少し悩んで、「人間」の部分から線を引き出し《ママor男女トカ?》と書いた。「このままでいくのもありですが」と一応は作者を立てつつ「でも『男女』とかの表現に直したほうがよくありませんか」という意味だ。いろいろと気を遣う。

チャイムの音で我に返った。

あわてて時刻を確認する。あっというまに十一時半になっていた。客ではなく、出前の寿司が届いたらしい。秀嗣が応対しているようだ。

二時間ほど前にも、控えめなノックのあとに秀嗣が部屋に現れて、洸太の玩具入れをそっと持って行こうとした。そのときはゲラから顔を上げて、秀嗣を見た。

「おはよう。コーヒーぐらい淹《い》れようか」

「いや、いいよ。仕事続けて」

秀嗣は笑い、玩具入れを持って下りていった。その後も里佳子を気遣って、リビングで洸太と遊んでくれているようだ。世界一とは言わないが、半径百メートル一ぐらいは優しい夫だ。

「そろそろ支度を始めようかな」

あくびと伸びを一緒にしながら、自分でも意外なほど大きな声を出した。このごろ、独り言が多い。

校閲している文章の、読点の位置がすっきりしないとき、納得するまで声に出して読むことにしている。そんなことを繰り返したら、思ったことをすぐ口に出す癖がついてしまった。「最近、独り言が増えたよね」と秀嗣に言われて気づいた。

リビングに下りていくと、秀嗣と洸太がプチトレールで楽しそうに遊んでいた。レール際に置かれた恐竜のフィギュアやペンギンのぬいぐるみが、がーがーと音をたてて動き回る新幹線を見守っている。寿司桶はキッチンのテーブルに積んである。

「ちょっと何やってるのよ。せっかく片づけたのに。もうすぐお客さんくるんでしょ」

約束は十二時半のはずだ。

「大丈夫」と秀嗣が笑う。

「だいじょうぶ」と洸太が真似をする。

「ちゃんと戻してよ」

「わかってる。それに、そんなに気を遣う相手じゃないよ」

「じゃないよ」

秀嗣はそう言いながらも、そろそろまずいと思ったのか、新幹線を止め、洸太を促して片づけを始めた。里佳子も手伝う。久しぶりにジーンズやニット生地のパンツでなく、スカートをはいた。床でこすって汚してしまわないように気をつける。

窓の外では、強い風に庭木が揺れている。


チャイムが鳴って、インターフォンのモニターが明るくなった。

十二時二十分、約束の時刻より少し早い。

見れば男がひとり、照れくさいのか、カメラから視線を外して立っている。応答しようとした里佳子の前をふさぐようにして、秀嗣が立った。

「はい。早いね」秀嗣の声は、なんだか楽しそうだ。

「遅れちゃまずいと思って。——早すぎたかな」

画面の中の男が、風に乱れた髪に手ぐしを入れた。スーツ姿で、小ざっぱりとした雰囲気だ。

「そんなことないよ。いま行くから、ちょっと待ってて」

秀嗣はモニターを消し、玄関へ向かう。

里佳子はあわててコンロで湯を沸かし始めた。五月の陽気は中途半端で、冷たいものか熱いものか迷うところだが、どうせすぐにビールを飲むつもりだろう。秀嗣がめずらしく、本物のビールを箱で買い、一ダースほどが冷蔵庫のスペースを占領している。

それはそれとして、まずは、きょうのために買っておいた日本茶を淹れることにする。

「──でさ、迷わなかった？」

「ああ。問題なかったよ」

会話とともに、男ふたり分のどすどすと響く足音が近づいてくる。里佳子も一度火を止め、挨拶のためリビングに戻った。

「おじゃまします」

会釈しながら入ってきた男が、それとわからぬほど素早く室内に視線を走らせたのを、里佳子は見逃さなかった。

こちらも負けずに観察する。ぱっと見は、いわゆる「イケメン」だ。秀嗣よりもかなり顔立ちが整っている。ついでに、身長も数センチ高いだろう。つまり、百八十センチ前後はありそうだ。

「こんにちは」

できる限り自然な笑みを意識した。

「はじめまして」

男のほうでも丁寧に返し、会釈する。なんとなく、隙のない雰囲気だ。会社の人だろうか。趣味の知り合いか。いずれにしても、見覚えはない。初対面であることは、間違いなさそうだ。

「おい、洸太。こんにちは、は？」

洸太は、父親に促され小声で「こんにちは」と言ったものの、照れてすぐに里佳子の後ろに隠れてしまった。

「人見知りなんだよ」言い訳するように、秀嗣が苦笑した。

「おまえに似たんだな」

客の男が、馴《な》れた口をきいた。秀嗣が苦笑してうなずく。

「まあ、そうかもね。――とりあえずさ、そこのソファにでも座ってよ」

「どうぞ」里佳子も合わせる。

男は再び里佳子に向かって会釈し、それじゃ遠慮なく、とソファに腰を下ろした。動きに無駄がない感じだが、洗練されているというよりは、野生動物の身のこなしを連想させる。それも、ネコ科の動物だ。秀嗣から受ける印象とは、だいぶ異質だ。

「気楽にしてくれよ。じゃあ、おれ、おふくろ呼んでくるから」

軽い口調で言い残して秀嗣が出ていってしまい、洸太と三人きりになってしまった。洸太は里佳子の後ろにまわって、ぴったりとくっついている。

「どうしたの、洸太」

間がもたないので、冗談めかして声をかけた。いまも話題に出たが、洸太はどちらかといえば人見知りだ。しかし、隠れるというのはあまり見ない。

「洸太くん、こんにちは」

客が洸太に声をかけた。会議などで存在感を発揮しそうな、歯切れのいいよく通る声だ。洸太はしぶしぶという感じでもう一度「こんにちは」と答えた。

里佳子は、いまお茶でも淹れますのでと断って、キッチンに向かった。洸太もついてくる。めずらしく、ジュースを飲んでいいかとかアイスを食べていいかと訊かない。来客があると、親の態度が甘くなるのを見越して、いつもはねだるのに。

里佳子もなんとなく、どきどきしている。胸騒ぎといえばいいだろうか。お茶の葉をゆっくり急須に入れながら、この胸のざわつきの原因は何かと考えた。

思ったより素敵なタイプだから、というのもある。しかしそれが一番の理由ではないだろう。

たしかに、客観的に見れば女性にもてそうだ。いや、間違いなくもてるだろう。顔つきも雰囲気も。

でもなんだか変だ、と感じる。何が変なのだろう。

つい今しがた観察した男の姿を思い浮かべる。

まず髪の毛だ。散髪に行ったばかりのようにさっぱりしているが、まさにそこに違和感がある。いかにも「きのう切ってきました」という印象なのだ。さらにいえば、髭《ひげ》もそうだ。おそらく、床屋で散髪ついでに剃《そ》ってもらったきりなのだろう。すでにあごからほおのほうまで、うっすら生え始めている。

お湯が沸いた。時間稼ぎに、きちんと手順どおりにやる。一度湯を茶碗《ちゃわん》に注ぎ、ゆっくりとまわす。茶碗が温まり、湯の温度がやや下がったところで、急須に移す。蓋をして、シンクの横に置いてあるデジタル時計で三十秒数える。

その間に分析を再開する。違和感を抱いたのは、髪と髭だけではない。

一見、新しそうなスーツを着ている。だが、新しすぎる。ネクタイもワイシャツも、失礼だが高級品には見えない。ただ、真新しい。きょうが入社式の新人のように全部が下ろしたてのような印象だ。あとでもう一度こっそり確認してみたいが、ワイシャツの身頃には折り目が残っていた。包装から出して洗濯もせずいきなり着たかのように。

ふだんは、スーツを着る仕事はしていない。おそらく、髪も髭も自由な職業だ。もしくは定職に就いていないのか。引き続き要警戒と結論づけかけて、待てよと思い直す。

考えてみれば、里佳子が仕事で足を踏み入れている世界は、そんな風体の男性だらけだ。少しも珍しくない。

平均的なサラリーマンの年収の十倍も稼いでいるのに、無精髭を生やし、ダメージファッションではなく本当に擦り切れた服をまとい、児童公園でぶらぶらしていたら職務質問されそうな輩がたくさんいる。

たまに出版社へゲラの受け渡しに行ったときなど、そんな「うす汚い」としか表現のしようがない男性が、自分の家にいるようなくつろいだ顔で、ピカピカに磨かれた通路を歩いているのを目撃することがある。編集者に彼の名を訊いてみると、一千万部も売った有名漫画家だったりする。

むしろ、銀行員みたいな恰好《かっこう》のほうが希少だ。

やっぱり、単に『リトル』だから人見知りしただけなのだ——。

短い時間にそんなことまで考えたことへの苦笑を隠し、久しぶりに戸棚の奥から引っ張り出した朱塗りの盆に茶碗を載せて、リビングに運んだ。ふりかえると、洸太は冷蔵庫のところに立って、親指をしゃぶっている。めずらしいことだった。三歳直前に克服してから、指しゃぶりはほとんど出ていなかったのに。

「どうぞ」

茶托《ちゃたく》ごと、リビングテーブルの男の前に置いた。

「——もし、冷たいものがよろしければ、おっしゃってください」

「ありがとうございます。お茶をいただきます」

「——いいからさ」

秀嗣がしゃべりながら戻ってきた。すぐ後ろに治子の顔が見える。

「さあさ、入って」

秀嗣に促されて、仏頂面《ぶっちょうづら》の治子がリビングに入ってきた。雰囲気から察するに、あまり気乗りがしないと言うのを、無理やり引っ張ってきたようだ。

「なによ。見たいテレビがあるのに」

「お客さんを呼ぶって、言っておいただろ」

秀嗣のその言葉が合図だったかのように、ソファに座っていた客がすっと立ちあがった。

効果を狙ったのか、秀嗣が一拍おいてから紹介した。

「じゃーん。では紹介します。アニキです」

空気が、しん、となった。

やはりそうだった——。

秀嗣と問答したときに一瞬感じた、「まさか」が当たっていた。

「アニキ」の持つ意味にもいろいろあるが、いまこの場では血縁上の「兄」を指すのは間違いないだろう。驚きはすぐに去り、腹立ちに変わった。

どうしてそんな重大なことを、前もってきちんと言ってくれなかったのよ。

当人の前なので口に出しては言えず、秀嗣を睨んだ。

そんな里佳子の心境に気づいた様子もなく、「アニキ」と呼ばれた客が秀嗣以外の三人を見渡して名乗った。

「お母さんは久しぶり。里佳子さんと洸太くんは、あらためて初めまして。秀嗣の兄のユウヘイです。優しいに平らと書きます」

7

最初に反応したのは治子だった。

「ユウヘイって、どちらのユウヘイさん？」

眉根を寄せ、小さく首を傾けている。自己紹介が聞こえなかったか、聞こえても理解できなかったか、あるいは理解したくないのか。

いずれにしても、里佳子と同じように、ただ「客」としか聞かされていなかったのはたしかなようだ。わが身に起きることは、衝撃が大きいほど受け入れがたい。いや、最近の治子なら衝撃でなくとも、理解に時間がかかるかもしれない。

男ふたりはちらりと視線を交わして、秀嗣が答えた。

「お母さん、いま言っただろ。兄貴だよ。ほら、二十年、いや二十一年前か、とにかく兄貴が中学一年のときにお母さんたちが離婚して、お父さんと一緒に出て行った、兄貴の優平《ゆうへい》だよ。だから苗字《みようじ》は、あのころの片柳《かたやなぎ》のままだよ」

同意を求めるように優平と呼ばれた人物に視線を向けた。〝優平〟もうなずき、あらためて自己紹介する。

「片柳優平です」

そのあたりの事情は、結婚前にも聞いているし、婚姻届を出したあとに、戸籍謄本も見た。

秀嗣の姓は、もと「片柳」だった。両親が離婚し、母親の旧姓である折尾になったそうだ。

「優平？」

治子の眉間の溝が、さらに深くなった。

「お義兄《にい》、さん？」

少し遅れて、ようやく里佳子も口を開いた。

スカートの裾を引っ張るものがいる。里佳子はかがんで、洸太と目の高さを合わせ、頭に軽く手を置いた。

「ねえ、洸太。少しだけ二階で遊んでて」

洸太が、いやいやをするように、体を左右に小さくねじる。

「おすしは？」

おあずけは可哀《かわい》そうだが、さすがにそれどころではなかった。

「もうちょっとしたらね。お願いだから、少し待ってて」

洸太のおやつ用に買っておいた、小分けのソフトせんべいを二枚持たせた。

洸太も、ふだんならもう少しだだをこねたりもするのだが、五歳なりに、なんだかややこしい来客のようだと感じとったのだろう。せんべいを持って黙って階段を上がっていった。少し心が痛む。

「まあ、ひとまず座ろうよ」

秀嗣に促されて、治子以外はソファに腰を下ろした。

「なによ、優平って——」

治子はまだ突っ立ったまま、ぼそぼそと不満げな声を漏らす。

「お母さんもほら、座って」

「二十年ぶりだから、だいぶ変わったかもね」

〝優平〟が苦笑しながら、頭の後ろを掻いた。左のほおにだけえくぼができている。

「正確には二十一年だ」

秀嗣がどこか得意げに訂正する。

里佳子はどういう反応を見せてよいか迷っていた。リビングに満ちた空気は、「さ、この続きはお昼を食べながらにしましょ」という雰囲気ではない。とりあえず無難に軽く会釈して、露骨にならない程度にもう一度観察した。

第一印象からそうだが、秀嗣にはあまり似ていないと思う。

秀嗣は、パンでいえばあんパンとかクリームパンといった、ふんわりやわらかな印象の顔つきだ。性格がそのまま顔に出ている。伴侶に選んだ理由のひとつでもある。

一方の〝優平〟は、顔だけでなく体も痩せて引き締まった印象で、やはりパンにたとえるなら、外側に少し焦げ目がついた、パリッと細めのバゲットといった雰囲気か。

最初に抱いた、ふだんは服装にあまりかまわず散髪もしないかもしれない、という印象は消えないが、不思議と不潔感はない。いきなり生活圏に入ってきて身内だと名乗られたので身構えたが、たとえば、駅前に新しくできた雑貨店の店長として紹介されでもしたら、好印象を抱くかもしれない。

少し落ち着いて見れば、目から鼻にかけてが治子に似ているような気もする。秀嗣の兄というのは本当なのだろう。秀嗣はそんな嘘《うそ》はつかない。ただ肝心なことを「言わない」ことはたまにある。それにしても、どうしてこんな唐突な方法で——。

「嘘よ」

治子が、朱の差した顔を素早く左右に振る。

「優平はこんな顔じゃないわよ」

「こんな顔じゃない」と言われた〝優平〟は、困ったような苦笑を秀嗣に向けた。すかさず、秀嗣が助け舟を出す。

「そりゃ顔だって変わるよ。なにしろ最後に会ったのは、兄貴がまだ中学一年生のときだから。実はさ、おれもこのあいだ会ったとき……」

「騙《だま》そうとしてもだめよ。さっきだって、警察の車が言ってたじゃない。『息子や親戚を名乗った電話にご注意ください』って。この前だって……」

秀嗣がぷっと小さく噴き出す。

「お母さん、詐欺《さぎ》じゃないって。金なんかくれって言わないし。だいたいさ、こんな家族全員そろったところに現れる詐欺師なんていないよ」

「二十年経とうが、三十年経とうが、息子の顔を忘れるわけないでしょ」

治子は、かなり気が強い。一度こうと思ったら、簡単には引き下がらない。しかも最近、ますますその傾向が強くなっているようだ。

「忘れたんじゃなくて、顔つきが変わったって言ってるんだよ。ほら、左にだけえくぼができるし。兄貴はそうだっただろ？」

秀嗣の言葉に合わせて、〝優平〟が無理にえくぼを作って見せた。たしかに、えくぼ――それも片方だけというのは、特徴としてかなりポイントが高いかもしれない。

「あのあと、親父《おやじ》が病気になって亡くなって、生活に苦労したそうなんだよ。辛い目に遭うとさ、人間、顔つきだとか雰囲気が違ってくるだろう……」

「息子の顔を忘れるわけがない」

えくぼのことは無視して、治子はそこにこだわっている。これでは平行線だ。

やり取りには加わらず、里佳子は夫の顔を見た。真偽についても気になるが、同じぐらい問題にしたいのは、こんな大切なことについてどうして事前に話を通しておかなかったのか、という点だ。

やりようによっては、もう少し穏やかに運べたはずだ。

しかし、いまさらそんなことを言ってもしかたがない。仲裁役に割って入るべきか悩んだが、論点がなかなか「治子の記憶」から移らない。

「そんなこと言ってお母さん。最近、ちょくちょく忘れるじゃないか」

まずいな——。秀嗣の言い分は、いまこの場面では火に油だ。

「忘れないわよ。何を忘れたの？」治子の目がきつくなる。

「いろいろだよ」

「だから、いろいろって何よ」

〝優平〟と名乗る男も、えくぼを見せるために作った笑みのまま、引っ込めるタイミングを失って困惑気味に見える。

秀嗣がひとつ深呼吸をして、とうとうそのことを口にした。

「言いたくないけど、朝飯や昼飯を食ったことさえ、最近は忘れることがあるそうじゃないか」

ふだんは、母親を傷つけるようなことは言わない秀嗣だが、〝兄〟の前で、引くに引けなくなったのかもしれない。あるいは、家族の再会を劇的に盛り上げようと苦心したのに、いきなり頭ごなしに否定されて、多少感情的になったのかもしれない。

「ご飯のことなんて、忘れるわけないでしょ。ばかみたい。誰がそんな――」

治子はそこでふっと言葉を切って、里佳子を見た。何かに思い当たった目だ。

最悪、と腹の中で毒づいた。秀嗣を睨むが視線を合わせようとしない。だったらこちらも「わたしは知りません。何も言ってません」ととぼけてもいいのだが、性格的にそれは無理だ。

「里佳子さんが何か言ったの?」

「すみません。ときどき、忘れることがあるみたいなので、秀嗣さんに相談しました」

「ときどきって、いつ?」

「正確に日付までは覚えていませんけど」

「ほら見なさい。自分だって忘れるじゃない。なによみんなで。そうやって、そうやって――」

興奮して言葉につまった治子に、〝優平〟が声をかけた。

「お母さん、怒らないでよ。おれが悪いんだから。やっぱり、いまさら戻ってこなければよかったな」

本心でないことは、里佳子にもわかった。それに治子の表情を見るかぎり、この優しいせりふにもあまり効果はなかったようだ。

「そんなことないよ」すぐさま秀嗣がかばう。「——せっかく再会できたんだから、そんなこと言わないでくれよ。お母さんもそのうち、思い出すよ」

「だから、忘れてないわよ」

血圧は大丈夫かと心配になるほど怒りながら、自分の部屋に戻ってしまった。和室の引き戸を閉める音が、ぱん、と響いた。

「なんだか、ほんとにすみません。波風立ててしまって」

〝優平〟が、こんどは里佳子に向かって頭を下げた。

「いえ、波風だなんて。できれば、お目にかかりたいと思っていました」

それは本心だ。ただし、もっと普通の状況下で。

「ありがとうございます」

左のほおにえくぼを作って微笑む〝優平〟に向かって続ける。

「でも、やっぱりすごく驚きました。秀嗣さんにお兄さんがいらっしゃるのは聞いていましたけど」

秀嗣が「まあまあ」と軽く手を上げて割り込んだ。

「そういう込み入った話は、あとにしようよ。長くなるしね。おいおいにね。これからのことも少し話し合わないとならないし。——あ、その前に昼飯にしようぜ。洸太も腹を空《す》かせてご機嫌斜めかもしれない」

「呼んでくる？」

「いや、里佳子。悪いけど、先におふくろに持っていってやってくれないかな。お吸い物も作ってくれたんだろ」

「一緒に食べないの？」

里佳子が首を傾《かし》げると、秀嗣が苦笑で答えた。

「おふくろはあの性格だからさ、たぶん呼んでも来ないよ。それになんだか、おれが悪役みたいになったし」

「そんなこと言ったら、わたしだって告げ口をしたと思われてるのよ。誰かさんの口が軽いせいで」

「軽いとか重いとかじゃないよ。本当のことなんだから」

「おれが行くよ」

里佳子と秀嗣は、同時に声の主を見た。〝優平〟がもう少しゆっくりと繰り返した。

「おれが持って行くよ。そして、もう一度話してみる」

「ねえ、これどういうことなの」

〝優平〟が、治子の寿司とお吸い物の椀《わん》を盆に載せてリビングから出ていくなり、腕組みをして夫を睨んだ。ただし、声は抑えている。壁一枚向こうが治子の部屋だから、大声を出せば聞こえてしまう。

「どうって、さっき言ったとおりだよ。両親が離婚して以来、言ってみれば『生き別れ』だった兄貴が、帰ってきたんだ」

平静を装っているが、目が泳いでいる。秀嗣がこんな目をするときは、内心、後悔し始めているはずだ。いや、何かを隠しているのかもしれない。すぐ意地になるところはあるが、その柱を支える地盤はゆるい。

「先週急に連絡があってさ、おれもびっくりしちゃって」

「ほんとうに二十一年——だっけ？　そんな昔に別れて以来なの？」

「ああ、ほんとうだよ」

折尾家——秀嗣にとっての旧姓片柳家の離別については、何度か聞いた。

秀嗣が小学六年生のとき、両親が離婚した。理由はいくつかあったというし、その中の大きなひとつが、父親の浮気だともいう。しかし、秀嗣に言わせると「やっぱり最大の原因は、おふくろのあの我の強さ」らしい。

自分も結婚し子どもの親になってみるとわかるが、理由の本当のところは当事者にしかわからないだろう。

とにかく、その離婚によって兄弟は別れ別れになった。この家の土地はもともと治子の両親のものであり、その両親も健在だったため、秀嗣の父親、孝道《たかみち》が出ていく形になる。当時中学一年生だった兄の優平は父について家を出ていき、戸籍も分かれた。秀嗣は治子と残り、母の旧姓「折尾」を名乗ることになる。

秀嗣としては、生まれてからずっと使ってきた「片柳」に未練があったが、改姓するなら中学に上がる前のほうがいい、というのが、治子や親戚の意見だった。

ちなみに、優平が父と出ていく形になったのは、孝道に似ている優平を治子が嫌ったからだと、これはたった一度だけ、秀嗣が酔ったときにぽろりと聞かされたことがあった。

財産分与などに関しても、あまり具体的なことは聞いていないが、結果的に孝道と優平はほとんど着の身着のままという状態だったらしい。貯金があったとしても、その一部はこの家のローンの返済に充てたのだろう。

それだけではない。老齢の両親に代わって事実上治子が大黒柱になっても、この家を売らずに済んだのは、その後も孝道から送金があったと考えるほうが自然だ。事実、そう思わせる発言も何回か聞いた。

「でも、それならそれで、どうして前もって言ってくれなかったの。こんな――なんていうか、テレビのドッキリ番組みたいな演出しなくたって。お義母さんが認めたくないのもわかるわよ」

いつもの口論なら、このあたりで「次からはちゃんと言ってよね」で終わらせる時機かもしれないが、今回は自分で思っている以上に腹を立てているらしい。いきなり義兄が出現するというのは、そう簡単に受け入れられるものではない。

「今回のことは、兄貴の希望なんだよ」

「優平さんの？」

脱出口を見出《みいだ》したように、秀嗣の目が輝く。

「そう。兄貴が『当日まで、絶対に言わないでくれ』って」

「だから、どうして秘密にする必要があるの？」

「おれも、そこんところ訊いたんだけど『驚かせたいから』としか言わなかった。でも本当は怖かったんじゃないかな」

「怖かった？」

「うん。事前に言えば、たぶん家族会議でも開いて、自分のことが話題になるだろう。特にあのおふくろが反対するのは目に見えている。『どうしていまごろ』とか『何が目的だ』とか。いやもっと露骨に『この家をのっとるつもりなのか』ぐらいは言い出しかねない。そんな場面を想像したら、里佳子だっていやな気分になるだろう」

「まあ、たしかに」

我が身に置き換えてみると、胸が苦しくなりそうだ。

この家は立地的に恵まれていて、相場では、土地だけで五千万円を超えるらしい。治子が死ねば、秀嗣が継ぎ、それはやがて——一部里佳子を経るかもしれないが——すべて洸太のものとなる、はずだった。

　たしか、前に扱った作品に似たようなケースが出てきた。離婚した元配偶者には財産相続権はないが、子どもは別だ。たとえ、夫婦が離婚しようと「親子」であることに変わりはないからだ。

　そのときはほとんど関心はなかった。まさか、身近な案件になるとは思わなかったからだ。だが〝優平〟が本当に治子の子なら、彼にも相続の権利が発生することになる。

　あとで、もう一度きちんと調べておこう。

　しかし、いまここで相続の話を持ち出すのは、さすがに気が引けた。

「わからなくはないけど、わたしや洸太は初めて顔を合わせるわけだし。こんなのって、なんだか隠しごとをされたみたいで……」

「もうやめようよ。堂々巡りできりがない」

「すみません。わがまま言ってしまって」

「ひっ」

　思わず声を出してしまった。いつからそこにいたのか、リビングのドアのところに〝優平〟が所在なげに立っている。

「あの、ごめんなさい」

思わず謝った。相続のことを話題にしていなくてよかった。

「お母さんどうだった？」

秀嗣が話題を逸《そ》らしてくれた。小競り合いはあっても、いざとなれば夫婦は同盟関係だ。

〝優平〟が、うん、とうなずく。

「まだ、百パーセントじゃないけど、理解はしてくれたよ。子どものころの思い出話をしてさ。寿司にも箸をつけてると思う」

ならば、ひとまずは「真贋《しんがん》問題」は打ち切りだ、と里佳子は思った。治子が認めたなら、血の繋がりという意味では他人である里佳子に、口を挟む余地はない。晴れて「優平と名乗る男」から、但し書きのない「優平」に昇格だ。相続権も。

「それじゃ、こんどこそ寿司食べようか」

「いけない。洸太を忘れてた」

その言葉を待っていたかのように、洸太がリビングに入ってきた。泣きそうな顔になっている。

「おかあさん、おなかすいた」

8

「おいしいね」

「うん。おいしい」

洸太が、噛《か》みちぎれないサーモンを三分の一ほど口からはみ出させたまま、うなずいた。

リビングのローテーブルを囲んで、なんとなく落ち着かない雰囲気のまま食事が始まっている。

缶から直接では雰囲気が出ないと秀嗣が言うので、久しぶりに出したそろいのグラスに、ビールを注ぎ乾杯した。洸太は樹脂のコップに甘さ控えめのオレンジジュースだ。

乾杯の声は上げたものの、里佳子は、どうしても洸太にばかり話しかけてしまう。思春期の少女でもあるまいし、そんな態度は失礼だろうとは思いつつも、初対面の義兄といったいどんな会話をしてよいのかわからない。普通なら「お仕事は何をされていますか」あたりだろうが、この場合、あまり触れられたくない話題かもしれない。

もし「今失業中です」とでも返ってきたら、どう反応すればよいのか。そして「今回は無理を言ってすみません」などと、実は借金しに来たことが判明したら——。

『リトル』の想像は悪いほうへと流れてゆく。

目の前のビールも、グラスの半分ほどを空けただけで、その先はあまり飲みたくない。もともと、アルコールには強くないし、好きでもない。

この場は秀嗣に期待するしかない。計算高くはないが、天性の座持ちの良さとでも呼ぶべき才能がある。しかし、きょうはよほど嬉《うれ》しかったのか、めずらしく昼間からビールが進む。食事が始まってまだ十分ほどだが、すでに一人でロング缶一本分は空けている。

秀嗣も、里佳子ほどではないが、アルコールには強くない。結婚にあたっては、それもプラスのポイントだった。

里佳子の父親は、酒を飲むと人が変わった。ためらいもなく家族を殴った。校閲的にはあまり推奨できない用語だが、「酒乱」という古い形容が似合う男だった。ちらりと思いだしただけで、寿司が不味《まず》くなる。

「そういえばさ、里佳子にもおれたちの名付けの理由を言ってなかったよね」

目のふちを赤くした秀嗣が、親指を立てて優平と自分を交互に指す。

「優平さんとか、秀嗣さんとかの？」

そういうこと、と秀嗣が嬉しそうにうなずく。字面からだいたいの想像はつくが、せっかく登場したあたりさわりのない話題なので、そのまま続きを待つ。

「まず、兄貴が生まれた」

まわりくどい口調も、少し酔った証《あかし》だ。

「それでもって、親父とおふくろは、優秀な子に育って欲しいと思って『優平』と名付けた。つまり、優平の優は、優しいではなくて、優れてるの『優』なんだ」

「そうなんですか」

秀嗣ではなく、話題の当人にうなずきかける。優平が、まあそんなところです、と苦笑した。

「そこまではいい」秀嗣が人差し指を振る。やはり酔っている。「両親は、次は女の子が欲しいと思っていた。名前に『美』の字をつけたかったらしい。そしたらまた男の子だった」

親指を立てて自分を指す。

「名前を熱心に考える気になれず『優秀の優を使ったから、次は秀だろう』てな感じで秀嗣になった。『嗣』が数字の『二』じゃなかっただけ、ありがたいと思ってる。以上」

いくらか場が和《なご》んだところで、秀嗣が、サーモンのネタだけを箸でつまんで、洸太の皿に載せた。洸太の好物だ。

「兄貴はね、起業家なんだ」秀嗣が嬉しそうに言う。

「ねえ、ゼリーたべていい?」

まだ半分以上も寿司を残して、洸太が訊いた。訊いた相手はもちろん父親だ。ちゃんと計算している。

「まだだめよ。お寿司を食べ終わってから」

秀嗣が答える前に里佳子が釘《くぎ》を刺した。

「はあーい」

あ、にアクセントを置く、不満なときの返事だ。

「ごめんなさい、話の途中だったのに。――起業されたんですか」

話題を戻された優平が、いやあ、と照れた。

「そんな、たいしたものじゃないんですよ」

でもさ、と秀嗣が前かがみになり、飯粒を飛ばしそうな勢いで口を挟む。顔が赤い。

「やっぱりたいしたもんだよ。起業してまだ一年なのに、ちゃんと収益を上げてるんだから、立派なもんだよ。雇われ人じゃないんだから」

いつになく口調が熱い。何か変だと、勘が告げている。

「どんなお仕事なんですか」

単なる場のつなぎで訊いたのではない。それに、秀嗣がどういうつもりで言ったか知らないが、「雇われ人」ではないというなら、里佳子も同じだ。

優平より先に秀嗣が答えた。

「クラウドファンディングの会社なんだよ。知ってる？　クラウドファンディング」

もちろん知っている。ここ数年急速に脚光を浴びるようになった、インターネットの介在を前提にした資金調達法のことだ。群衆を表す「crowd」と、資金調達を意味する「funding」を組み合わせた新語だ。

「名前ぐらいは」

少し控えめに答えると、秀嗣が失礼なことを言う。

「お、外の世界も少しは知っているんだ」

少しむっとしたが、酔った勢いだろうと聞かなかったことにして、優平に質問する。

「クラウドファンディングで起業されたんですか？」

「いえ、違います。秀嗣には二度ほど説明したんですが、なかなか理解してくれなくて。クラウドファンディングの仲介をするサイトの運営会社です」

どうやらそれが優平の照れ隠しの癖らしく、頭の後ろのあたりを掻きながら答える。

「ああ、そうなんですね」

「そうなんだよ」と秀嗣。

「もう、ビールやめておいたら」

優平も三杯目のグラスを空にしたが、ほとんど酔っているように思えないなめらかな口調で説明を始めた。

「クラウドファンディングといっても、いろいろあります。ごく大雑把に分けると、『寄付型』『購入型』『融資型』『投資型』という感じです。資金を提供する側は自分の好きなやり方でやればいいのですが、これらを仲介する商売として考えた場合、大きな違いが出ます」

「そうなんですね」

「そうそう」と秀嗣が口を挟む。

「まず、『寄付型』は除外します。その名のとおり見返りを求めない寄付なので、集まる金額や時期に波があって予測が立てにくいし、なにより、間に立ってもあまり旨味《うまみ》がないからです」

ほかに誰も聞くものなどいないのに、後半は声をひそめて、そのぶん里佳子の耳に口を近づけて言った。夫の秀嗣は、良く言えば裏表がない、悪く言えばデリカシーもない。あけっぴろげにどこでもなんでも話すので、内緒話などしたことがない。なんとなく、耳がくすぐったい感じがした。

「旨味がないんだ」と秀嗣がうなずく。

「それから、『融資型』と『投資型』の仲介は、素人がいきなり手を出すのは事実上無理です」

「はい」

うなずいて聞いているが、実は里佳子にも、その程度の知識はあった。半年ほど前に担当した作品の校閲をしたときに、少し調べたからだ。

《男女五人の大学生が、一攫千金《いっかくせんきん》を狙って投機するために一般大衆から金を集めようと、クラウドファンディングサイトを立ち上げる。しかし、取り扱い額や収益の波が大きくなってゆくにつれて各人の醜い本性が顔を出し、友情や愛情にひびが入り、やがて流血の破局を迎える》というストーリーだ。

この設定には、看過できない——というより致命的な欠陥があった。融資型や投資型の場合、金融商品を取り扱うことになるため金融商品取引業の登録などが必要となる。いくらパソコンに詳しくとも、素人の大学生がある日思い立って急に始められる商売ではない。

そのことを指摘したが、作者は「それだと物語が成立しなくなる」と強引に押し通したらしい。結果は、幸か不幸か、世間から指摘を受けるほどには売れなかったようだ。

優平の説明もおよそそんなところだが、具体的な法令や条文までですらすら出てくるところをみると、本格的に取り組んでいるらしい。

「——で、結局のところ、『購入型』から始めたわけです。つまり、ユーザーは一定額の金銭を支払う。見返りはサービスであったり、物品であったりします。老舗《しにせ》旅館を支援して、宿泊券を貰う。農家を支援して、無農薬野菜を定期的に送ってもらう。アーティストを支援して、サイン入りコンサートチケットを貰う。そういう図式です。もちろん、いくつか法の規制は受けるし、野放しというわけでもありませんが、金融商品を扱うよりはかなりハードルが低い。それに……」

ふんご、といういびきで会話が中断された。とうとう、秀嗣がソファにもたれかかる恰好で寝入ってしまったようだ。優平と顔を見合わせて苦笑したあと、ふだんは洸太が寝たときに掛けてやるタオルケットを腹のあたりに載せてやった。

洸太も、あまり好きでないタコと鯛《たい》は残して、すでにゼリーを食べ終えようとしている。

「ねえ、おかあさん。にかいでプチトレールやっていい？」

食事前に秀嗣と片づけて、玩具入れごと二階に運んであったはずだ。

「いいわよ」と言ったあとで付け加えた。「ごめんね、もう少しひとりで遊んでてね」

「はあい。ごちそうさま」

よほどつまらなかったのか、そう言うなりさっさと階段を上がっていってしまった。目を離すのは少し不安もあるが、家の中だから大丈夫だろう。「闖入者《ちんにゅう》」は、いまこうして目の前にいるわけだし。

「いい子ですね」

優平が洸太の背中を見ながらつぶやいた。

「はい。そこそこに」

なんとなく照れた里佳子に、優平はまた少し声をひそめて言った。

「でも、なんだか我慢しているように見えます」

秀嗣に聞かせたくなかったのかもしれない。しかし、秀嗣は軽く規則正しいいびきをかいている。狸寝入《たぬき》りではなさそうだ。

「あのぐらいの歳は、もっとやんちゃでわがままでもいいような気もします」

あらためて「この男は何者？」と思った。

「それは感じてます。我慢させちゃったかなと反省することもあります」

内心では、許容の範囲だろうとは思っている。それより、優平は、あのことを知っているのだろうか。秀嗣は話したのか。それによって、洸太に関する話の展開がまったく違ったものになる。

優平は、突然我に返ったような顔になって、ぺこぺこと頭を下げた。

「ああ、すみません。子育てもしたことないのに」

「ご結婚は？」

「独身です。ちなみにバツゼロです」

秀嗣が起きない程度に声をたてて笑った。

優平が頭を掻く。

「ぼくの話なんかつまらないですよね。それより、秀嗣に聞いたんですが、里佳子さんってフリーで校正の仕事をされてるんですって？」

「ええ、まあ」

「そっちのほうが面白そうですね」

「面白そうですか？」

「日常生活において、出会いそうでなかなか出会わない職業ですよね。翻訳家とか――ええと、スパイとか。あ、スパイと同列にしちゃいけないか」

「スパイ」と口にする前に少し間があったように感じた。何かほかの例を口にしかけて、あわてて変えた不自然さだ。まさか、優平自身がスパイというわけではないだろうが。

「華やかな仕事ではないんですよ。ただひたすらこつこつと――」

優平に問われるまま、「校正・校閲」の仕事について、あれこれと答えた。

しかし、里佳子のほうにも、訊きたいことはたくさんあった。

両親の離婚によって別れた「元」家族と連絡をとりたくないのは理解できなくもない。秀嗣に聞かされたとおりなら、母親に嫌われ、父親とセットで追い出されるように家を出た。

里佳子が想像するように、その後も父親が送金していたのなら、生活が楽ではなかったというのも納得がいく。とすれば、優平にとってもっとも恨みやすい対象は、母親の治子だ。そして、その治子に気に入られて家に残った弟もそうかもしれない。

ちらりと、寝息を立てている秀嗣を見やる。

この呑気さが昔からだとすれば、場合によっては人をイライラさせることもあるだろう。

だから、たとえ実の弟といえどきっぱり縁を切ったつもりで連絡もしなかった、という点はそれほど不思議には思わない。むしろ、同じ立場におかれたら、自分もそうするかもしれない。

だが、と思う。自分と重ね合わせて考えるなら、なおさらだ。

なぜ、何が目的で、今ごろになって連絡をしてきたのか。二十一年間も戻らなかった家に、その気まずさを抑えてまで、唐突に戻ってきたのはどういう理由なのか。

唐突さに関してだけは、秀嗣の想像どおり、わからなくもない。事前に言えば拒絶される可能性があるからだ。だから、強引に顔を合わせ、既成事実を作ろうとした——。

気になるのは、結局のところ「理由」だ。

物質的なことばかり持ち出したくはないが、やはり、治子がそろそろ先が短そうだと予想して、あわてて現れたのではないか。

クラウドファンディングの会社というが、どの程度儲《もう》かっているのか、疑問符はつく。

そんなあれこれを考えていて、会話に空白が生じた。間がもたず、最後まで残していたイカをつまんで口にいれた。歯ごたえはいいが、ほとんど無味といってもいい、粘るような食感が口の中に広がる。あまり好きではない。いい歳をして、飲み込むタイミングが難しい。

しかたなく、ぬるくなったお茶で飲み下した。

優平とふたりきりでは会話が続かず、かといって、さすがに寝ている秀嗣を残して仕事に戻るわけにもいかない。

洸太の様子を見に行くと、スイッチが入ったままがーがーと走るプチトレールのそばで、例によって食事後の昼寝の真っ最中だった。

「まったく、親子そろって」と口にしかけ、誰が聞いているわけでもないが、その先を飲み込み、スイッチをＯＦＦにする。洸太を寝室の布団に寝かせ、その寝顔を見ながらしばらく時間潰しをして、コーヒーでも淹れようかと階段を下りた。

「ふあー」

リビングを覗いたとたんに、大きなあくびの声が聞こえた。

大きいほうの子どもが目を覚ましたのだ。秀嗣は自分の腹に載っていた洸太のタオルケットを持ち上げて、不思議そうに見ている。

「おれ、寝ちゃったみたいだね」

「いびきかいて」

里佳子が答えると、スマートフォンをいじっていた優平も、顔を上げて楽しそうに笑った。

「すごく気持ちよさそうだったな。なんの夢見てたんだ？」

秀嗣は、頭を掻いた。

「よく覚えてないけど、なんだか嫌な雰囲気の夢だった」

両手で顔をごしごしこすりながら、秀嗣はもう一度大きなあくびをした。ゆうべ、寝る前にぼそっと話しかけられたのだが、近いうちに、例の海外新工場に関する正式発表があるらしい。それが気になっているのかもしれない。

そんなことを思い出したら、最近イベントらしいこともない我が家で、二十一年ぶりに兄が帰ってくるという一大事を多少演出してみたくなったのも、そしてめずらしく昼間から酔ったのも、無理はないかと少し同情の気持ちが湧いた。

「泊っていくだろう？」

秀嗣が、唐突に話題を変えた。問いかけた相手はもちろん優平だ。

泊る？　ちょっと待って――。同情はすぐに消え、胸の内で異議をとなえるが、もちろん口にも顔にも出さない。

「いや、新宿あたりのビジネスホテルにでも泊るよ」

優平は軽い口調で答える。

「そんな水臭いこと言うなよ。自分の家なんだから、泊ればいいじゃないか。なんだか、外は風も強いぜ」

自分の家、という言いかたにも引っ掛かる。法律的にはどうなのかわからないが、現実的にいまここは「わたしたちの家」ではないのか。

「でも、突然押しかけたんだし、里佳子さんに迷惑だから」

優平が、申し訳なさそうに里佳子を見た。儀礼的に言ったのか、本心なのか、表情からはわからない。こちらも、それに応じた答えを返す。

「迷惑なんてとんでもない。ただ、あまりおかまいもできませんけど」

「ほらな。里佳子もああ言ってるし」

ほかにどう言えばいいのよ——。

「じゃあ、お言葉に甘えようかな」

「そうこなくちゃ」

秀嗣は嬉しそうだ。顔が強張りそうになるのをこらえながらも、このあとの、買い物や仕事の段取りなどを頭の中で組み立てる。

優平が、すっと立ち上がった。

「可愛い甥《おい》の寝顔を見せてもらいがてら、ちょっと二階のトイレを拝借」

「ああ、遠慮なく」

　秀嗣にうなずき返して、優平は二十年以上もブランクがあったとは思えないほど馴れた様子で、たんたんと階段を上がっていく。

　その背を見送りながら、早口で訴えた。

「わたし、仕事があるから、あまりお世話できないよ」

「わかってるよ。だから週末に来てもらったんじゃないか。おれが面倒みるから」

「あと、洸太のことも見てね」

「はいはい、了解です」

　秀嗣はおどけて敬礼のポーズをとった。

9

　ひまわり第二幼稚園の送迎バスは、前面には犬の顔、後部にはお尻と尻尾の絵がかかれている。

　朝、八時二十五分発の、お迎えバスのお尻がやけにゆっくり遠ざかって行くのを見送りながら、里佳子はついあくびをした。

「ふああ」

口に手を当てたまま、途中で止まった。ほかの三人の「バス友ママ」が、めずらしそうにこちらを見ているのに気づいたからだ。

「あ、ごめんなさい」

照れながら、誰にともなく謝った。

三人は、同時に手を振り「そんな。あくびぐらい、気楽にどうぞ」と笑う。

「でも、洸太くんママがあくびするのって、初めて見た」

「ラテン系ママ」横川亜実が、もともと大きな目をさらに見開いておどけてみせた。ひとつひとつの顔のパーツが大きく、目鼻立ちが派手なので、よけいオーバー気味に感じる。

里佳子は、「〇〇ちゃんママ」式の呼び方が、本当はあまり好きではない。そもそも、家でも「ママ、パパ」とは呼ばせていない。しかし、いちいちそんなことで我を張るのも面倒なので、皆に合わせている。

「そうかな、家とかじゃ、しょっちゅうするんだけど」指先で目じりの涙を拭う。

「なんとなく、洸太くんママは、隙を見せない感じがするもんね」

「ハキハキママ」こと岩崎千沙が、腕組みをしてうなずく。高校時代にバスケ部のレギュラーだったそうで、いい意味での体育会系特有の、さっぱりした性格だ。薄化粧でいつもすっぴんに近い。

「そうそう、いつもなんだか気が張っている感じがするわね」

すかさず同意したのは、栗原由香利だ。このバス停に集まる四人の中だけでなく、さくら組の中で——いや、おそらく園全体のママの中でも、トップクラスの正統派美人だ。

「やだ、わたしって、いつもそんなにつんけんした感じ？」

たかがあくび一回で、話題の主役に躍り出てしまったことに、心の中で苦笑する。みんな、見ていないようで、しっかりそんなところまで観察している。

「つんけんっていうんじゃなくて、たとえば、毅然《きぜん》としてるっていうか」

「そうそう」

「それより、またお仕事で徹夜？」

三人が次々と話題をふってくる。

悪意はないのだ。ふだんいつも忙しそうにして、挨拶を交わすぐらいしか会話のない里佳子と、たわいない話をするきっかけができて楽しいのだろう。ママ友の間にもいじめはあるというから、この雰囲気はむしろありがたいのかもしれない。そう考えることにする。

里佳子が自宅で校閲の仕事をしている、というのは皆知っている。詳しい中身までは話していないが、時間が不規則で徹夜に近い作業の日もあることは、以前話した。

「ちょっと、手のかかる仕事が入って」とあいまいに答える。

「え、どんな話？」

「誰、誰？　作家の名前だけでも教えて」

「ドラマとかになる？」

そういうことは言えないと、前にも釘を刺したが、あまり深くは受け止めていないのだろう。これだけSNSが発達した現在、どんなきっかけで、どんなルートで、情報が漏れるかわからない。たとえ漏らした本人に悪気はなくとも、時と場合によっては、仕事を干されるだけでは済まない事態にもなりかねない。

「具体的なことは言えないの。ごめんね」

片目をつぶって、顔の前で両手を合わせた。

「あたしも、小説書いてみようかな」

千沙が、一度解いた腕を組みなおして、中空を睨む。

「書いたことあるの？」亜実が目をぐりぐりさせた。

「ない。創作は、小学校の作文が最後」

千沙がきっぱりと否定すると、ごくわずかな間をおいて、爆笑が起きた。

里佳子は、一緒に笑いながらも、頭の隅では、帰るタイミングを逸したと悔やんでいた。三人は口々に、小説は作文とは違うとか、一度洸太くんママに添削してもらえばいい、などと好き勝手なことを言い合っている。

「そういえば、きょうもなんだか風が強いね」

「春先は風が吹くっていうけど、もう五月なのに、今年はなんだかやけに風の強い日が多いね」

そんな会話をぼんやり聞きながら、里佳子の視線は道端で風に揺れる雑草をとらえ、あくびの本当の原因を思い返していた。

――そんな水臭いこと言うなよ。自分の家なんだから泊ればいいじゃないか。

秀嗣が優平に向かってさらりと言ったあのひと言が、いってみれば「生活」という名の、今まではほぼまっすぐ伸びて見通しがきいた線路のポイントを、日常から非日常へ切り替えたような感じだ。

唐突に紹介され、とまどいながらも「夫の兄」という関係性を受け入れようと努力した。それでも感覚的には、あくまで「久しぶりに会った親戚の人」という区分けだ。「また来てくださいね」と玄関先まで見送って別れるだけの。ところが、夫の「泊れ」発言で一気に距離感が変わった。

優平には聞こえないように、仕事もあるし急に言われても困るということを主張したが、重要な問題だとは受け止めてもらえなかったようだ。

結局、二階の一番西寄りの部屋、読み終えた書籍や秀嗣の趣味のものなどを置いていた洋室に、優平は寝ることになった。なんでも、あそこはもともと優平の部屋だったらしい。主《あるじ》の優平がいなくなってもそのままだったそうだが、秀嗣が里佳子と結婚するにあたって、現在のような使いかたになったようだ。

治子と同居することになったとき、優平の荷物は、あるものは処分し、あるものは納戸スペースの段ボール箱の中に収納し、この家から優平の匂いはほぼ消滅した。

ともかく、久しぶりに帰ってきたその部屋の主が泊ることになった。

ほとんどベッドとして使ったことのないソファベッドを広げ、これもまためったに押入れから出したことのない、来客用の寝具類をあわてて午後の日に当てた。朝からの強風も収まりつつあった。

「おれが面倒みるから」と言ったくせに、その間、秀嗣はリビングで兄と昔話に花を咲かせていた。どのみち、中途半端に手を出されてもかえって手間が増えそうだから、根には持っていないが。

洸太が昼寝から起きると、秀嗣が「久しぶりだから、近所を案内する」と言って、優平だけでなく、洸太も一緒に散歩に出た。

治子は食事のあとも自分の部屋からは出ようとせず、ヨガをやっているようだった。いちいち気配をうかがっていたわけではないが、その後は静かになったので、疲れて昼寝でもしていたのかもしれない。あるいは、優平と再会して昔のことでも思い出しているのか――。

男たち三人は酔いざましも兼ねて、甲州街道沿いに新しくできた、大手総合スーパーへぶらぶらと歩いて行ったようだ。夕食の材料を買ってきてくれたのは助かったが、優平の着替えや、いくつかの男性用洗面用具を見たときは、ああほんとに泊るのだなと少し気分が沈んだ。

「そういえば、イケメンのお義兄さんがいるでしょ」

ぼんやりと男たちの記憶をたぐっていたが、由香利の問いかけに、ふと我に返った。見れば、いたずらっぽい笑みを、控えめにしかしそつなく化粧を施した目もとに浮かべている。

「あ、ああ」

あいまいにうなずく。セレブ感を漂わせた由香利の口から「イケメン」などというせりふが出ると、なんとなくこちらがどきどきしてしまう。いや、そんなことより、優平のことをどこで知ったのだろう。

こちらから問う前に由香利が説明した。

「おとといスーパーで、おたくのご主人と洸太くんに会って挨拶したら、一緒にいた男性を『兄です』って紹介されたの」

「え、そうなの？　ご主人のお兄さん？」

なんにでも興味を示す千沙が、さっそく口を挟んだ。

「そうなの。たしか二十一年ぶりとかにうちに来て、泊ったの」

さすがにその間音信不通だったとは言えない。

「ご主人、お兄さんがいたんだ」

千沙が遠慮のない口調で訊く。毎朝の顔ぶれに新鮮な話題は貴重だ。

「ほら、あの人にちょっと似た感じで、かっこいいのよ」

由香利が立てた人差し指を振りながら、このところテレビで見かけない日はない、有名な若手俳優の名を挙げた。

「嘘」と千沙が大げさに驚く。「まじで？」

「賢くんママがそう言うなら、よっぽどイケメンなのね。ちょっと見にいっていい？」

派手な見た目と違って、本来は根が真面目な亜実が言うと、冗談なのか本気なのかわからない。

「独身？」と千沙。

「そう聞いたけど」

「こっそり見にいこうかな」

千沙ならやりかねない。あわてて補足する。

「残念でした。もういないの」

「なんだ。帰す前に紹介してよ」

千沙がおどけてふくれっ面を作ると、また皆が笑った。

もういないのは本当だ。一泊して明けたきのうの日曜、秀嗣は「都合がつくなら、もう一泊していけ」としつこく誘っていた。しかし優平本人は里佳子があまり歓迎していないのを感じ取ったのか、夜には帰っていった。秀嗣は残念そうだったが、治子がどういう反応を見せたのかは、見ていないのでわからない。

秀嗣が兄を車で駅まで送った。最初は人見知りしていた洸太も、そのころにはすっかり慣れて一緒に乗り込んだ。里佳子は残った。その隙に少しでも仕事の遅れを取り戻そうと思ったからだが、人間の頭はそんなに簡単に切り替えがきかない。悔しいほどはかどらなかった。

その後、洸太が寝ついたあとになって、ようやく仕事の調子が出てきた。気がついたら午前三時になっていた。だから昨夜は三時間ほどしか寝ていない。あくびの原因を正確に説明するとそういうことになる。

「お義兄さんて、お仕事は何をされてるの?」

千沙がなかなかその話題から逸れてくれない。この四人の中で仕事を持っているのは里佳子と亜実だけで、あとのふたりはいわゆる専業主婦だ。

由香利の夫は勤務医をしており、由香利はよく「医者も開業してないと、ただのサラリーマンで旨味はない」と決まり文句のように言う。それでも平均的な勤め人より、だいぶ収入は良いはずだ。しょっちゅう都心へ買い物に出ているし、着ている服も、そういう方面にうとい里佳子が見ても高そうだ。それに夫婦そろって会員制のジムに通っている。

「気持ちは現役体育会系」を自認する千沙は、二か月ほど前に勤務先であるファミレスの店長と喧嘩してパートを辞めてしまい、現在は主婦業に専念中だ。元気を持て余しているらしい。出会いや刺激の少ない立場にいれば、「イケメン」と聞かされて、興味を抱くのも無理からぬことかもしれない。

「IT関連とかって聞いた。あまり、詳しく知らないんだけど」と、これもわざと少しぼかして説明する。へたに「クラウドファンディング」などと口にして、根掘り葉掘り質問されたのではたまらない。

「あ、いけない」少しわざとらしいかと思ったが、手を叩いた。「朝イチで連絡入れないとならないところがあった。ごめんなさい、それじゃお先に」

無理やり会話を終了させて、立ち話の輪から抜けた。とたんに突風が吹いて砂ぼこりが舞った。

髪を押さえ、足早に去りながら一度だけ振り返ると、三人はこの風の中、身振りを交えて笑いながらまだ会話を続けていた。

家に戻るとメールが一通届いているのに気づいた。

《お久しぶり》で始まるそのメールは、緒方省《おがたあきら》という人物からだった。

「緒方くん？」

つぶやきながらメールを開く。あの緒方だとすれば、高校時代の同級生だ。恋愛関係には至らなかったが、そこそこに親しいあいだがらだった。最後に会ったのはたしか二年ほど前のことだ。いろいろあって、今はフリーランスのライターをしているはずだ。

メールには簡単な時候の挨拶に続いて《いま、衆星出版の仕事をしていると聞きました。ぼくもです（笑）。今度、久しぶりに会って話しませんか？》という趣旨の本文があった。

少し考えて《校閲の仕事はあまり出歩いたりしないので、ほんとにもし、機会があったら》とやんわり遠ざけておいた。

10

きょうは、幼稚園は昼食が出る日だから、お迎えまで数時間ある。

治子は勝手に昼食を摂《と》っている。里佳子は、久しぶりにつかんだこの自由な時間に、意地もあって仕事に集中した。いや、集中しようとした。しかし、どうしてもあれこれと雑念が湧いてしまう。

《地肌に直接羽織った薄いワイシャツに、沙織の若い乳首が透けて見えている》

寝不足をごまかすために、朝からコーヒーを三杯も飲んだ胃が、むかむかする。玉木由布の脂ぎった顔を意識から振り払いながら、《地肌》の脇に縦線を引き、余白部分まで引き出す。

思い切り先をとがらせた鉛筆で《「地肌」とは、化粧などをしていない本来の肌のこと。この場合は「素肌」トカ？》と、いつもより遠慮のない表現で書いた。

秀嗣からメッセージが届いたのは、午後三時四十分を少しまわったころだ。そろそろ洸太の「お迎え」に出ようと思っていたときだった。

《今夜も兄貴が泊りに来るのでよろしく。晩飯は適当で》

「なにそれ」

玄関で靴を履きながら、思わず口にしてしまった。

とにかくバス停へは迎えに行かねばならないので、歩きながら簡潔に返した。

《どういうこと？》

きのうの夜帰っていったのに、すぐまた翌日に泊りに来るとは、どういうことなのか。なぜこの件に関しては、秀嗣は里佳子に相談もなしに話を進めるのか。

「こんにちは」

今朝会ったばかりの「バス友ママ」たちが、少し不安気な表情で話し込んでいる。里佳子が近づくと、なんとなく強張った笑顔で挨拶を返した。

「こんにちは」

「何かあったの？」

「ほら、さっきサイレンの音がしてたでしょ。あれ、結構近くじゃないかって」

亜実が、大きな目の上の眉根をよせた。

「サイレン？」

「やだ、鳴ってたじゃない」千沙があきれたような口調で言う。

「ああ、そういえば鳴ってたような気がする」

たしかに、パトカーだか消防車だかわからないが、ウーウーとしばらくサイレンが鳴っていた。以前、やはり校閲作業の過程で、警察と救急車両のサイレンの違いを調べて指摘したことがあるが、個人的には興味がないので忘れてしまった。

近いといっても、ご近所というほどではなかったし、仕事に没頭していたので、気にしていなかった。

『蒼くて遠い海鳴り』は、露骨な描写のベッドシーンが多い。

もちろん仕事と割り切っているが、本心を言えばあまり里佳子の好みではない。秀嗣にも口に出してはっきり告げたことはないが、これまで性行為に深く快感を覚えたことはない。そうなってみたいと思ったこともない。

しかし、特に恋愛を扱った小説に登場する女性たちの多くが、性行為の過程で意識が遠のくほどのエクスタシーを体験する。里佳子は当初、それは男性作家の希望的妄想だと思っていた。ところが、女性の作家も同様のシーンを書く。

頭が真っ白になるほどの快感――。

そんなものが本当に存在するのだろうか。さすがに「複数の男に凌辱《りょうじょく》を受けている女性が、しだいによがりはじめる」などというのは、削除が相当のいんちき妄想描写だと信じているが、愛の帰結の快感の深さに関しては、虚実の見極めがつかない。あえてコメントするなら《未確認です》となる。校閲者としては多少心残りに感じることもある。

千沙あたりに訊けば、あっさり説明してくれるかもしれない。事実、つい先週のことだが「春になるとなんだかちょっと燃えてくる」などと言いだし、ほかのバス友ママたちも、顔をあからめながらも突っ込んだり相槌《あいづち》を打ったりしていた。里佳子にはそれができない。それはたとえるならば、今朝の排泄《はいせつ》物についての詳細を聞くのにも似た、嫌悪感とでも言えばいいだろうか。

もちろん男性嫌いというわけでもない。肌に触れられると体の芯の凝りがほどけていく気分になることもある。体温としてのぬくもりが欲しいときは、秀嗣に肩を抱いてもらったり、背中をさすってもらうだけでも満足感はある。しかし、そのまま《体のうずきが止まらず衣類を剝ぎとるように行為におよぶ》などということはありえない。

この淡泊さは、生まれ持った体質なのだろうかと考えたことも何度かある。『リトル』であることと関係があるのか——。

もしも後天的な、つまり過去の体験や出来事と関係があるなら、やはりあの男の存在を無視はできないだろう。

里佳子の父親、潔《きよし》は、酒好きではあるが、体質的にアルコールにはあまり強くなかった。

大酒飲みではなく、典型的な酒に飲まれるタイプである。

日本酒で二合、ビールの中瓶なら二本も空ければ、特殊メイクを施したのかと思うほど、顔から胸、手足まで真っ赤に染まる。すると性格までが別人のように変わって、粗暴になる。飲み始めてから変身するまで、わずか二、三十分のことだ。

とにかく理不尽なことで怒りだす。たとえばあるときなど、「おれは真っ白いかまぼこが好きだと言っているのに、紅白のかまぼこを買ってくるのは、あてこすりか」と怒り出した。世間の人が聞いたら首を傾げるだろう。

母親のまさ枝《え》がつい「安売りしてたから」と答えたら、「どうせ安月給だ」と激高し、かまぼこの載った小皿を母に向かって投げつけた。

ガラス製の灰皿を壁に投げつけたこともある。皿は何枚も割ったし、トイレのドアも蹴破った。母を殴ることもあった。里佳子が外出から帰ると、目の脇に青痣《あおあざ》をつくったまさ枝が、沈んだ顔で台所仕事をしていたりもした。

それでいて外ではおとなしい。埼玉県戸田《とだ》市にある大手物流会社の配送管理に関する仕事をしていた。興味を持ったことはないから詳しくは知らないが、すくなくとも酒気帯びで勤務が許される環境ではなかっただろう。素面《しらふ》のときは別人なのだ。

家の近辺で知人と顔をあわせたときも、とても腰が低い。ぼそぼそっと小声で挨拶をする。

だから、家の中の怒声が聞こえる距離のご近所さん以外に、潔の本性を知る人間は少なかったはずだ。

『リトル』の里佳子としては、この暴力的な父親に意見するというのは、かなり勇気の要ることだったが、見かねて口出ししたこともある。

「お願い、殴るのはやめて」

潔の答えは予想したとおり「うるさい。嫌なら出ていけ」だった。高校卒業と同時に家を出ようかと、何度も考えた。しかし、自分がいなくなれば歯止めがきかなくなる——つまり、母の身にさらなる危険が及ぶのではないかと思って、もう少し我慢することにした。

母のまさ枝は、治子などとは対極のタイプの妻で、睨み返しながら反論するようなことはない。不味いという理由でぶちまけられた夕飯のおかずを掃除しながら、夫に聞こえない程度にぶつぶつとこぼすのが関の山だ。

里佳子には三歳年上の姉、木乃美《このみ》がいたが、彼女は短大を卒業するなり、さっさと家を出た。社員寮のある群馬県の電子機器メーカーへ就職して、それ以後、家にはほとんど寄りつかなかった。里佳子としてもその気持ちはよくわかる。

もちろん、この暴力や暴言が常態化し、際限なくエスカレートしていくなら、離婚や別居という選択肢もあったのかもしれない。その前に警察沙汰になっていた可能性も充分にある。しかし、ほとんどの場合、潔は翌朝には別人のようにおとなしくなっている。

ぶっきらぼうではあるが、とりあえずは申し訳なさそうに詫びる。割った皿の代わりを買ってきたりもする。その翌日の夜も同じことが繰り返されるかと思えば、一か月間も何も起こらず、平穏な状態が続くこともある。ようするに他人にはわからない、何かのスイッチがあるのだ。

里佳子が二十歳、専門学校二年生の晩夏に、その潔が失踪した。

あれは九月最初の日曜日だった。その前日まで台風崩れの低気圧が関東地方に居座って、数日間大雨が続いていた。

あの日はその雨こそやんでいたが、強い風はまだ残っていた。

まさ枝の説明によれば、休日恒例である起き抜けの酒を飲んだ潔は、しばらく庭いじりなどをしていたが、急に釣りに行くと言い出し、支度を始めた。もちろん、普通の神経ならそんな日に釣りになど行かないだろう。

釣れる釣れないという前に、増水して危険なことは小学生でもわかる。

まさ枝も「もちろん止めた」と言っているが、里佳子は疑問に思っている。妻や娘が止めて思いとどまるような人間ではないことを、まさ枝もわかっていたはずだ。むしろ、余計なことを言うな、気分が悪い、と手を出される可能性が高い。まさ枝は、ばかな男だと思いながら、見て見ぬふりをしていたというのが本当のところではないか。

結局潔は、愛用の自転車の荷台に釣果用のクーラーボックスや釣り具をくくりつけ、竿《さお》を差し、荒川《あらかわ》の行きつけの河川敷へ向かった。そしてそれきり二度と帰ってこなかった。

里佳子も聞いたことはあったが、釣りの常連たちには縄張りとでもいうべき「定位置」があるらしい。潔の定位置は、後の警察による捜索のときに釣り仲間が教えてくれた。

人の背丈ほどもある雑草が生い茂るその場所には、潔が作ったのか誰かの物を受け継いだのか、工事現場の足場などで使われる鋼板とパイプを組み合わせた、違法な「釣り座」があった。

その釣り座には――ずっと置きっぱなしになっていたと思われる――かなり使い込んだアウトドア用のパイプ椅子、ケースに入ったままの予備の釣り竿、空のクーラーボックス、飲みかけのカップ酒などが残っていたらしい。状況からみて、釣りの途中で川に落ちた可能性が高い。警察が聞き込んだ限りでは、当時近辺に人はいなかったようだ。

警察だけでなく消防の人間も出動して、二日間ほど、あたりの川岸や下流などを捜索してくれたが、大雨のあとの増水がなかなか引かず、遺留品すらみつからなかった。

「釣りもいいけどね、状況を考えないとね」

まさ枝と里佳子を前にして、捜索の現場の責任者らしき警官にそう言われた。「みんなに迷惑がかかるでしょ」という意味だ。ほかの場合なら腹が立ったかもしれないが、対象が潔だと思うと、素直にうなずけた。まさ枝も、まるで犯罪者を出したかのように、ぺこぺこと謝っていた。

姉の木乃美が実家に顔を出したのは、結局ひと月近く経ってからだった。彼女の口から、行方不明者届だとか法定相続だとかいう言葉が次々出てきた。

あまり親戚づきあいもなく、幼いころから身近な大人の男といえば父親しか見たことがなかった里佳子に、男という生物に対する嫌悪感が根づいた。心を開くことはできない、心底から信じても頼ってもいけない、そんな考えがしみついた。一緒に映画を見に行く程度の相手はいたし、結婚という生活形態を否定するつもりもないが、男に対して夢を抱くことはなかった。

「校正・校閲」という、いわば「手に職をつける」系の仕事を選択したことにも無関係ではないだろう。

そんな醒《さ》めた結婚観を抱いていたのだが、高校時代の友人の結婚式の二次会で、秀嗣と出会った。穏やかな性格のようだったので、少し話し込んだ。ほどなく、共通の話題がいくつかみつかった。当時まだ行ったことがなかった、国立新美術館の企画展に行こうという話になった。

展示を見終えて食事をしているときに、どちらも父親がいないという共通点をみつけた。何度かデートを重ね、気づけば結婚することになっていた。ためらいがあった結婚という道に踏みだせたのは、正直そうだったし、一緒にいると心が安らぐという理由が大きかった。しかし、決定的な要因は、酔っても暴力を働いたりなどしそうもない、という点だった。

結婚したのは八年前。それ以来、これという不満を抱いたことはない。

これは千沙の口癖なのだが、「うちの旦那、独身時代はけっこうカッコいいと思ったんだけど、一緒に暮らすとおならは臭いし、いびきはかくし、幻滅もいいとこ」という感覚もあまりない。もともと、深く期待していなかったから、大きな幻滅もないのだろう。

とにかく、波風が立たないのが一番と思っていたところへ、予想もしなかった異物が現れた。秀嗣に似た性格ならまだ我慢できたかもしれないが、どうやら正反対といってもいいほど違うようだ。

どうしても心を許すことができないのは、財産の問題だとか、全体から受ける印象に、なんとなく底が知れないという違和感を抱くからだけではない。いくら両親が離婚したとはいえ、二十一年間も連絡ひとつしなかったという事実が、自分の父親の屑《くず》っぷりを思い起こさせるのだ。

めまいがひどくなり、しゃがみかけたとき、声をかけられた。

「ね、洸太くんママ」

「あ、ごめん」我に返る。

「どうしたの、ぼうっとして」千沙がいたずらっぽい目で睨む。「もしかして、ゆうべのこととか思い出してた？」

肘で、里佳子の腕をつついた。

「ほらほら。洸太くんの弟か妹が欲しいとかなんとか言ってたし――」

からかう千沙の脇で、ほかのふたりも遠慮気味にくすくす笑う。

「そんなんじゃないのよ」苦笑して話題を逸らす。「サイレンの音、何だったのかしらね」

「あの音は一台じゃなかったわよね」

千沙が同意を求めると、ほかの二名がうなずく。

「うん。三台ぐらいいたね。たぶん、パトカーの音だと思う」

由香利が冷静に答えたとき、里佳子のスマートフォンに、秀嗣からメッセージが届いた。

《今夜、ホテルがとれないらしい。それに、もともと自分の家だし》

優平の件に関する返信だ。

《自分の家》というのが、秀嗣にとっては、何度でも使える切り札のつもりらしい。

こんなことが続くのはやはり迷惑だと、はっきりと秀嗣に告げておくべきだった。

一泊で帰ってくれたので、あまりしつこく言ってもと思って、口に出さずにいたのだ。

いまのこのお迎えが終わったら、きちんと気持ちを伝えておこう。今夜こそは断って欲しい、と。そして、どうしても同じ屋根の下で過ごさなければならないなら、もう少し納得のいく説明が欲しい、と。

二十一年間も音信不通だったのが、ある日急に現れて「クラウドファンディングやってます」などと説明されて、信用しろというほうが無理がある。具体的な会社の名前を訊いても「小さい会社です」などとはぐらかされた。

住所にしてもそうだ。今はどこに住んでいるのか、それすらも曖昧模糊《あいまいもこ》としている。

昨夜、さすがに秀嗣に「じゃあ、住所不定ってこと？」と強めに訊くと、「じつはおれもよく知らないんだよ」と、困ったように頭を掻いた。

「おれなりに訊いたんだけどね。IT事業のいいところは、事務所の場所を選ばない点なんだ。なんでも、栃木県のどこだか田舎のほうで、でも環境のいいところらしい。こんど遊びに来てくれって誘われたよ。今回、東京で何人か人に会ったり、契約したりの仕事があるんで、一週間程度、ビジネスホテルを泊り歩く予定だったらしい」

「じゃあ、予定どおりにしてもらえばよかったじゃない。儲かってるんでしょ。仕事の関係なら経費になるし」

「そんな、水臭い」

「水臭いのはどっち？　今まで何をやってたか、もっとしっかり訊けばいいじゃない。『兄弟』なんだから」

少し皮肉を込めた。

「兄弟だから、よけいに触れて欲しくなさそうなところが敏感にわかってさ、なんとなく遠慮しちゃうんだよね。君だって――ほら、わかるだろ」

「もしかして、姉のこと？」

その続きを言い淀《よど》んだ。だが、秀嗣はそれ以上畳みかけるような攻撃はしてこない。あとあとまで感情を引きずるような口論には持ち込まない性格だ。ただ、あまり深く考えないがゆえに、結果的に一番の急所を突くことがある。

里佳子の姉、木乃美は、六年前に水死した。自殺とみられている。

潔が落ちた川に飛び込んで、まったく泳げない木乃美は溺《おぼ》れて死んだ。少なくとも警察はそう判断した。

事前に木乃美がノイローゼ気味だったことや、事件性をうかがわせる状況証拠がなかったからだろう。里佳子もまさ枝も、警察のその判断に納得した。以前、父のことで迷惑をかけたという後ろめたさもあったかもしれない。

父親は行方不明、姉は自殺、ごく平凡に見える里佳子の一家も、そんな風雨に見舞われてきた。だから、平穏が欲しいのだ。もう二度と波風が立つような暮らしはいやだ。

「まあ、細かいことはおいおい訊くからさ。とにかく、兄貴は悪い男じゃないよ」

秀嗣はそう言って、いつもの毒気のない笑いを見せた。


「なんだかちょっと遅いね」

千沙が背伸びをして道の先を見るが、まだ幼稚園バスは来ない。時計を見ると、すでに定刻を五分以上過ぎている。

しかし、それほど心配しているわけでもなさそうで、三人の母親の話題は、「ラテン系ママ」亜実がパートで働いている天然酵母使用のパン屋へ移っていった。

　里佳子はあまり熱心に聞いていなかったが、なんでも、二週間ほど前に無料配布のタウン誌の取材を受けて、店員である亜実も、パンを並べているところを写真に撮られたそうだ。

「柑奈ちゃんママは、目鼻立ちがはっきりしてて、写真映えがしそうだもんね」

　千沙が、素直な感想を漏らした。由香利が、そのタウン誌の配布日はいつか、と訊き、やだ恥ずかしいから見ないで、と亜実が手を振る。

　里佳子は会話に加わらず、今夜のことを考えていた。

　もし、秀嗣が結局は断り切れなくて——秀嗣なら充分ありうる——優平がまた泊るようなことになったら、食事をどうするか。「適当で」というのは「何もしなくていい」という意味ではない。適当に何か作ってくれ、という要望だ。

　おととい、最初に会った日の夜、秀嗣たちが材料を買ってきたすき焼きを食べながら、優平は「和食が好きだ」というようなことを言っていた。しかし、いまから煮魚のような手間のかかるものは作りたくない。かといって刺身は高くつく。いっそまたカレーにしようか。和風だしを入れたら「和風カレー」だ——。

「——ね、洸太くんママ」

　千沙に話しかけられていることに気づかなかった。

「あ、ごめんなさい。ちょっとぼうっとしてて」

「お仕事で頭がいっぱいか。稼ぐわね。こんどランチ奢《おご》ってもらおう」

「そんなんじゃなくて」

手を振る里佳子に、由香利が助け舟を出してくれた。

「あのね、近いうちに、『シャンボール』でランチしましょうっていうお誘い」

さっきから話題になっている、亜実の勤め先だ。なんでも、ボリュームたっぷりのサンドイッチとコーヒーにフィナンシェかマドレーヌがついて、七百円プラス税だという。

「安いでしょ」千沙が嬉しそうだ。

「そうね。考えて……」

四人のスマートフォンが、ほぼ同時に着信音を発した。

「何かしら」全員が手もとの画面を見る。

《申し訳ありません。ただいま連絡が入り、第二ルートのバスが少し遅れています。特にご心配はいりません》

ひまわり第二幼稚園からの、保護者宛一斉メールだ。

「やだ、第二ルートって、ここじゃない」

「やっぱり、ちょっと遅いと思った」

「酔ってないといいけど」

亜実は心配そうだ。娘の柑奈は車酔いしやすいらしい。

「ぐずった子がいて、出発が遅れたとかじゃないかな。心配ないって書いてあるし」と呑気そうに千沙が言う。

「でも、《ただいま連絡が入り》ってことは、途中で何かあったってことじゃない？」

由香利の冷静な分析に、皆でうなずいた。ふだんは遅れてもせいぜい二、三分だが、きょうはすでに十分近く過ぎている。《ご心配はいりません》と書いてある点が救いに感じる。

「渋滞か工事かもね」

「それにしても、なんだかまた急に風が吹いてきたわね」

「ほんと嫌になる。全然スカートがはけなくて」

「阿礼くんママはもともと、スカートはかないでしょ」

「あ、そうだった」

そんなことを言い合っていると、犬の顔のバスが角を曲がってやってくるのが見えた。十五分遅れだ。

完全に停まる前から折り戸式のドアに手をかけていた女性職員が、停車するなり勢いよく飛び降りた。

「すみませーん。遅くなりました」

元気に詫びてぺこりと頭を下げる。その様子を見る限り深刻な事態ではなさそうだ。

続いて園児たちが降りてくる。さすがに退屈したのか、みな不機嫌そうな顔だ。

「いつもの道が通行止めになっていて、細い抜け道で動きがとれなくなってしまって」

職員が理由を説明した。

「あのね、パトカーがいたよ」

洸太が里佳子に話しかけた。全員で「さよならの挨拶」をする前だ。いつもなら注意されるところだが、きょうは見逃してもらえた。

「やっぱり。パトカーですか」

千沙が大きな声で尋ねる。

「はい」と職員がうなずく。「なんだか、事件があったみたいで、住宅街のいつもの道路に、黄色いテープが張られて通行止めになっていて、細い脇道に入ったら、向こうから来た車と鉢合わせして――」

説明している途中から、千沙と亜実がスマートフォンで調べ出した。

「殺人事件かな」と千沙。

「まさか」と由香利。

「まだ、ニュースにはなっていないみたい」と亜実。

「ねえ、おうちかえりたい」

洸太よりひとつ年下の柑奈が、だだをこねるように体を左右にねじった。それに触発されて、ほかの子もそれぞれの母親に対し、似たような訴えをした。

「あ、それから折尾さん」

職員が里佳子にだけ声をかけた。

「はい？」

「このあいだお話しした、見かけない男性」

「ああ。幼稚園で洸太に話しかけてきた」思い出してうなずく。「――もしかして、また来たんですか」

不安の雲が胸に広がる。しかし職員の顔には笑みが浮いていた。

「そうじゃないんですけど、洸太くんの伯父《おじ》さんだそうです。――ね」

職員に同意を求められて、洸太が無言で、しかししっかりとうなずいた。

「おじさん？　もしかして、優平伯父さんのこと？」

洸太がもう一度無言でうなずく。指の爪を噛んでいる。

「きょう、たまたま智世先生が『このあいだの男の人は、あれからもう来ない？』って訊いたそうなんです。そしたら『来たよ』って。驚いてどういうことか詳しく訊いたら、家に来たって。お父さんのお兄さんで、家に泊りに来たって。――ね」

「そうなの洸太？」

またしても爪を噛んだままうなずく。

「そういうことで、心配ないみたいです。——それじゃ、このあとのお母さんがたもお待ちなので」

職員はいつもよりせわしないさよならの挨拶をし、バスは去っていった。

パトカーがいたという事件のほうが気になるらしい千沙が、息子の阿礼に尋ねた。

「ねえ、おまわりさんもいた？」

すると、由香利の息子の賢が代わって答えた。

「おまわりさんいたよ。こうたくんは、ねてたからしらない」

「ねてないもん。おまわりさんみたもん」

言い争いが始まりそうなので、里佳子はほかのメンバーに挨拶して、洸太の手を引いて家に向かった。

「ねえ、洸太」

これから何を言われるのか想像がつくらしく、返事をしない。里佳子は洸太の指を握っているが、洸太のほうからは握り返してこない。もう一度呼びかける。

「ねえ、洸太。——優平伯父さんがおうちに来たとき、このあいだ幼稚園で話しかけられた人だって、すぐにわかった？」

うなずく。

「だったら、どうしてそのとき教えてくれなかったの？」

「なんとなく」

「なんとなく、どう感じたの?」

責めるつもりはない。黙っていたことに、何か理由があるのか知りたい。

「なんとなく、はずかしかった」

洸太が消え入るようなかすれ気味の声で答えた。

ほかにうまく説明できないのだろう。恥ずかしい、と答える気持ちはわからなくもない。自分が話しかけられたことで、先生がたのあいだで話題になった人物が家にやってきた。驚きもあるだろう。そんなとき親に向かって「あの人が、例の話題になった人だよ」と子どもの言葉でうまく説明できるかどうか、里佳子もわが身に置き換えてみると自信はない。子どもにはなんとなく親に言い出しづらいことがある。

「家に来た優平伯父さんとは、どんなことお話ししたの？」

家の中でも買い物に出たときでも、里佳子のいないところで、会話の機会は何度もあった。

「すきなたべものとか」

「あとは？」

「こんど、サッカーみにいこうって。あじのもとスタジアム」

たしかに電車ですぐ隣の駅だ。近所の中学生あたりは自転車で行くくらいらしい。

「洸太は、なんて答えたの？」

「いく、って」

「ふうん。サッカー、好きになったんだ」

里佳子の問いに、洸太は照れながらうなずいた。

質問はそこまでにしておいた。洸太を責めてみてもしかたない。遅ればせながらでも、正直に話してくれたことで良しとするべきだろう。この先は、秀嗣に相談してみよう。

11

帰宅すると、治子は出かけて留守だった。

一応、戸締りと火の始末はきちんとなされていた。あまり見かけはよくないが、少し前から玄関ドアの内側に《火の始末。戸締り確認》と張り紙をしてある。

本人には何も言っていないが、もちろん治子に対するアピールだ。治子のことは信用していない。悪人とか善人とかいう観点からではなく、セキュリティの面で不安でならない。

喉が渇いたとぐずる洸太に麦茶を注いでやり、秀嗣にメッセージを送った。

《優平さんのこと、やっぱり、きょうだけは断ってください。わたしの仕事の都合もあ

るし、ほかにもちょっと話したいことがあります》

送信して、洸太に声をかけた。

「洸太、買い物に行くよ」

「おるすばんしてる」

「おばあちゃんがいないから、ひとりになっちゃうからダメ」

「ひとりでいい」

さっきの優平に関する会話を、叱られたと受け止めたのだろう。しかたない——。

「じゃあ、きょうは特別に、チョコアイスか、ガチャガチャやらせてあげるから」

「わかった。いく」


買い物を終えて、車の中でチョコアイスを食べ終えた瞬間に、洸太は寝てしまった。

自宅に戻り、車をカーポートに停めて玄関の鍵をあけていると、治子の笑い声が近づいてきた。帰ってきたらしいが、誰かと一緒だ。

「あら、ただいま」

里佳子の姿をみつけた治子が、明るい声をかけてきた。気持ち悪いほど機嫌がいい。風に乱れた髪を、手で押さえている。顔色まで違って見えるほど、楽しそうだ。

しかし一瞬の後、治子と一緒に帰ってきた人物を見て、里佳子は声を失った。優平だ。

「あ、里佳子さん、買い物ですか。これから？」まったく悪びれた様子もない。

「いえ、戻ったところです」

睨んだつもりだが、優平は気づいていないようだ。

「そうですか。よかったら、洸太くんの相手をしてあげようと思ったんですが」

車の中を覗き込み、寝ている洸太を見つけた。

「ぼくが運びましょう」

「重くて大変ですから」

優平が笑う。

「面白い人ですね。重くて大変だから、運びましょうと言ったんです。これでも、里佳子さんよりは力があると思いますよ」

さわやかな笑顔と声に接すると、やはり別に悪い人ではないのではないかと思えてくる。自分がどこかで敬遠しているのは、異物として受け止めているからだろう。たとえば、靴の中に入った小石は、その瞬間に世界中の誰よりも憎い存在になるが、小石そのものに罪はない。

「あの、夫からメールは行きませんでしたか？」

「秀嗣から？」優平は首を傾げる。とぼけているようには見えない。「いえ。何か？」

「あ、それならいいんです。――それじゃあ、洸太をお願いします」

玄関のドアをあけ、ドアストッパーで固定した。

優平は車のシートから洸太を軽々と抱き上げ、そのままリビングのソファまで運んで寝かせた。

礼を言い、二階に上がりながらスマートフォンをチェックする、秀嗣からの返信はない。こちらから再度打った。

《さっきの件、もういいです》

送信し終えた画面に向かってひとりごちた。

「だって、今さら帰れなんて言えないじゃない」


夕食用には、予定どおりカレーライスの食材しか買わなかった。多少の意地もある。冷蔵庫に買い置きの豆腐と野菜が何種類かあったので、副菜にほうれんそうと人参入りの白和えを作ることにした。

カレーライスに白和えという組み合わせはどうかと思うが、急に来られて困っている感が出て、それはそれでいいかもしれない。そして思いつきどおり、ルーに露骨なほど和風だしを入れる。

食事の支度に取りかかる前に、風呂を掃除して湯を張り、治子の部屋で談笑している優平に、いつでもどうぞと声をかけた。

それにしても、きのうまでは優平を毛嫌いしているようにさえ見えた治子が、どうした風の吹き回しであれほど心を開いたのだろう。優平なりに懐に入る努力をしたのだろうか。それとも、やはり親子だから通じ合うものがあったのだろうか。

いずれにしても、どうせひと晩すごすなら、気詰まりな雰囲気よりは、笑い声のほうがずっといいのは間違いない。

「じゃあお言葉に甘えて、風呂、お先にいただきます。おふくろは、きょうはやめておこうかなんて言ってます」

優平はキッチンに来てそんなことを告げて、風呂場に向かった。どうやら替えの下着を用意してきたらしい。さっき風呂のことを告げに行ったとき、治子の部屋に見慣れない黒いスポーツバッグが置いてあるのを見た。あれが優平の荷物なのだろう。秀嗣よりはるかに手際がいい。

肉に軽く酒をふりかけて、野菜の下ごしらえをしようとしたとき、スマートフォンに着信があった。いまごろ秀嗣からだ。軽く手を洗い、メッセージを開く。

《気づくのが遅くなってゴメン。兄貴は先に行くと思うのでよろしく。それより家の近所で事件があったね。ネットのニュースに出てる》

それで終わっている。時計を見ると、六時を少し回ったところだ。例の「ドラリス」社長の影響なのか、最近残業が増えてきているので、まだ仕事中かもしれない。《了解》

とだけ返した。

ついでに、そのままニュースサイトを開いた。いくつかの大きな事件に続いて、その記事を見つけた。

《住宅街に猫の死体》

細かい番地までは載っていないが、このあたりの地名だ。まさにこれが、きょう幼稚園バスの通行を妨げた事件のことだろう。

指先で画面をタップし、記事本文に目を通してみる。しかし、まだ速報の段階であり、ざっくりとした内容だ。

それによれば、調布市のある家族が法事のため一夜不在にして帰宅してみると、庭に猫の死骸が投げ込まれていたという。

《パトカーが何台も到着するなど、現場付近は一時騒然となり――》

《住人は不安な表情を隠せない様子で――》

お決まりの文言が並ぶ。まるで殺人でもあったかのような騒ぎになっているが、結論をいえば、死骸を投げ込まれた以外に被害はないらしい。自然死ではないと判断したのは、首の骨を折られていたからだという。

空き巣でもなく、放火や窓ガラスを割られるなどの家屋損壊もないが、昨年末のハムスターや魚の内臓の投げ込み事件のときよりも、あきらかに大きな騒ぎになっている。

二か月ほど前、近くで起きた押し込み強盗事件の犯人がまだ捕まっていない。周辺の住民も警察もぴりぴりしているからだろう。客観的に、事件の軽微さに比べて少し騒ぎすぎではないかという気がする。

その一方で、まあそんなものだろうか、とも思う。「首の骨を折られる」というのは、扇情的なキーワードではある。

里佳子はニュースサイトを閉じ、深いため息をついた。

腹立たしい気分だ。ただ平穏な毎日を願っているだけなのに、どうして波風が立つのか。家族水入らずでただ平凡に暮らせたら、それ以上は望まないのに。

いつもより少し時刻が早いが、シャッターを下ろすことにした。リビングの窓に寄り、カーテンをあけ、窓越しに外を見る。ガラスが室内のライトを反射して、あまりよく見えない。

窓を引き開けた。思ったより冷えた空気が流れ込む。どこか近所で魚を焼いている。うちはもうすぐカレーの匂いを放出する。

シャッターを引き下げるとき、夕日を受けた生け垣の葉が、風もないのに揺れたような気がした。

猫の姿を探したが、どこにも見えなかった。

12

洸太の夕食をあまり遅い時刻にしたくないので、いつも六時半ごろには食べさせるようにしている。ほとんどの場合、治子も一緒だ。里佳子は、そのときの仕事のはかどり具合や料理の種類によって、二人と一緒のこともあるし、最近少しずつ帰宅が遅くなりつつある秀嗣を待つこともある。

今夜は優平もいるので、一緒にダイニングテーブルについた。来客の場合は、リビングにあるローテーブルで食べることもあるが、ふだんの食事は、給仕も片付けもしやすいダイニングテーブルだ。優平も「家族」としてこの家に来たというのだから、家族として接しようと思った。

優平本人も、腰を下ろすなり「こうやって、団欒《だんらん》っていう雰囲気でごく普通に食事をするのは久しぶりです」と嬉しそうだった。

「ごめんなさい。たいしたものはないんです」

「とんでもないです。ありがたいです」

風呂で髭も剃ったようだ。こざっぱりとしている。ただ、ＩＴ関連の仕事をしているという割に、顔や手が日に焼けている。アウトドアの趣味があるのだろうか。手袋のあとはないから、いわゆるゴルフ焼けではなさそうだ。

「いただきます」四つの声が重なる。

あまり余計なものは買い置きしない主義なので、テーブルにはほぼ当初の計画どおりの料理が並んでいる。メインはカレーライス、秀嗣の会社の製品である冷凍カニクリームコロッケを揚げて、ほうれんそうと人参の入った白和えを添えた。ラッシーがわりの飲むヨーグルトも、あとで希望があれば出そう。

「うん、おいしい」

スプーンですくったカレーをひと口食べるなり、優平が感想を漏らした。

「よかった」

「うん、おいしいわね」と治子はいつもの淡々とした調子だ。

「おいしい」

洸太も加わるが、最近どこで覚えたのかおせじを言うので、鵜呑《うの》みにはできない。

「なんだろ。懐かしい味なのに、スパイシーだ」優平が吟味するようにして、うなずいている。

「はい。少しスパイスを足しました」

具体的に的を射た賛辞はやはり嬉しい。秀嗣はこんなふうな感想は言わない。

実はこのカレー、二種類作っている。材料を煮込むところまでは一緒だが、ルーを入れる直前に大小ふたつの鍋に分ける。洸太が食べる甘口用と、大人向けの辛口用だ。大人用の鍋にはスパイスを足す。面倒なときは、ガラムマサラを小さじ半分ほど振りかけて済ませることもあるが、ほとんどの場合は複数のスパイスを、その日の食材や体調などでアレンジする。

コリアンダー、カルダモン、シナモン、クミン、それにブラックペッパーなど。キッチンの小さな棚に小瓶でそろえてある。このほんの数分の手間で、別物のように香り高くなる。

いやいや作り始めたつもりが、結局手抜きはできなかった。

「そういえば、お母さん」

優平が治子のことをそう呼ぶのはもう何度目かだが、いまだに慣れない。

「なあに」

「最近、階段を踏み外したりしてないか」

口に入れたものが喉につかえそうになった。おそらく秀嗣から聞いたのだろう。

「大丈夫よ。もう二階にはほとんど上がらないし」

「家の中だけじゃなく、外でも気をつけたほうがいいよ」

スプーンの動きを止めて、治子が優平を見た。

「わたしが耄碌《もうろく》して、足元がおぼつかないって言いたいの？」

やめておいたほうがいいのに、と脇で思う。「老い」や「物忘れ」などのキーワードは、治子の逆鱗《げきりん》だ。

「そうは言ってないけど、いつまでも若くないからさ」

「だからそれは、足がもつれたわけじゃなくて、階段に変なものが落ちてるからよ」

ほらきた、と警戒レベルを上げる。治子は、階段から足を踏み外したのは、洸太の玩具が置いてあったからだと主張している。

たしかに、一度目は玩具の車両が出しっぱなしになっていた。二度目は——洸太が責められたら可哀そうだから、こっそり回収して誰にも言っていないが——洸太のゴムボールが階段下に落ちていた。治子は「何かを踏んだ」と主張する。

しかし、それはそれとして、足元がおぼつかないのも事実ではないだろうか。不注意が原因ではないのか。現に、先日も出先で転んだとか言ってなかっただろうか。体力の衰えを自覚するからこそ、ヨガなど始めたのではないのか——。

言い分はすべて、カレーと一緒に飲み込んだ。

優平は、それ以上階段問題には触れず、近年の老人の家庭内における事故死率のデータなどを持ち出して、無難に着地させた。

「ま、だけどそれだけ元気なら大丈夫そうだね」

「元気です」

治子が背すじを伸ばす。機嫌を直したようだ。

優平は子どものころ、治子に毛嫌いされていたというが、その体験から接し方を学んだのかもしれない。

「きょうね、でんしゃつくったよ」

洸太が会話に加わりたくて自慢げに発言したので、老化の話題はそこで終わった。すでに洸太の口のまわりはカレーだらけだ。

「どうやって作ったの?」

里佳子もそちらへ話を進めたい。

「はこでつくった」

そういえば、何日か前に、あまり大きくない空き箱を持たせてくれと連絡が来て、とっておいた貰い物の和菓子の空き箱を持たせた。

「かっこよくできた?」

「うん。できた。いっせんけいにしたんだ」

「いっせんけい?」

電車の型番だろうが、具体的にはわからない。

「1000系か。じゃあ、井《い》の頭《かしら》線だね」

すぐさま、代わりに優平が反応した。洸太が、ぱっと顔を輝かせて優平を見る。うん、と嬉しそうにうなずく。

「車体は何色に塗った？　当ててみようか。ブルーかグリーンだ」

「ちがうよ。にじのいろにぬった」

「おっ、レインボーカラーか。あれはレアものじゃなかったかな。なかなか通だね」

「てっぺいくんにおしえてもらった」

　理解者が現れた嬉しさで、口から米粒を飛ばしそうな勢いだ。

「お義兄さんも、電車は詳しいんですか」

「詳しいというほどでもないですが、男の子の常識として」

　照れながら、洸太にむかって「なっ」と同意を求めた。洸太も「うん」と嬉しそうだ。

「洸ちゃんは、井の頭線に乗ったことあるの？」

　優平のその何気ない発言に、体の奥が感電したような気持ちになる。その呼び名は自分だけのものだ。しかし洸太は、そんなことにこだわりなく、興奮気味に答える。

「うん。あるよ。おとうさんとおかあさんと、のった。どうぶつえんいくとき」

　先月、ソメイヨシノが散って花見客の混雑が一段落したころ、治子も誘って井の頭恩《おん》賜公園《しこうえん》へ遊びに行った。そのとき、動物園にも入った。

「いいなあ。みんなで動物園か」

　懐かし気に、遠くを見るような視線になった。そういえば、秀嗣に聞いたことがある。

一家が離別してしまう前、最後にみんなででかけたのが、井の頭公園の動物園だったそうだ。たしか、秀嗣の自由研究かなにかで、井の頭公園に自生している植物を調べるついでに行ったのだそうだ。

しかし、優平の目つきはすぐに現実に戻ってきた。

「なあ洸ちゃん。それなら、多摩動物公園は？　行ったことあるかい？」

「ない」洸太が、きっぱりと顔を左右に振る。

「あるわよ」洸太に教えてから、優平に説明する。「洸太が三歳のときだったので、覚えていないんです」洸太、に強くアクセントを置いた。

「なるほど。——じゃあ、こんど伯父さんと行こうか」

「うん、いく」

「ライオンもキリンもいるぞ」

「うん、いく」

「『京王れーるランド』もあるんだぜ」

「しってる。てっぺいくんが、いったことあるって。したじきもってる」

興奮して、足をばたばたさせ始めた。

「こら洸太、お行儀悪いわよ」

「じゃあ行こう。こんどの休みに行こう。約束だ」

「わーい」

そんなに簡単に約束しないで欲しい。守れない約束を。なぜなら、いくら伯父とはいえ、二十一年ぶりに戻ってきた男と、ふたりきりで遊びになど行かせるつもりはないからだ。絶対に。

折尾家では、幼い子ども相手といえど約束はきちんと守ることにしている。だからあまり軽はずみな約束はして欲しくない。

里佳子は、盛り上がる二人を見ながら、このもやもやとした気分はなんだろうと考えて、そういえばそんな心境の描写が、いま校閲途中の玉木由布の作品に出て来たなと、思い出した。たしか《麦茶のガラスのポットの底に溜まった澱《おり》のようなものが、小さく揺すったはずみでゆっくりと舞い上がるのを、ぼんやり眺めている》だった。

いま優平は「こんどの休み」と言ったが、言葉どおりなら、次の土日のことだ。無理だ。いや、いつの土日であろうと、認めるつもりはない。

「そんな、ご迷惑ですから」

まずは遠慮気味に断る。

「迷惑だなんて。ぼくも子どもは大好きです」

たしかに、優平の子どもあしらいのうまさは、急ごしらえではないように思える。わりと人見知りをする洸太が、すんなりなついたところを見ても、その優しさに嘘っぽさがないのかもしれない。何しろ、治子でさえころりとやられた。

「でも、お忙しいんじゃないですか。栃木県に戻ったりとか」

優平の目が少し大きくなった。

「大丈夫です。もうしばらく、こちらにいることになりました」

麦茶のもやもや程度だったものが、インスタントコーヒーを飲み終えたあとの、カップの底に残ったどろどろぐらいに変わった。

「しばらくというと、ホテルか何かに？」

「いえ」屈託のない顔を左右に振る。「秀嗣が、『この家を拠点がわりにすればいい。しばらくいてくれてかまわない』と言ってくれて。——あの、食事とかはおかまいなく。外食かコンビニ弁当あたりで済ませます。洗濯も自分でしますから」

口が半開きになっていることに気づいて、あわてて言葉を吐き出した。

「あの人が、秀嗣さんがそう言ったんですか？」

しばらくいてくれてかまわない——？

そんなことはひと言も聞いていない。もちろん、自分も言っていない。

「はい。観光に来ているわけじゃないし、ただ寝るだけなのにホテルに金をかけるのはもったいないって」

昼間にお茶でもしに来るような気軽な物言いに、口を半開きどころか、あんぐりと開けたいところだ。どう答えたものか迷っていると、治子が割り込んできた。

「ちょっといい？　——庭の山茶花《さざんか》の枝を刈ったのは里佳子さん？」

ただでさえ混乱している頭では、治子の言いたいことがすぐに理解できなかった。

「はい？」

問い返す里佳子に、治子は、念押しするように、細切れにして言いなおした。

「庭の、山茶花の木を、丸坊主にしたのは、あなたなの？」

「え、ええ。そうですけど」

だからなんなの？　いま、もっと大切な話をしているのだ。

「どうしてそんな可哀そうなことをするの」治子の目が怒っている。「——わたし、今年は刈らずに伸ばして、花をいっぱいつけさせようと思ったのに。お友達も、楽しみだって言ってくれてたのに」

胸を反らせるようにして、里佳子を睨む。こういう高圧的な態度には、条件反射的に劣勢の感情を抱いてしまう。

「それはええと、この前、お話ししたと思いますけど。チャドクガの幼虫がびっしりわいてしまったので、どうやって駆除するか調べたら《枝ごと剪定《せんてい》するのが確実》ってあったので。——念のため、刈りますよ、ってお断りしましたけど」

里佳子は、高校生のころに、実家の庭でこのチャドクガの幼虫に腕を刺されて、上半身だけでなく、ふとももものあたりまで発疹《ほっしん》が出たことがある。一週間ほど痒《かゆ》みが引かなかったし、一部はじくじくと化膿《かのう》した。毛虫は恐怖症に近いほど嫌いだ。

「そんなこと、聞いてないわよ」

また始まった。治子は、七十五歳になるにしては、気持ちも肉体的にも元気だ。毎年の健康診断ではせいぜいが「B」判定——わずかに異常を認めるが、日常生活に支障なし、といった程度だ。つまずきやすくなったのと、ものごとの認知に関する能力が衰えてきたほかは、ほとんど問題のない健康体だ。

ということは、とその先を考える。平均寿命まで生きるとしても、あと十年以上もこういう会話が続くのか。

「洸太くんもいるし、毛虫がわいたならしかたないよ」

思わぬ援軍は優平だ。軽い口調で助け舟を出し、ねえ、と里佳子を見る。呼び方も「洸太くん」に戻った。

「もしかして、以前刺されたことがあるとか？」

「はい」と答えながらも、思い出しただけで背中のうぶ毛がざわついた。

「ひどかったんですか？」

「体中に赤いブツブツができました。ものすごく痒くて、そのあと痛くなって——」

優平はうわあと顔をしかめる。秀嗣より感情表現が豊かだ。

「トラウマってやつですね。それに、虫の毒はアレルギーとして残るから、注意したほうがいい。アナ、アナフラ……」

「アナフィラキシーショック、ですか」

「そう。それそれ」

うなずきながら、冷たい麦茶をごくりと飲み下した。

のけものにされたと受け止めたのだろうか。治子がわかりやすく不機嫌そうに「ごちそうさま」と言い残し、珍しく食器も下げずに部屋に戻っていってしまった。

優平が片えくぼを作る。

「あの人、昔からちっとも変わってない。思い込みが激しくて、反論されたり否定されると機嫌が悪くなるんです。親父もずいぶん手を焼いてた。気にしないほうがいいですよ」

治子の最近の言動は、「思い込み」とは少し違う気もするが、とりあえず礼を言った。

「ありがとうございます」

「それより」と優平が、米粒ひとつ残っていない、目の前のカレーの皿を指さした。

「とてもおいしかったです。スパイスが効いていて」

「ありがとうございます」今度は素直に礼を言う。

その後優平は「仕事があるから」と、二階の西側の部屋に上がっていった。もう、すっかり彼の根城になりつつある。

秀嗣の帰宅が遅そうなので、そろそろ洸太を風呂に入れなければならない。

13

結局、秀嗣が帰宅したのは、午後九時を少し回ってからだった。

洸太を寝かしつけたあと、里佳子は二階の仕事部屋で集中し始めたところだった。『蒼くて遠い海鳴り』がカーチェイスの場面になったのだが、登場する地名や交差点の名に、実在と架空とが混在しているのだ。完全に架空なら作者の好きにすればいいが、実在が交じるとややこしい。方角や距離の裏付けを取らなければならない。あまりドライブなどしないし、そもそも方向音痴の里佳子には、苦手な分野だ。

階下から冷蔵庫を開けるような音と、どすどす歩き回る足音が響いてくる。

里佳子は、首を左右に一回ずつぐるりと回して、付け根のあたりを拳で軽く叩き、秀嗣の夕食の支度をするため、一度下りて行くことにした。放っておいても自分でカレーぐらいは食べるだろうが、少し話したいこともある。

階段を下りるとき、優平がいる部屋からキーボードの音が聞こえてきた。自分のノートパソコンを持ってきたのだろうか。それ以外はきわめて静かだ。窓の外の風の音しか聞こえない。

「最近、なんだか帰りが遅いね。仕事、忙しそうだね」

麦茶のグラスを、秀嗣の前に置きながら話しかけた。

秀嗣はわかってくれていると思うが、嫌みのつもりはない。純粋に秀嗣の体を気遣っている。秀嗣が、そののんびりした雰囲気とは裏腹に、意外にストレスに弱いタイプであることは、もしかすると本人以上に理解しているつもりだ。

もちろん、世の中にはもっと遅くまで残業する人もいる。探して回るまでもなく、日ごろ付き合いのある編集者たちは、その典型だ。日付が変わるなどというのはごく普通で、月に一度や二度は徹夜、泊り込みもあるという。そのぶん、朝はゆっくりでもよいらしいが、休日出勤や自宅持ち帰りの作業も含めれば、怖くて数値化できないような勤務体制だと笑う。

そんな人たちとは比べられないが、秀嗣はこれまでずっと七時半、たまに遅くとも八時には帰宅していたので、九時のニュースが始まってからの帰宅は、ずいぶんと遅く感じる。

それでも、帰宅の途中で食べたり一杯ひっかけたりせず、まっすぐ家に帰り里佳子の料理を食べるのが、秀嗣の優しさだ。もっとも、単に小遣いがもったいないだけかもしれない。たまには外食してもらったほうが気が休まることもあるのだが。

秀嗣は、グラスの底に少しだけもやもやの沈んだ麦茶を飲み干し、ため息まじりに、うんとうなずく。

「何度か言ったけど、上層部が替わると、とりあえず前の体制を全否定するところから始まる会社は少なくないらしいよ。それに、『ドラリス』がはりきっててね。人事も商品開発も」

『ヤナハル食品』の、いままでの主力商品だった冷凍食品の分野は、素人にもわかるほどの過当競争だ。今後はレトルトや瓶詰めに力を入れるらしいと秀嗣は説明するが、そっちもとっくに激戦区な気がする。海外工場を作ってまで、さらなる新分野を開拓するリスクはないのだろうか。

スポーツコーナーに移ったニュース番組を、ちらちら見ながらカレーを口に運ぶ秀嗣と、しばらくとりとめもないことを語り合う。家庭外にあまり深い人間関係を作らない里佳子にとって、心安らぐコミュニケーションの時間だ。少なくともこれまではそうだった。

ただ、きょうは優平のことを少し話したい。

「お義兄さんのことだけど……」

「ああ、そういえばどうした？」

「部屋で仕事してるみたい」

二階に上がってから、部屋にこもったきりだ。ときどき二階のトイレを使う音が聞こえる。

あまり「闖入者」として意識しなければ、たしかに手間のかからない居候《いそうろう》ではある。食事のとき「しばらく泊る」という意味のことを言われて頭に血が上ったが、こうして秀嗣のお人よしの顔を間近に見ていると、この人の兄なら数日ぐらいは我慢しようかという気になってくる。それが夫婦かもしれない。

最後に首都圏のローカルニュースに変わった。アナウンサーがこちらに話しかける。

〈さて、次です。この薄気味の悪い事件は、先日起きた押し込み強盗事件と、何か関係があるのでしょうか――〉

「あ、例の事件だ」

秀嗣の声に、里佳子も画面に視線を向ける。

画面には《閑静な住宅街に、首を折られた猫の死体、投げ入れられる》という見出しが映し出された。

「ああ、やっぱり近くだ」

秀嗣はスプーンも皿も置き、画面に注目した。

映像が、昼間のうちに撮っておいたらしい場景に切り替わった。たしかに見覚えのあ

ない。

秀嗣は何も言わず、食い入るように見入っている。被害に遭った家の個人名は出てい

る住宅街だ。

読み上げられたニュースの内容は、ネットで見たのとほぼ変わりがない。

二か月ほど前に近くで起きて、未解決になっている押し込み強盗事件と強引に結びつ

け、大げさに騒いでいるのだ。

〈警察では、過去に似た事件が起きていないか調べるとともに、付近の住民には戸締り

など充分注意するよう呼び掛けているとのことです〉

アナウンサーの顔の緊張が一瞬で解け、地方の名産品を紹介するコーナーに変わった。

〈つぎは埼玉県入間《いるま》市から、お茶の葉を使った、ちょっと変わったお料理の話題です。

藤原《ふじわら》さん——〉

ボリュームを落とした。

「なんだか、変な事件だな。単なる嫌がらせじゃないのか」

「その、投げ込まれた家族に対してってこと？」

「まあ、そういうこと。——それよりこれさ、ようするに日曜の夜から月曜の早朝まで

の間に起きたってことでしょ」

「そうね」あまり引きずりたくない話題だ。

「ってことはその時刻、犯人がこの家の近くを通った可能性もあるってことだよね」

「いやだ、気味の悪いこと言わないで」

数日前に揺れていた庭の生け垣を思い出す。忘れろ、もう忘れるのだ。秀嗣の関心も別な方向に向いた。

「犯人が捕まるまでしばらくは、戸締りとか出かけるときとか、注意したほうがいいぜ。あとでおふくろにも言っておくよ」

あの人なら、変質者が入ってきても説教して追い返すわよと言いそうになった。最近なんだか自分でも意外なのだが、性格に棘《とげ》が生えてきたように思う。年齢のせいだろうか。生活が少しずつ変化しているからか。それとも、「闖入者」のせいだろうか。

そういえば、と里佳子も頭を切り替える。あしたの幼稚園はどうなるのだろう。スマートフォンは仕事机に置きっぱなしだ。サイレントモードにしていたので、連絡の一斉メールが来たのに気づかなかったのかもしれない。あとで、確認しておかなければ――。

里佳子は、SNSの保護者の「友達グループ」に入っていないからわからないが、今ごろママ友さんたちは盛り上がっているかもしれない。

「ねえ、少しのあいだだけでも、前みたいにもう少し早く帰ってこられない？」

里佳子の懇願に、秀嗣の顔が詫びるときの表情に変わった。

「そう言われたあとで、切り出しづらいんだけど――」

秀嗣は、言いにくい話題のときには、本当にもごもごと喋《しゃべ》る。

「やだ、やだ。切り出しづらいことは、何も聞きたくない」

里佳子が耳を塞ぎ、芝居がかった口調で言い、頭を左右に振った。二人同時に少し笑った。優平が登場してから、こんなふうに自然に笑ったのは、初めてかもしれない。秀嗣の口調も少し軽くなった。

「さっきの会社の話の続きなんだけど、本当はもう少し具体的に話が進んでいて、新工場の候補地はベトナムらしい」

「ベトナム？　それがなんで切り出しづらい話題なの」

なんとなく嫌な予感はあるが、そう訊かざるを得ない。

「工場長とかゼネラルマネージャーとか財務担当とか、常駐の管理職が五人は必要らしい。現場作業のチーフなんかは別として」

「それで？」

「そのメンバーは工場の建設段階から現地入りする必要があるので、そろそろ人選に入るという噂があるんだよ。ただ――」

「ただ、何？」

「実はもう決まっている、という話もちらほらと。おれはほら、まがりなりにも総務部だから、漏れ聞こえたんだけど」

「まさか——」

「噂だよ。あくまで噂なんだけど。っていうか、おれをからかうためにわざと耳に入れたんじゃないかとも思ってるんだけど」

なかなか話が先へ進まないので、こちらから結論を口にした。

「それで、あなたがその五人組に入ってるの？」

「うん。係長待遇に昇格して、それと抱き合わせでって——」

昇格することはもちろん嬉しい。夫自身のためにも、家計のためにも。しかし、こんなに急にベトナムへ転勤と聞かされて、はいそうですか、ああよかった、というわけにはいかない。

「まさか、いきなりの辞令ということはないでしょ。最初に打診とか相談とかあるわよね」

「あるかもしれないけど、辞令っていうのはそもそも一方的なものだからね。打診して拒否されたから撤回なんてことはありえない。事前に話があったとしても『そういうわけだから、いまのうちから準備しておけよ』ってことかな。この先、きみにもいろいろ迷惑をかける……」

秀嗣の説明をさえぎるようにして、訊いた。

「ねえ、何か隠してない？」

秀嗣の瞳がほんの刹那だったが、泳いだように感じた。断言する自信はない。疑いの目で見たからそう思ったのかもしれない。

「べつに隠してないけど。どうしてそんなこと訊くの？」

「これっていう理由はないんだけど、あえて言えば夫婦の勘かな」

そこでようやく秀嗣の目もとに笑みが浮いた。

「だとすれば、兄貴のこととか、さっきのベトナムの話じゃない？」

その「兄貴」のことで、さらにまだ何か隠していないかが気になるのだ。しかし、きょうはいろいろあって疲れていた。それ以上の追及はしなかった。

秀嗣が、ブルーレイレコーダーに録り溜めてある映画を見たいと言うので、里佳子はもう少し仕事をすることにした。

仕事に取りかかる前にスマートフォンを見ると、やはり幼稚園から一斉メールが届いていた。結論を言えば《明日は普通どおりに開園し、送迎もいつもどおり》だそうだ。

14

ベランダ側に頭を向ける形で、寝室に布団が三組敷いてある。

里佳子の仕事部屋に接する壁際から順に、洸太、里佳子、秀嗣の布団だ。狭くなるし、掃除が大変なのでベッドは使わない。

ドラマなどでは、布団を敷く場合に「子どもを真ん中にして川の字」という設定が多いが、本当にみんなそうなのだろうかと思う。なぜなら、夫婦の行為をするとき、真ん中に子どもが寝ていると邪魔になる。どちらかが乗り越えていかなければならないし、狭い。

洸太を壁際に寝かせると、寝返りを打って壁に吸い付くようにして寝ている。ときどき戻してやるが、行為の最中に足で蹴られたりしないのがいい。ただし、そろそろ気配を察する年頃になるので、考えないとならない。西側の部屋を片付けて、洸太専用の部屋にしようかと相談していた矢先だった。

そこにはいま、闖入者が居座っている。


そろそろ日付が変わろうかという時刻、区切りのいいところで仕事を切り上げた。寝支度を済ませ、ライトを落とし、布団に入るなり、秀嗣が手を伸ばしてきた。

今夜あたり、そんな予感がしていた。

秀嗣の柔らかい手のひらが、里佳子の左腕を軽くさすってから、するすると胸へ移動した。いつもの流れだ。就寝用のナイトブラの上から、里佳子の左胸を柔らかく揉みしだく。

しばらく、されるままになっていたが、秀嗣の上半身がこちらを向き、左手がパジャマの下へ伸びそうになったとき、軽く身を引いた。

「やめようよ」ささやき声で拒む。

急に強くなった風が、シャッターをカタカタ鳴らしている。

「どうして」秀嗣もささやくように訊き返す。

「だって、隣にお義兄さんがいるでしょ」

「声を出さなきゃわからないよ」

「気配でわかるでしょ。それに、いるだけで気になっちゃうから」

秀嗣はかまわず、手を里佳子のショーツの中へ侵入させようとしたが、それを右手で押さえた。

「やめて。お願い」

そんな気があるんだったら、あの人を泊らせたりしないでよ、と喉まで出かかった。

「わかったよ」

気まずい思いが湧く。ただ救いなのは、こんな場合でも秀嗣は、力ずくでのしかかって来たり、嫌みを言ったりしないことだ。そのまま自分の布団に戻っていった。

このまま寝ようかと思ったが、細かいあれこれが頭に浮かんで眠りの洞穴に落ちてゆけない。こんなとき、酒でも飲めばすんなり眠れるのかもしれないが、もともとあまり好きではない上に、父親のことが傷になって、祝いの席でもなければアルコールを口にしない。

　気配をうかがっていると、秀嗣も寝つけないらしく、なんだかもぞもぞしている。そういえば、三か月ほど前だろうか、「ハキハキママ」の千沙が言っていた。

「男って、女房がいるのに、自分でやるんだって」

　いつものメンバーで、子どもの帰りのバスを待つ間だ。

「やるって、どういうこと？」

　真面目に訊き返したのは「ラテン系ママ」の亜実だ。千沙はくすっと笑い、残りのふたりに「ね」と同意を求めた。しかし、「セレブ美人ママ」由香利は、すまし顔で聞こえなかったふりをしている。里佳子も反応したくなくて、スマートフォンにメールの着信があったふりをした。それでも千沙が続ける。

「だから、男ってほら、手っ取り早く自分でやっちゃうのよ」

　一拍置いて、ようやく意味するところがわかったらしい亜実が「いやだあ」と妙に色っぽい声を上げた。「嘘ぉ」

「ほんとだって、うちのもたぶんやってる。おたくも、注意してみたほうがいいわよ」

　バスが来たので、その会話は終わりになった。真っ昼間からなんの話を持ち出すのかと、そのときはあきれた。

隣の布団の中で、秀嗣のもぞもぞ動く気配が続いている。バス友ママとの会話で思い出したことをたしかめたくなった。

「ねえ、まだ起きてる?」

「あ、ああ」なんとなく痰《たん》がからんだような声だ。

「洸太のこと、お義母さん、よその人に言いふらしたりしてないわよね」

「いいふらすって?」

「戸籍のこと」

それですべて理解したのだろう、背中を向けているので表情はわからないが、驚いている気配が伝わってくる。

「そんなこと、いくらおふくろだって言わないと思うよ」

「それならいいんだけど」

「どうして急にそんなことを?」

「なんだか、バス友ママが知ってるみたいなの」

「何を?」

「先週のことなんだけど――」

優平の登場ですっかりあと回しになったが、一度訊こうと思っていた。

あの日も、洸太の乗ったバスが来るのをいつものメンバーで待っていた。

「ねえ、洸太くんて、目のあたりがお父さんに似てるわよね」

唐突に千沙がそう言った。どういうつもりなのかといぶかしむ。毎回、きわどい話題、トラブルまがいの話題を出すのは、ほとんど千沙だ。

「そうかな」

あまり深く掘り下げず、どうとでもとれるように答える。しかし、千沙が何か発見でもしたように、得意げに続ける。

「だって、くりっとして黒目がちなところとか、ぜったい洸太くんパパに似てると思う」

子どもが父親に似ているのはあたりまえだ。なぜ、わざわざそんなことを話題にするのか。

「あら、だって——」

横川亜実が割り込んだが、大きな目をはっと見開いて、すぐに口をつぐんだ。悪気はなかったのだろう。口に手を当てて、千沙を見てから、ちらりと里佳子にも視線を向けた。観察していないと気づかないほど短い時間だった。由香利は、まったく聞こえなかったふりをしている。そして、始まりと同じように唐突にその話題は終わった。

この人たちは知っている。知っている——。

そう直感した。

「あ、いけない。ねえ賢くんママ、あとで一緒にクッキー焼く材料買いにいってね」

亜実が、ぎこちなく話題を変えた。

「うん、いく」

ちょうどそこへバスがやって来て、会話は唐突に終わった。

そのときのことを秀嗣に話そうかと思ったのだが、「考えすぎだ」と笑われて終わりそうな気がしてきた。

「——ううん、何でもない。たぶん気のせいだと思う」

少し間をおいてそう続けたが、秀嗣の反応はない。耳を澄ませばかすかに寝息を立てている。ごそごそしていた理由も、想像とは違ったようだ。

なんとなく気が抜けて、ぼんやりと明日の予定などを考えるうちに、眠気が下りてきた。意識が遠のきそうになった瞬間、首筋に、小さなしかし鋭い痛みを感じた。

「痛いっ」

反射的に上掛けをはねのけた。眠りかけていたところなので、めまいがする。それを振り払うようにして、ライトを明るくする。首の右側の付け根あたりがひりひりする。範囲は狭いが、火傷《やけど》をしたような痛みだ。

「なんだ、どうした?」

秀嗣も上半身を起こした。急に明るくなったので、目をしばたたかせている。洸太がもぞもぞと動いた。

「ねえ、ここどうなってる？」

頭を左に傾け、痛む箇所を秀嗣のほうに向けた。

「ええ、なんだ。ちょっと待って。——あ、なんだか赤くなってる」

「やだ、ほんとに？」

起き上がって、ドレッサー代わりに使っている小ぶりのサイドボードの上から鏡を取った。よく見える角度を探しながら、鏡を覗き込む。たしかに、うっすら赤くなっている。チャドクガの幼虫の話をしたばかりだからかもしれないが、虫刺されのような気がする。高校生のときのあの痛みを思い出した。

あらためて布団のシーツの上をよく見た。枕のすぐ近くで、何かがもぞもぞと波打つように動いている。

「きゃっ」

こんな悲鳴を上げたのは何年ぶりだろう。秀嗣が「どうした？」と里佳子の視線の先に顔を寄せる。

「うわ、なんだこれ。毛虫じゃないか」

全長一センチ半ほどしかない、小さな毛虫が、薄いピンク色のシーツの上で二匹うごめいている。白黒まだらの肌に、波打つ白く長い毛。間違いない。あいつだ。どうしてここに――？

「チャドクガよ」

「ちゃどくが？」

説明している暇はない。

「お願い。捨てて。でも、直接触らないで」

言いながらドアを開け、いそいで洗面台へ行き、思い切り蛇口をひねった。シャワーヘッドの先から勢いよく流れる水に首筋を当てる。

「大丈夫かい」

あとを追ってきた秀嗣の声が心配そうだ。

「始末した？」

「ティッシュに包んで丸めてつぶして、庭に放り投げた」

雑な処理だと思うが、この際、細かいことは言っていられない。

「なんであんなのが、わたしのお布団にいたんだろう」

「きょうは布団を干さなかった？」

「少しだけ干した。でも、風が強くなりそうだったから、すぐに取り込んだ」

「じゃあ、そのときついたのかもしれない」

たしかに、風に乗って飛ぶこともありそうなほど、毛が長い。

「ちょっとお願い。下に行って、リビングのチェストから奇麗なタオルを持ってきてくれない？」

「わかった」

「あと、救急セット」

秀嗣は、了解と答えながら、どたどたと階段を下りて行く。やはり根はいい人だ。

パジャマはもちろん、シーツも枕カバーも取り替えなければ。そんなことを考えていたら、部屋から優平が出てきた。さすがに騒ぎが聞こえたのだろう。やはり眠りかけていたのか、髪は乱れて眠そうだ。

「どうかしましたか」

これだけ流水を当てれば、とりあえず刺さった毛は流せただろう。水を止め、したたる水が床に落ちないよう、洗面台に手をついて前かがみのまま、優平のほうへ顔を向けた。

「起こしてしまったらすみません」

「いえ、まだ寝ていませんでしたから。それより、どうしました？」

「さっき話していたチャドクガの幼虫が布団にいて」

「ええっ。それで、刺されたんですか」

「はい。首のところを」

「見せて」

そう言うなり大股で近寄り、里佳子の首のあたりに顔を近づけた。息がかかるほどに近い。体にこそ触れていないが、里佳子は前かがみになっているので、後ろから迫られている感じだ。

「あの、大丈夫ですから」

首筋に息がかかる。

「ああ、やられてますね。まだうっすら赤い程度だけど、あとで腫れるかもしれない」

強引にならない程度に身をひねって、優平から離れようとしたとき、秀嗣が階段を駆け上がってくる音が聞こえた。優平がすっと体を離す。

秀嗣がまずタオルを渡してくれ、救急箱を掲げてみせた。

「これでいいかい」

「ありがとう」

タオルを軽く当てるように水分を拭き取った。それでもひりひりする。優平が救急箱の蓋を開けて、薬を探している。すぐに「これだな」と軟膏《なんこう》を手にとった。《かゆみ・虫刺されに》と書いてある。

「弱いけど、一応は抗ヒスタミン薬だ」

「じゃあ、それを塗ればいいのか」

秀嗣が軟膏に手を伸ばそうとするのを、優平が止めた。

「順序が逆になったけど、まずセロハンテープかガムテープで、そっと毛を取り除いたほうがいい。そのあと――」

妙なことに詳しいものだと感心した。もしかしたら、処置だけでなく毛虫そのものの取り扱いかたも――。

15

『蒼くて遠い海鳴り』を仕上げて、直接、衆星出版へ持っていった。

地下鉄の階段を上がり地上に出たとたん、強い日差しと、突風と呼べるほどのビル風に見舞われた。日焼け防止にかぶってきたサファリハットがあおられたので、あわてて手で押さえる。

出版社のビルに入り受付を済ませると、ロビーで待つように指示された。シンプルなソファに腰を下ろして待つ。

ゲラの納品は、ふだんは宅配便で済ませてしまうことが多い。だが今回は少し添付資料があったのと、口頭で説明したい箇所がいくつかあったので手渡しすることにした。

それに、このところ、もやもやした気分が続いていて、都心に出て人混みにまぎれてみたかった。家族やママ友以外の人と会話もしてみたくなった。

もやもやと気が晴れない原因はわかっている。優平が、そのまま居候のように滞在しているこどだ。チャドクガの幼虫騒ぎの夜から数えて、すでに昨夜で三晩だ。だから——。


「悪いですね、わざわざ持ってきていただいて」

軽快な身のこなしで村野が現れた。

おそらく上から下までブランド品なのだろうが、部屋着のままふらっと出てきたような、気楽な雰囲気だ。痩せて背が高く、髪はサラリーマンにしてはやや長めだ。あごにうっすらと髭が生えている。絵に描いたような編集者タイプだ。

外見的には、どことなく優平を思い出させるが、しかし中身はまったく異世界の人間だろう。


「いえ、こちらこそお時間をとらせてすみません」

あわてて立ち上がり、腰を折った。

〝下請け〟の里佳子からすれば、担当編集者の村野は〝発注者〟に当たる。

メーカーや物流業界の厳しいヒエラルキーや、ぎすぎすした上下の関係がときおり小説にも登場するが、ふだんの里佳子の仕事では、ほとんどそれを感じたことはない。もともと出版界は狭い世界なので「みんなで協力して盛り上げよう」という雰囲気がある。

角突き合わせている余裕がないともいえるだろう。

ただし、おおむねフランクな付き合いではあるが、ギャラを支払ってくれるクライアントであることに変わりはない。それ相応の礼は尽くさなければならない。

そのまま村野が先に立ち、エレベーターでミーティングルームに先導してくれる。あいかわらず、壁面のほとんどが窓のようなデザインの屋内は明るく、通路もピカピカに磨き上げられている。

入ったのは、四人掛けのテーブルがひとつ置かれた、こぢんまりしたミーティングルームだ。

「お忙しいでしょうから、すぐに済ませますので」

そう詫びながら、トートバッグからゲラやクリアフォルダで区分けした資料をばさばさと取り出し、テーブルに並べてゆく。

「あわてなくても大丈夫ですよ」

笑いながら席を外した村野が、両手にコーヒーの入った紙コップを持って戻ってきた。

「モカのブラックでよかったですよね」

湯気の立つ紙コップを目の前に置いてくれる。ありがとうございます、と頭を下げた。

「いただきます」

軽くひと口すすってから、紙コップを少し離れた場所に置き、さっそく校閲内容の説明に入った。

「今回は、架空の事件が非常に多く、過去に起きた実際の事件と混在していまして――」

村野は冷静な目をして、うなずいている。

「いまそこで、緒方さんを見かけましたよ。ライターの」

引き渡しが一段落したところで、村野が二杯目のコーヒーを取りに行き、戻ってくるなり教えてくれた。

「え、ほんとですか」

窓の外で風に揺れるハナミズキの葉を眺めていた里佳子は、反対の通路側に面したドアに目をやった。しかし、そちらは曇りガラスがはまっているので見えるはずもない。たしか、先日のメールには緒方も衆星出版の仕事をしていると書いてあった。確率としては低そうだが、そんな偶然もないとはいえないだろう。

里佳子が緒方省と知り合ったのは、高校生のときだ。同じ高校に通い、二年生と三年生の二年間、同じクラスだった。もちろん「男女」のつきあいなどなかったが、そこそこ親しく口をきく仲だった。

休み時間や、帰宅の電車がたまたま一緒だったりすると、映画や本の話をした。緒方はどう思っていたか知らないが、里佳子のほうには恋愛感情がないから、同級生の目を盗むように、こそこそした覚えはない。

緒方に限らず、里佳子が男を「異性」として意識することが、まだできずにいたころだ。

それでも、お互いが読んだ本についての感想を語るのは楽しかった。ネタバレしない程度に、気をもたせるような説明をするのが、次第にうまくなっていった気がする。クラス内にあまり本好きの人はいなくて、いま書店で「平積み」になっている本の話題が通じるのは、緒方ぐらいしかいなかった。

二回だけ一緒に映画を観に行ったが、帰りに書店を覗き、ハンバーガーを食べて終わりだった。

高校卒業後、緒方はそこそこ偏差値の高い私立大学の法学部に、里佳子は校正者養成コースのある専門学校に進んだので、卒業と同時に縁遠くなった。年賀状も、来たり来なかったりだ。

その緒方が、大学を卒業後中堅の出版社に就職したと聞いたときは、少し驚いた。漠然とだが、緒方は、大企業の法務関係の職か公務員、場合によっては法曹界をめざすかもしれないと思っていたからだ。

その出版社の名だけは知っていたが、そこが出した本を読んだ記憶はなかった。その後、仕事をもらったこともない。

同じ業界に就職したというので、やはりそれなりに興味を抱き、緒方には直接訊いたりしないが、少し調べてみた。どちらかというとノンフィクション系の、あるいはフィクションでも実際の事件を題材にした、ドキュメンタリー風の物語を主に扱う出版社のようだった。

あくまで想像だが、法学部で学ぶうち犯罪だとか社会悪などに興味を持ったのかもしれない。あるいは、もともと事件などに興味があったから、法律を学ぼうと思ったのかもしれない。

しかし緒方は、わずか三年でその会社を辞め、フリーランスのライターになってしまった。当時もらった年賀状でそのことを知ったのだが、まるで「引っ越しました」といった程度の気楽な文章で書いてあった。

人の心配をしている余裕はないのだが、同じフリーランスといっても、里佳子の場合はコンスタントに発注してくれる出版社が数社あって、いまのところ、半月以上も仕事が途切れるということは考えられない。

一方、ライターというのは、主として週刊誌などからの注文を受けるやりかたと、自分でネタを探し出し、取材し、ほとんどの場合撮影もこなし、その企画を売り込む方法とがあると聞く。後者の場合「買い手」が見つかる前に自費で取材などしても、無駄になることもあるらしい。「持ち出し」というやつだ。

二年ほど前、まさにフリーライターが探偵役を務める小説を受け持つ機会があり、緒方のことを思い出したら、どうしても生の声を取材したくなった。「声」というのはもちろん比喩であって、メールによる取材のつもりだった。年賀状に書いてあったアドレスにメールを送り、久しぶりで懐かしいという挨拶のあとに、フリーライターに関する質問を列記した。

緒方からは半日ほどで返信が来て、連絡をもらって嬉しいという意味の挨拶と、質問に対する的確な回答が記されていた。そして、一度都合がいいときに、ちょっとお茶でもしないかと誘われた。

少し迷ったのだが、里佳子のほうにも懐かしさと、あまり一般的でない仕事にたずさわる仲間意識のようなものがあって、ちょうど一週間後に飯田橋にある出版社へ行く用事があると返信した。

緒方のほうでも当日都心に出る所用があるというので、喫茶店で待ち合わせた。そのころはまだ、ある程度治子を信頼していたので、洸太を半日預けて出かけた。

思いがけず、本当に生の声を聞くことになってしまった。昔話にしばらく花を咲かせたあと、せっかくなので仕事がらみの話をした。

あらためて、疑問に思っていたことをいくつか確認し、若干の身の上話と業界の動向などについても話した。緒方は昔と変わらず、話し好きで話し上手だった。適度に調味料を加えながら、しかしけっして法螺《ほら》話やただの憶測を語ったりせずに、思った以上に参考になったのを覚えている。

その後二度ほど、半分は仕事がらみでメールのやり取りをしたが、それだけだ。里佳子の側にやましい気持ちはないが、何度も外で待ち合わせたり連絡を取り合ったりするのは、やはりどこかで、夫に悪いだろうと思ってしまう。

その緒方が、今この建物内にいるという。

なぜ村野が、里佳子と緒方が知り合いであることを知っているかといえば、以前、村野に借りた資料本に緒方の名があったことがきっかけだ。「少年犯罪」「無差別殺人」「連続放火」の各テーマについて、三組の学者や作家、評論家などが対談したものをまとめた本だったが、そのうちの「少年犯罪」編のコーディネーター役として緒方省の名があった。衆星出版の本だったので、村野に率直に話した。

「たぶん、高校時代の同級生だと思う」と説明すると、村野は「自分は一緒に仕事をしたことはないが、ときどき名前は見かける」と答えた。

それがいまの話しぶりでは、名前だけでなく顔も見知っているらしい。ということは、その後もこの社に何度か緒方が出入りしているということだろう。順調にいっているのならいいがと、余計な心配をする。

「新書担当のやつと一緒だったから、やはり何かノンフィクション系の仕事でしょう」

　これといって発展性のある話題でもなかったので、緒方の話はそれで終わり、次回もよろしくといった型どおりの挨拶をして、部屋を出た。村野がロビーまで送ると言ってくれたが、遠慮して別れた。

　ロビーのソファに腰をおろして、バッグの中をもう一度点検する。うっかりこれを欠かすと、帰りの電車の中でやるはめになる。要するに「忘れ物チェック」だ。置き忘れや、逆に渡し忘れがないかの確認だ。『リトル』だから身についた習性だろう。

　大丈夫、あとは帰りの電車で帽子を忘れなければ――。

「あ、小川――じゃなかった、折尾さん」

　ロビーの落ちついた雰囲気にはやや場違いな、元気な声で新旧の姓を呼ばれた。驚いて顔をあげると、見覚えのある顔があった。

「あら」

　まさか、本当に顔を合わせるとは思わなかった。

　二年前より少し日に焼けて、少し額が後退しただろうか。昨年の年賀状に《取材でフィリピンに行ってきました》という挨拶文と、赤いTシャツを着た本人の写真が載っていたのを思い出した。

「ごめんね、つい昔の苗字で呼んでしまう」

　緒方が、昔よりは確実に総量が減った癖っ毛を掻いた。

「二年ぶりぐらいかな。ご無沙汰してます」頭を下げる。

「こちらこそ」

「先日はメールをどうも」

「こっちこそ、いきなり送り付けて申し訳ない」

緒方はそう言いながら、同じように軽くお辞儀をし、隣のソファに腰を下ろした。

「どう？　景気は」

「ぼちぼちかな。緒方くんは？」

「まあ、ぼちぼちということにしておくよ」

少し笑ったあとで、話のつなぎに訊いた。

「きょうはお仕事？」

事前に村野から多少の情報を得ていたことは言わない。

緒方の足元には、数日間の旅行に行けそうなほど膨らんだ、そして重そうな黒いトートバッグがおいてある。筆記具はもちろんだが、カメラやレコーダーなどの機材、それらのバッテリーや充電器などを合わせると、けっこうな荷物になるのは、里佳子も知っている。

「うん、ちょっとね。近々本を出す予定なので、きょうはその打ち合わせ。――ねえ、小川、じゃない折尾さん、このあと少し時間ある？」

「まあ、少しなら。それより、『小川』でいいよ。呼びづらいでしょ」

呼び方を直してもらうほど、長話はしないだろう。それに久しぶりに旧姓で呼ばれるのも、どことなくこそばゆいような、不思議な感覚だ。緒方は嬉しそうに微笑む。

「じゃあ『小川』さん、コーヒーでもどう？　この近くにちょっと雰囲気がいい、穴場的な喫茶店みつけたんだ」

少しだけ迷って、了解した。このままロビーで話し続けるのも、気が引ける。

「ただ、あまり長居はできないけど」

「ぼくもこのあと、ちょっとした取材があるし、じゃ、一時間だけ」

緒方は黒いトートバッグを肩にかけながら、元気に立ちあがった。良くも悪くも警戒心をいだかせない雰囲気が、緒方にはある。

「このへん、出版社が多いから、就活のときには何度か足を運んだな」

衆星出版のビルを出て、周囲を見回しながら声も足取りも元気な緒方のあとを追うように、里佳子は少し早歩きでついてゆく。

本当は、長編が一段落したので、気持ちの切り替えに、このあと上野の美術館に寄ろうと思っていた。わざわざゲラを手渡しに来た理由のひとつは、そこにもあった。「ついでに」という、自分への言い訳だ。洸太を放っておいて、という罪悪感を振り払うためだ。

きょうの洸太は、セレブ美人ママの由香利がみてくれることになっている。

由香利には、以前にも頼んだことがあるし、こちらでも賢を預かったことがある。それに何より、バス友ママのなかでは、由香利が一番安心して預けることができる。里佳子ほど神経質ではないが、なにごとにも気配りのできる人だ。

きょうの用件を切り出すと、「その日は特に外出の用もないからいいわよ。クッキーでも焼いてあげる。ケーキのほうが喜ぶかな。洸太くんにアレルギー食品はなかったわよね?」と答えた。やはり、生活に余裕のある人はどこか言うことが違う。

美術館で鑑賞しようと思っていたのは、後期印象派からキュビズムが生まれるまでの隙間を埋める、日本ではあまりメジャーではない美術家たちの、小品を集めた展覧会だ。日本人はオランダ絵画や印象派、ゴッホなどが大好きで、これらの展覧会は入れ代わり立ち代わり毎年といってもいいほど開かれるし、資料も多い。しかし、あまりメジャーでないもののほうが、あとあと思わぬところで参考になったりする。いや、そんな損得や理屈よりも、転換期の画家たちの模索するような作風が好きなのだ。

ビル風の吹く中、緒方のあとについて行くと、見覚えのある雑居ビルの一階にある古びた内装の喫茶店に入った。緒方が店員に軽く会釈して、ところどころ革が擦り切れたソファに腰を下ろした。

「ね、いい感じでしょ。この内装の年季からすると、ぼくらの学生時代から店があったはずだけど、知らなかったな」

「そうね」

緒方の話に合わせて店内をぐるりと見回したが、実は初めてではない。「隠れ家」として有名な店らしく、知っている人も多いようだ。里佳子自身、編集者に一度、先輩の校閲者に一度、連れてきてもらったことがある。

緒方も里佳子も「本日のコーヒー」を頼んだ。あまり耳慣れない豆の名前だったので、ノートの端にメモをとった。

朝から数えて、これですでに四杯目だが、酸味が少なくローストの香りが強い、好みの味だった。

「前に、校閲の仕事をしてる人と話す機会があったんだけどさ、神経をすり減らす割にギャラが安いって、ちょっと愚痴ってたよ」

その口調が以前と変わらなかったので、思わず小さく噴いた。

「まずはギャラの面から切り込むところが、緒方くんらしいね。たしかに、もうちょっと単価を上げて欲しいなと思うこともあるけど、でもこの仕事が好きだから。それに、やるほどスキルも上がっていく気がするし」

「そうか、好きか」

緒方は何か思うところでもあるのか、ソファに背中をあずけ、天井を見上げた。

そのあとしばらくは、緒方のほうの近況報告になった。きょう衆星出版をたずねたのは、編集者との打ち合わせのためだった。二か月後に発売予定の新書の原稿の最後のまとめをどうするか、相談に来たのだと言う。

驚いて、緒方ほど大きくは見開けないが、目をむいた。

「ええっ。二か月後に発売なのに、まだ原稿書いてるの?」

新書などは作業期間が短いと聞いてはいたが、文芸書、いわゆる小説ではちょっと考えにくいスケジュールだ。

「まあね。新書は、早いものだと二週間で原稿仕上げるとか言われてるし」

「そうなんだ。――で、どんなテーマ? もしよかったら」

具体的な仕事の話になって、緒方の表情が少し硬くなった。前かがみになって、コーヒーで喉を湿す。

「死刑執行されそうな七つの冤罪《えんざい》」と朗読調で口にしてから、はにかむような笑みを浮かべた。「っていうタイトルなんだけど。けっこうきわどいだろ」

「たしかに、扱いがむずかしそう」

「でも、やっぱりインパクトのあるタイトルのほうが売れるんだよ」

そう言われて、ふと緒方の服装に目がいった。もともと、あまりファッションにこだわる職種ではないと思うが、正直なところ少しくたびれた感はある。

青い綿のシャツは襟の先がややほつれているし、ジーンズもかなりはき込んでいる。ウォーキングシューズのかかとがすり減っているのは、ここへ来る途中で気づいた。黒いトートバッグはナイロン製のようだが、持ち手のあたりがかなり傷んでいる。トータルバランスとしては、むしろ釣り合いが取れているが、そろそろ全体を丸ごと買い替え時という雰囲気もある。

知っている限りでは、緒方は独身で、結婚歴もないし、子どももいないはずだ。

里佳子の視線には気づかなかったのか無視したのか、緒方はこれまでより少し熱い口調で説明を続ける。

「タイトルから想像つくと思うけど、なんども再審請求しながら却下され続けてる、七人の死刑囚たちの話なんだ」

「面白そうだけど、すでに誰かが書いてない？」

「そうなんだよ。だからやっぱり新鮮味というか、新しい切り込み方は必要でね。今回は、あえて被害者遺族や友人、恋人なんかに重点的に話を聞いて回ってる。行く先々でほぼ百パーセント嫌な顔をされながら、昔のことをほじくりかえすわけ」

そこで言葉を切り、苦い表情で、いくらかぬるくなったコーヒーを飲み下した。代わりに里佳子が話を継ぐ。

「遺族側に話を聞くのって、精神的にきつそうね」

里佳子とまさ枝も、ほんの一時だけマスコミの取材を受けたことがある。姉の木乃美が亡くなったときだ。「父親が消息を絶った川で後を追うように自殺した長女」という因縁に、目をつけた週刊誌があった。しかし、それ以外にとりたてて扇情的なエピソードがあるわけでもなく、記事は没になったようだ。

「まあ場数を踏めば、だんだん面の皮は厚くなるけど、完全に慣れるっていうことはないね。水をぶっかけられたり、まだ写真も撮ってないのに、カメラぶっ壊されそうになったり」

苦労談とも愚痴ともつかない話をしばらく聞いたあと、話題が変わった。

「それよりさ、じつは喫茶店に誘ったのは、懐かしいからばかりじゃないんだ」

やや前かがみになり、打ち明け話のように言う。

「どういうこと？」

「冤罪の次のテーマなんだけど、『失踪』を扱おうと思ってる」

胃のあたりが急に重苦しくなった。話題のせいか、四杯目のコーヒーが合わなかったのか、自分でもわからない。

いつしか、緒方の瞳に真剣な光が宿っている。仕事モードの目だ。見返す里佳子の視線も、無意識のうちにきつくなっていたのだろう。緒方はそれに気づくと相好《そうごう》を崩して、違うんだと手を振った。

「きょう会ったからって、急に思いつきで言うわけじゃないんだよ」

「まさか、そんなふうには思わないけど」

「ただ、小川さんが関係あるのも事実だ」

胃の重さが増す。

「別件で取材をするうちに、『失踪者』の話題がたまたま続いてね。そうしたら、この前会ったときに聞いた、小川さんのお父さんの話を思い出したんだ。失踪ではないけど、お姉さんのこととかね」

やはり、よけいなことを言うべきではなかった。

二年前に緒方と再会したとき、実はかなり精神的に落ち込んでいた。秀嗣の実家で治子との同居が始まってほぼ四年。そろそろお互いの遠慮がなくなりがちで、地が出る時期だ。

自分の母親のまさ枝は、毎日気軽に顔を合わせられる距離にはいない。仮に会ったとしても、あの性格では頼りがいのある相談相手にはならない。

深夜の作業の合間などに、風に揺れる庭木などを眺め、孤独感に押しつぶされそうになっていた時期だった。

洸太を幼稚園に入れるかどうかという問題が持ち上がっていた。里佳子は、分身のようにさえ思っている息子を取り上げられるような気がして、おそらくはそれが原因で、一時期心療内科に通ったほどだ。

しかし、秀嗣が「小さいうちから集団生活に慣れておかないと、大人になって苦労する」と主張したのをはじめ、周囲の「そのほうがあなたも自分の時間ができて、気分も変わる」という勧めもあって、通わせることになった。

緒方に会ったのは、まさにその直後だった。

あのときは気が弱っていた。誰かに話して、少し心の重荷を軽くしたかった。そんなときに懐かしい顔に会い、つい身の上話をしてしまったのだ。

後悔しても遅い。特に、緒方のような仕事をしている人間に、話すべきではなかった。いまさら記事になどして欲しくない。いくら匿名にしようと、家庭内のことを暴露されたくない。どこにも救いがない物語だし、いまの語りようでは、姉の水死にまで話が及ぶ可能性がある。

それにしても、緒方はどうしてこんな時期にばかり現れるのか。緒方の立場からすれば、その嗅覚こそが、事件系ライターとしての才能なのかもしれない。

そんなことを考え込んでしまった里佳子の様子に、何か感じるところがあったのだろう、緒方は話題を変えてきた。

「ところで、生活はどう？　ご主人とは仲良くやってる？」

夫とは——。

それもまた、いまここで持ち出したい話題ではない。

不仲というほどではないが、ここ数日はやはり距離がある。伸びてきた秀嗣の手を拒んだ、あのチャドクガの幼虫騒ぎの夜以来、もう求めてこない。もちろん里佳子から誘うこともない。

しかたなく、まあまあって感じ、と答えた。

やはり、喫茶店になど来なければよかった。どうしたって身の上話になるに決まっているではないか。いつもあとから悔やむことになるのだ。

「息子さんはいくつだっけ。まだひとりっ子？」

「洸太はいま五歳。今度の誕生日で六歳の年長さん」この話題、もう終わりにしようよ。

「男の子は大変だって言うね」

「それが、どちらかというとちょっとおとなしい感じで、それはそれで心配になる」もういいでしょ。

なるほどそれが親かもね、と緒方が笑った。

「洸太くんは、たしか亡くなったお姉さんの子だったよね」

一瞬、視界も思考も、すべてがまっ白になった。

最悪だ。重苦しいどころか、コーヒーが逆流しそうな気分だ。

当時、姉の木乃美には、まだ生まれて間もない赤ん坊がいた。しかも、彼女は独身だった。その赤ん坊こそが洸太だ。里佳子が産んだ子ではない。

「その話は——」

口もとが強張って、その先が続かない。しかし、緒方はむしろ美談だと思っているらしい。

「たしか特別養子縁組だったよね。戸籍上は実子と同じなんだし、なんら変わらないよね。子どもがいないぼくにはわからないけど。——あ、もちろん、そんなことは書くつもりはないよ。いまのは、友人として訊いてみただけ」

緒方はひらひらと振る手に合わせて、顔も左右に振った。

どうしてそこまで知っているのか。いや、断言できるのか。事実関係を調べれば、想像はつくだろう。しかし、養子の中身まで知っているというのはさすがに踏み込み過ぎだ。

まさか、口実を設けて戸籍を調べたのか。

胸の内で、思いつく限りの毒を吐く。薄曇り程度だった胸の内に、どす黒い雷雲が広がってゆく。わざとらしい動作で腕時計を見た。そろそろ約束の一時間が経とうとしていた。さっき、ロビーで会って以来抱き続けていた疑念を口に出す。

「ねえ緒方くん。きょう会ったのって、偶然？」

緒方は、へへっと癖っ毛を掻いた。

「実は偶然じゃないんだ」

「やっぱり」

「あれこれ話すと長いけど、小川さんが玉木由布の新作を担当してるって聞いて、きょうの打ち合わせの情報を得たもんでさ。衆星さんとは、雑誌とかのつきあいもあって、けっこう顔が利くんだよ」

中途半端だった関係性に、ようやく見切りがつけられた。二度と会うことはないだろう。

「それじゃ、本が出たら買うから。またね」

伝票を取ろうとすると、緒方があわてて反対側から押さえた。

「いや、ここはぼくが。こっちで誘ったんだから」

割勘にしようと提案する気さえ起きなかった。

「きょう、ギャランティが入ったから、ここはわたしが」

嘘だ。そんな日払いみたいな支払いをする会社はない。緒方も方便と気づいただろうが、素直に手を引っ込めた。

「ありがとう。それじゃ遠慮なく。——さっきのお父さんの話だけど、もう捜索はあきらめたの？」

いいかげんにしてくれと思いながら、つい答えてしまう。

「さすがに、十三年も経つから」

「でもさ、じつは十数年も経ってから遺体がみつかることもある」

「死んでいるという前提なのね」

「あ、気にしたらごめん。小川さんはわりとそういう点はドライかと思っていた」

ふっと笑ってしまう。

「人並みにウエットな部分もあるけど。まあたしかに、父は亡くなっているでしょうね」

「それを受け入れているなら、仕事上少しばかり警察に知り合いもいるし、あたってみるよ。たとえば、身元不明の白骨化死体が見つかったりしていないか」

よけいなお世話と思いながらも「ありがとう」と無難に応じてしまった。

緒方はグラスの水を飲み干し、「なんとなく、悩みがありそうに見えたんだけど、気のせいだったかな」とつぶやいた。

腰を浮かしかけていた里佳子の頭に、ふいに浮かんだイメージがあった。

ほとんど無風の海を行く小舟のようだった里佳子の毎日に、歓迎しない漂着物が続けざまに寄ってきた。

緒方のことも当初は迷惑だと思ったが、物は考えようかもしれない。「逆位相」とか

「ノイズキャンセリング」という単語が浮かぶ。音のもととなる波に別な波をぶつけて打ち消す効果のことだ。

これ以上はやめろ、過ちを繰り返すなという声と、ただ待っていても災厄は去らないという声が、同時に聞こえる。

『恐怖の報酬』という古い映画で観たのだが、油田の火災を止める手段として、ニトログリセリンの爆風を利用していた。優平という毒虫を、緒方という思いがけず吹いた風で吹き飛ばせないだろうか。そんな誘いに負け、逡巡《しゅんじゅん》しながらも座り直した。

「ねえ、緒方くん。きょうだいはいたっけ？」

「急に何を言い出すかと思えば。二歳下の弟がいるけど」

「仮にね。その弟とは両親の離婚で戸籍も離れて、二十年以上も音信不通だったのに、突然戻ってくるって、何が目的だと思う？」

緒方の目に好奇の光が宿るのを見た。

「どういうことかな。もしよかったら、詳しく教えてよ」

さらに二十分ほど話し込んだ。語りだすと当初の迷いはすぐに消え、吐き出し終えたときにはわずかに心が軽くなった気さえした。

こんどこそ支払いを済ませ、外で別れた。まだ美術展に寄り道する時間は少しだけ残されている。しかし、急かされたような気分で見ても面白くないだろうと思い、美術館行きはまたの機会にすることにした。風《かぜ》に帽子をとばされないよう、片手で押さえながら地下鉄への階段を下りて行く。

新宿で乗り換えのついでに、一旦駅を出て大型の書店に寄った。旅行関係のコーナーで、仕事とはあまり関係のない旅エッセイの本などをゆっくり見て、一冊買った。デパートの地下で、洸太を見てもらったお礼の洋菓子を買った。我が家用にも小さいサイズを買った。ついでに、今夜のメニューは洸太の好きなハンバーグにしようと思い、同じデパ地下の精肉店でひき肉を買った。

16

家に戻って、まずは生鮮食品を冷蔵庫にしまった。

家の中に人の気配はない。ただいまと声をかけたが、治子も留守のようだ。ひと息入れることもなく、すぐに車を出すことにする。足りないものを買い、その帰りに洸太を迎えに行くつもりだ。

玄関前のカーポートに停めた車のロックを解除し、ドアを開けようとして、小さな違和感を抱いた。なんだろうと考えながら運転席に座り、エンジンをかけたときにその理由がわかった。いつも停める位置と少しだけずれている。

日ごろ里佳子が停める場所よりも、十センチほど前だし、角度もやや右に向いている。人によっては気づかないかもしれない。たとえば秀嗣などは、まったく気にしないだろう。

里佳子は気にする。もともとは、あまり広くない駐車スペースだから、車に傷をつけるのがいやで、何度か練習しながら駐車するときの目印を決めた。バックモニターはあるが、少し古い型なので、カメラの精度がよくない。だから、庭木、玄関の扉、道路標識のポールなどを、ハンドルを切る目印にして停める。

毎日のように繰り返すうちに慣れてきて、いまではおそらく、三センチとずれずに停める自信がある。それがいま、あきらかに違っている。いつもはフロントガラスの隅に見えているはずの柘植の白っぽい幹が、サイドミラーの上に生えている。

これは気のせいではない。誰か自分以外の人間が、車を動かしたということだ。だが、シートの位置やミラーの角度はまったく変わらない。これは一体どういうことなのだろう。

エンジンを止め、もう一度家に入ることにした。玄関のシューズボックスの上の皿には、いつもどおりスペアキーが載っている。変わった様子はない。

治子の部屋の引き戸をノックしてみた。しかし、返事がない。

「失礼します」

声をかけて、そっと開けてみたが、やはり留守だ。息を殺して家の中の気配をうかがう。やはり人の気配はないように思う。しかし、ジェダイではないのだ。人の気配など完全に察知はできない。

「お義兄さん、二階にいますか」

階段の下から大声を上げてみた。耳を澄ませて数秒待ったが、返事どころかことりとも物音はしない。

「気のせいみたいね。『リトル』さん」

あえて声に出してみると、少し緊張がほぐれた。やはり、気のせいなのだろう。このところ、いろいろといらつき気味だったから、きのう停めたときに、少しずれたことにも気づかなかったのだ。

それでも念のため、階段を上がってみた。不安をごまかすために、わざと大きな声で歌いながら。

三分の二ほど上がったところで、その歌が突然止まってしまった。代わりに口をついて出た言葉は「何これ?」だった。

プチトレールだ。

洸太のプチトレールが一両、ぽつんと置かれている。頭の中をきつい風が吹き抜け、めまいがする。そんなはずはない。洸太を送りだしたあと、身支度して出かけるとき、こんなものはなかった。

いや——。

断言はできない。見落としていたのかもしれない。最近いろいろあるから、注意力が散漫になっているのだ。このままでは治子のことを責めたりできない。トラブルの芽は少しでも早く摘み取る。それが、『リトル』の人生訓だ。

もと通り玄関の鍵を閉め、再び車のエンジンをかけた。以後は、運転席の走行距離計《オドメーター》を写真に撮っておくことに決めた。

里佳子が買い物を済ませ、バス友の栗原家に預けておいた洸太を連れて戻ると、治子の部屋からテレビの音が聞こえた。

車のことやプチトレールのことを訊こうかと思ったが、なんだかもうばからしくなった。それに、ここぞとばかりに「あなたも不注意なところがあるのね」などと逆襲されてしまうかもしれない。

リビングで洸太にテレビを見せながら、夕飯の支度を始めた。途中で洸太の様子をうかがうと、里佳子でさえまだ使い方をマスターしていない、ブルーレイレコーダーのリモコンをいじっている。

「ねえ、洸太」

「なあに」

「今朝、プチトレール触った？」

何を言い出すのかと、不審げな視線をこちらに向けてくる。もう一度、丁寧に訊く。

「今朝、幼稚園に行く前に、電車の玩具《おもちゃ》で遊んだ？」

洸太が首を左右に振る。

「ううん、あそんでないよ」

「わかった。それならいいの」

再び、洸太の関心がレコーダーに戻る。さすがに録画予約はできないが、録画されているものを再生する手順を、最近覚えた。洸太の「太」の字がようやく書けるようになったばかりだというのに。

手を休め、キッチンからそんな洸太のしぐさをしばらく見ている。

可愛い。きょう、緒方に言わずもがなの指摘をされるまで、この子が生物学的には甥であることなどすっかり忘れていた。

秀嗣との間にできた最初の子、洸一《こういち》は、生後わずか半年で天に召された。里佳子が知る限り生まれて初めての寝返りを打ったまま、息をしなくなっていた。

運び込まれた救急病院では、正規の手順で解剖もされ、乳幼児突然死症候群《SIDS》と診断された。簡単にいえば、特定の原因がみつからない突然死である。もちろん、これ以上ないほどに大切に育てていたから、体には小さな痣ひとつなかったはずだ。

「これは乳幼児には一定の割合で起きる、不幸な事故だ。自分を責めないほうがいい」

病院関係者も、秀嗣も、まさ枝も木乃美も、はては葬儀の手続きに行った役所の人間までが、そのような意味のことを言った。

しかし、里佳子は自分を責めた。あれはたぶん、原因がわからないのではない。いまさら追及して事件化してみても、そして悲嘆にくれる母親を犯人に仕立ててみても誰も得をしないからだ――。

窒息にしろ、心臓が圧迫されたにしろ、その原因を作ったのは目を離した自分だ。自分がもっとちゃんとしていれば、防げた事故だった。みんな心の中ではそう思っている。それが、里佳子が自身につきつけた結論だ。

毎日自分を責め、一度ならず入院して点滴を受けるほど衰弱した。

里佳子は自分で現実主義者だと思っているが、もしかすると神様とか運命とかいうものがあるのではないかと、たまに考えるときがある。しかも、その存在はひどく意地悪でいたずら好きだ。

洸一が死亡したとき、姉の木乃美も出産直前だった。

すでに臨月に入り、いつ生まれてもおかしくない状態だ。木乃美は仕事も辞め、今までほとんど寄りつきもしなかった実家に身をあずけ、まさ枝の世話になっていた。そんな事情もあって、里佳子は洸一の子育てを母親にあまり頼れない面もあった。

木乃美は独身だった。それどころか、お腹の子の父親が誰なのかさえ、まさ枝にも里佳子にも言わなかった。その頑《かたく》なな態度から、もしかすると決まった相手ではない、つまり行きずりであった可能性さえあると、里佳子は考えたこともあった。

逆算すると、木乃美が妊娠した時期は、まだ生まれていなかった洸一が、妊娠後期に入っていたころだ。この当時木乃美は、勤務先の男性社員と不倫関係が破局を迎えた直後だったと、あとから知った。里佳子は「お腹の子はその不倫相手の子か」と質《ただ》したこともある。木乃美はなげやりな笑みを浮かべて、「よくわからない」と答えた。

そんな状況下で、木乃美は里帰り出産をした。赤ん坊を抱く木乃美はあまり嬉しそうではなかった。木乃美が実家に留まったため、玉突きのような形で、里佳子が実家を頼る頻度は、低くなった。

姉は不倫相手へのあてつけで、もしかすると別な男の子どもを妊娠し、意地で出産したものの、すでに後悔している――。

洸一を失ったショックから、まだ立ち直っていない里佳子だったが、ぼんやりと霞《かすみ》がかかったような頭でそんなふうに感じていた。

赤ん坊を産んで約三か月後、木乃美は家を出たきり戻らなかった。

どこまで偶然なのかわからないが、潔のときと同じように、二日続いた大雨が止《や》んだ夜、散歩に出たまま朝になっても戻らない。まさ枝が近くの交番に相談に行き、行方不明者届の書類が受理されたころ、木乃美は見つかった。

やはり荒川の、潔が落ちたと思われる地点から、一キロほど下流の河原に、水死体として漂着しているのを、犬を散歩させていた人がみつけたのだ。

司法解剖された。しかし、これという外傷もなく、胃の内容物からもアルコールや薬物は検出されなかった。警察は事故ないし自殺——おそらくは自殺——と判断した。職員がちらりと「産後鬱《うつ》」と口にしたのも聞いた。まさ枝がどう受け止めたのかはわからない。

里佳子と秀嗣は、残された赤ん坊と特別養子縁組の手続きをとり、戸籍上も「実子」として育てることにした。

新しい名をつけることもできた。最初の子から一字取り、より逞《たくま》しく生きて欲しいと願い、洸太と名づけた。

不思議に思うのだが、洸太が洸太になる前に、木乃美が赤ん坊になんという名をつけていたか、どうしても思い出せないのだ。もちろん、戸籍を調べるまでもなく、まさ枝に問えばすぐに教えてくれるだろう。しかし、あえて忘れたままにしておく。洸太は、はじめから洸太だ。

そして、混同を避けるため、「洸ちゃん」という呼び方はしない。

自己主張が苦手であったり、トラブルになるぐらいなら自分から引いてしまうなど、里佳子の『リトル』ぶりに似ていると思われる気質は、まさ枝から受け継いだのかもしれない。それにしても、と不審に思うことがある。

生物学的な「実子」でないことが、バス友ママたちの間でさえ話題になっているようだ。

自然に知れ渡るはずがない。口外した人間がいる。もちろん、それはひとりしか考えられない。

——まあ、血は繋がらなくても、孫として育てましょう。

洸太を引き取るときにそう言った治子の、つんと澄ました横顔が忘れられない。

それにしても、と別な疑問も頭をもたげる。

一緒に生活していると顔が似てくるとはたまに聞くが、まったく遺伝的に他人であるはずの秀嗣に、食べ物の好みまで似てくるのはどうしてだ。まさか、治子の企みか、それとも——。

優平は相変わらず、自分の家のような顔で出入りしている。当初のような遠慮もほとんど見られない。

たしかに、出された食事に注文をつけたことは一度もないし、洗濯は自分でやる。しかし、だから一緒に暮らしてかまわないとは、自分を納得させられない。

もう少し、里佳子があまり歓迎していないことを、態度に出したほうがいいのかもしれない。それとなく嫌いそうな食べ物を出してみたりするのだが、どんな料理も優平は「美味い、美味い」と食べる。それもまた、かえってわざとらしく感じる。

17

付け合わせのグラッセにするため、人参を切っているとき、スマートフォンが鳴った。見れば緒方からだ。おそらくは昼間の件だろう。

真っ先に浮かんだのは後悔だった。あのときはにわか知識の「逆位相」などという発想が浮かんだことでいい気になって、いや、洸太の話など持ち出されて一種の逆上状態にあったのかもしれない。

そして、優平を怪しげな闖入者扱いすることでいっときの憂さ晴らしの気分を味わい、よけいなことまで言ってしまった。二年前のことを後悔したばかりなのに、また同じ過ちを繰り返してしまった。

考えてみれば、優平の去就など完全に個人的な事情だ。緒方には昼間のことは詫びて、これ以上は放っておいてと頼もう。そう決めた。姉のことや、ひいては洸太のことも、あれこれ探られたりまして記事に書かれたりしたら、悔やんでも悔やみきれない。

「折尾です」

よそよそしさが出せただろうか。

〈あ、緒方です。昼間の件なんだけどね〉

「そのことなんだけど……」

しかし、里佳子の発言にかぶせるように、緒方は先を続ける。

〈昼間も言ったけど、本腰を入れるなら、戸籍を追うのはひとつの方法だね。遺産相続の手続きだとでも口実をつけて、司法書士あたりに頼めばなんとかなると思う。今の日本のシステムだと半永久的に記録が残ってるはずだから〉

「うん」

〈ただ戸籍は、居所や素性を確認するにはいまひとつだ〉

「わかる」

〈となるとやはり住民票を取りたいけど、残念ながらそっちから追うのは、ちょっと難しいかもしれない〉

「どういうこと？」

もう手を引いてくれ、自分の家族に対する調査などやめてくれと、断ろうと思って電話に出たのに、戸籍や住民票の話題になると気になって問い返してしまう。

〈秀嗣さんのお父さんとお兄さんは、離婚のあとその家を出ていったと言ったよね〉

「うん。この土地は、もともとはお義母さんのご両親のものだったからって。いわゆる『マスオさん』だったって聞かされた」

〈ということは、住民票の処理は『除票』だよね〉

「そうなるね」

もう一年近く前だが、担当した作品が身寄りのない資産家の死をめぐる小説だったので、「失踪宣告」だとか「除票」だとかについて、裏付けを取った。詳しいところは忘れたが、名称ぐらいは覚えている。除票というのは、市外に転出したり、死亡したりして、元の住民票の記載から除かれたという記録のことだ。

〈除票の線から跡をたどるのは難しいかもしれない。調布市の場合、五年経過すると原則として発行しないみたいだから。あとは戸籍の『附票』という手もあるけど、そっちもいろいろと……〉

「緒方くん。ねえ、緒方くん――」

自分の説明に興奮しはじめた緒方の話の腰を折った。

「せっかく調べてもらったのに悪いけど、もういいから」

〈もういいとは？〉意外そうな声だ。

「父や姉のことはもちろん、義兄《あに》のことも忘れて」

〈どうして？　ぼくは、特に優平さんの件は面白そうな話だと思うけど。大いに興味を引かれる〉

いまの緒方には、遠まわしではなくはっきりと言ったほうがいいと思った。あまりこちらの家庭のことに首を突っ込んでこないでと。それに、そんな手間をかけていままでの転居の跡がたどれたとしても、優平という人物が何者であるかの説明にはならない。

「ねえ、緒方くん」

〈なんでしょう〉

電話の向こうで、大きな目をおどけて見開いてみせる、緒方の顔が浮かんだ。

「緒方くんには、単なる興味の対象かもしれないけど、我が家にとっては深刻な問題で、現に今夜も顔を突き合わせるかもしれない。だからあまり波風立てたくない」

〈「だから」こそじゃないか。深刻な問題だからこそ、さぐってみる価値はあるだろ。――小川さんは忘れてくれていいよ。ぼくがもう少し調べてみて、何かあったら連絡する〉

放っておいてって言ってるの！

しかし、叫んだのは胸の内でだ。

「わかったけど、あまりプライバシーには踏み込まないで」

〈そのへんは心得てるよ。——でもね、まだ何も具体的にはつかんでないけど、裏に何かある気がするんだ。これは〝勘〟と言ってもいいかな〉

ジャーナリストの勘というわけだ。意地が悪いと思いながらも、「その勘がほんとうに使えるなら、もっと売れているんじゃないの」と声に出しそうになる。

「あのさ、緒方くん。まさかと思うけど、無断で記事にしたりしないよね」

〈どういう意味？〉

「両親の離婚によって二十一年間音信不通だった兄弟の、感動の再会、とか」

〈いいねそれ！　小川さん、コピーライターの才能があるよ〉

本当は、彼ら兄弟のことよりも、洸太のことをそっとしておいて欲しい。もしも、洸太のプライバシーを損なうようなことをしたら、殺してやると思った。『リトル』も本気を出せばそのぐらいのことはできる。しかし、具体的に洸太の名をだして口止めすれば、藪蛇《やぶへび》だと思ったので触れなかった。

「冗談じゃなく、やめてね。個人名は出さなくても、ご近所さんとかが読めばわかるから」

現に、幼稚園のバス友ママには、すでに優平の存在を知られている。

〈さすがに現段階のあやふやなことで記事にはしないし、一般人のそんな記事を、どこも買ってくれないよ〉

「ならいいけど」

〈いずれにせよ、また連絡するよ〉

「冤罪の本、がんばってね」

尻切れトンボのように、話は終わった。

もやもやした気分をかかえて、中断していた料理に戻った。

もとはといえば自分が蒔いた種だ。誰も恨めない。気分を切り替えるために、料理に集中することにした。

下ごしらえしてから冷蔵庫で三十分ほど寝かせておいたハンバーグのタネを、ガラス製のボウルごと取り出す。材料には、茶色になるまで炒《いた》めた玉ねぎや調味料、それに世間では賛否あるが、里佳子はつなぎにパン粉を入れる。試行錯誤の結果、つなぎを入れたほうが夫や子どもの「食いつき」がいいからだ。

両手のひらに二度、三度と肉を打ちつけ、やや楕円《だえん》に成形する。なかほどを窪《くぼ》ませて、ラップを敷いたバットに置く。よし、悪くない。

ふっと気が緩んだ隙間に、高校時代の緒方のことが浮かんだ。たしか期末試験の最中だった。昼前に学校が終わり、途中の駅で降りて学生に人気の洋食店で一緒にランチを食べた。煮込みハンバーグ定食だった。食後にアイスコーヒーがついて、七百円で足りたと記憶している。

デートなどという気の利いたものではない。試験勉強の息抜き程度の、本と映画の雑談だ。もっとも、緒方のほうでは別な意識があったのかもしれないと、いまごろになって思う。もしかして、今回の話題に食いついてきたのも、それが理由だろうか。『リトル』は『ドンカン』でもあったのか。

しかし緒方は、あのころと少し性格が変わってしまったようだ。あまりにありふれた形容だが、「デリカシーに欠ける」ようになった。いや、緒方のような職業で食っていくのには、デリカシーはむしろ邪魔なのかもしれない。

もちろん、一般論として、十五年という歳月は人を変えるのに充分な時間だと思うが、やはりどこか寂しい。

数日前に見た映画の矛盾点を、世界史のノートにびっしりと書き出し、やや上気した顔で里佳子に見せたときの、自慢げに大きく輝く瞳が印象に残っている。

「ちょっと結末に触れちゃうけど、いい？」

里佳子たちが高校生の時代といえば、『ハリー・ポッター』や『ロード・オブ・ザ・リング』、『マトリックス』といった、映画史に名を残すような大作のシリーズが続けざまに上陸し、しかもそれを、邦画が興行成績において迎え撃つといった黄金期で、映画好きにはお金がかかってしかたがなかった。楽しい時代だった。もちろん、里佳子はすべてを見ることはできなかったが、緒方は有名どころはほとんど制覇したと自慢げに語っていた。真偽は不明だが。

18

きょう、夫と義兄は一緒に帰宅した。

偶然とは考えにくい。どこかで待ち合わせたのだろう。どうせ、駅近くの喫茶店あたりに違いない。

「たまには、お義兄さんと飲んでくれば」

きのう、秀嗣にそう言ってみた。毎晩家での食事をあてにされると、さすがに重荷だ。食費もかさむ。

しかし、秀嗣の答えはそっけなかった。

「いや、いいよ。おれも兄貴も酒はあまり飲まないし、わざわざ待ち合わせて外食ってのも変だし。それに何より、家に帰ればこうやって美味しい料理が待ってるしさ」

そう持ち上げられたことが、今夜、Ａ５、Ａ４ランクミックスの国産牛百パーセントのハンバーグになった理由のひとつだが、浮かれ気分というわけでもない。

「いただきます」

優平、秀嗣、それに里佳子の三人が箸を持つ。焼きたてだ。先に済ませた洸太は例によって寝る前のテレビ、治子は自室に戻っている。歌謡番組の音が漏れ聞こえてくる。

「うまい」

ハンバーグをひと口かじるなり、優平がのけぞるようにして賞賛した。

「うん、うまい」秀嗣がすかさずあとに続く。

「うまい」

最近、洸太はよく優平の口真似をする。いまも、とっくに自分の食事は終えているのに、録画したアニメを見ながら声だけ真似た。

「洸太、そろそろ寝る時間よ。歯磨きしなさい」

「もうすこしみたい」

「これ、ソースもお手製ですよね」

会話に割り込み、お世辞とも思えぬ調子で訊く優平に、少し照れながら、そうです、と答える。

「店で食うのより、ずっとうまいな。肉汁たっぷりなのに、脂っこくない。火の通り加減も絶妙だし、自家製ソースもおいしい」

あまり仕事に慣れていないタレントの食リポみたいなことを言って、感心している。ふだんなら、ここで少しいい気になって、レシピを披露したりするかもしれないが、優平に対しては、そんな気分にはなれない。どうしても靴の中に入ってきてなかなか出て行かない小石を想像してしまう。

そういえば、秀嗣たちが帰宅する少し前、洸太と治子に先に食事をさせているとき、きょうの外出で使ったお金をざっとメモしておこうとした。

リビングのサイドボードの一番上の引き出しに、備忘録がわりのノートが入っている。来週の予定だとか、その日使った金銭のメモなどをさっと残すためだ。

このノートを出して、ぱらぱらとめくったら、後ろのほうに挟み込んである、銀行の封筒がはらりと落ちた。

中には、千円札が五枚と五千円札が一枚入っている。着払いの荷物が届いたときなど、持ち合わせの現金がなかったりしてあわてないように、いわば常備してある。

ふと、先週ここから千円抜いてまだ戻していなかったことを思い出し、財布から出して補充した。そのついでに、枚数を確認した。

五千円札がなくなっている——。

何かに使っただろうか。とっさに考えた。思い出せない。里佳子は自分の記憶力に絶対というほどの自信はない。もしかすると、うっかり記憶の谷に落ち込んでしまったのかもしれない。

財布に、ちょうど五千円札が一枚あったので、しかたなくそれも封筒に入れた。表にきょうの日付と《5000×1、1000×5》と書いた。これから、出し入れのたびにメモをしようと決めた。

しかし、もしかすると別な誰かが、という考えも否定しきれない。

その場合、まず洸太は除外してもいいだろう。「札」の意味をほとんど理解していないし、仮にいたずらでそんなことをしたら、絶対に態度に出ているはずだ。

治子は、彼女はどうだろう――？

申し訳ないが否定しきれない。いや、可能性としては充分にある。

秀嗣はどうだ？　とぼけているが、じつは狸の面もある。これもまたゼロとは断言できない。追及されたら「あ、言い忘れてた。ちょっと借りた」とあっさり認めそうだ。

そしてもうひとり――？

もちろん、あの男も容疑者のひとりだ。しかし、頭は働きそうだから、里佳子に胡散《うさん》臭く思われていることは感じ取っているだろう。そんな中、危険を承知でたった五千円の金に手を出すだろうか。

あれこれ思いは頭の中をめぐっては去って行くが、もちろん食事の席で、そんなことはおくびにも出さない。

「お義兄さん、昼間は外食なさってるんでしょ。都心なんかは、おいしいものがいっぱいあるんじゃないですか」

「いやいや」

白米を口いっぱいにほおばった優平が、手にした箸の先を軽く左右に振った。あわてて咀嚼《そしやく》し、みそ汁で流し込んで続ける。

「――昼は、人と会ってないときはほとんどネットカフェで仕事をしているので、抜いたり、コンビニ弁当だったり、ボリュームが欲しいときは牛丼の大盛りとか」

苦笑して箸の頭で、自分の頭を掻いた。やはり、その不潔さを受けつけない。

「会社へは戻らなくて大丈夫なんですか」

できるだけ自然に、嫌みにならないように注意して訊く。

「それ――なんですけど」

今度は、付け合わせの人参のグラッセと粉ふき芋をほおばったばかりで、もごもごと答える。なんだかやけにせわしない食べ方だ。

「食べている途中に話しかけてすみません。どうぞ、ゆっくり召し上がってください」

またしてもみそ汁で口の中のものを流し込んだ優平が、詫びの意味なのか小刻みに何度かうなずいた。

「こっちこそ、よく味わって食べずに申し訳ないです。すっかり食事をかきこむ癖がついてしまって、行儀悪いですよね」

「お忙しいんですね」

「単に貧乏性なんです。——それはともかく、ご質問の件ですけど、実は近々会社組織にしようかと思ってて、その準備なんです」

とっさに夫の顔を見た。ハンバーグをつついている表情に変化はない。すでに聞いていたらしい。

「ということは、いままでは会社組織ではなかった？」

優平を連れてきたその日に、秀嗣が「兄貴は起業した」という意味のことを言っていなかっただろうか。たしかに言った。それは間違いない。しかし、優平はなんとなくはぐらかしていたような気もする。だから社名を言わなかったのか。起業といえば聞こえはいいが、まだほんのとっかかりではないか。

優平が、また箸の頭で側頭部を掻いた。

「秀嗣には何度か説明したんですけど、いままでは——仕事仲間も含めて——個人経営者の集まり、という形態だったんです。でも、その仲間たちともいろいろ話し合って、きちんとした組織にしようと決めました。といっても、ぼくを含めて全部で五人の会社なんですけど」

「そうだったんですか」

騙された、とまでは言わないが、なんとなく肩透かしを食ったような気分になる。人数や規模の問題ではない。悪気の有無はともかく、情報を小出しにする点にだ。

「法改正があって作りやすくはなりましたから、いきなり『株式会社』という選択肢も検討したんですが、とりあえずは『合同会社』から始めようと思います」

「そうなんですか」

会社法関係はあまり明るくない。もともと興味はないし、これまで扱った作品の中で、そのあたりを突っ込んだ企業小説はなかった。株式会社と合同会社の違いもよくわからない。

「それでまあ、書類手続きとか、司法書士に相談したりとか、いろいろやることがあって——」

優平がいくつか具体的な手続きについて説明したが、ほとんど右から左へ流れた。

「ぼくらみたいな業務の場合、先行投資もほとんど必要ないので、無駄になるとしても設立費用だけ。メリットとしては、なんといっても税制面で優遇されるし、責任も限定的になるし、信用度も上がります」

「やらない手はないよね」

秀嗣が、どことなく事務的な臭いのする合いの手を入れた。

「おかあさん、べつなのみてもいい?」

アニメを見終えた洸太が割り込んだ。

「きょうはもうおしまい。歯を磨きましょうね」

「はあーい」

変に間延びした、不本意そうな返事が返ってきた。

19

寝る前に、伯父さんの部屋で絵本を読んであげると優平に誘われ、大急ぎで歯磨きを終えた洸太も二階に上がり、リビングに夫婦ふたりだけになった。

洸太と優平をふたりきりにするのは少し心配だが、ちょうどよい機会だ。夫婦だけで話したいことがいくつかあった。

このところこの家の中では、秀嗣と優平はまるでセットのように一緒にいる。「まるで兄弟みたいに」という表現が浮かんで、そうだ兄弟だったんだと思い直す。

『蒼くて遠い海鳴り』を校閲している最中は、まだ気が紛れた。というより、あまり考えないようにしていた。目の前の仕事を期日までに仕上げるのが最優先、ほかのことはあとまわし——。

それも手を離れた。幸い次の仕事の予定も決まっているが、ゲラが届くのは週明けの予定だ。それまであと三日ほど手が空く。やりかけて途中の衣替えでもしようと思ってはいたが、おそらくまた優平のことが気になってくるだろう。

この機会に少し話し合っておこう。

「あの……」

「ちょっと……」

ふたり、ほとんど同時に口を開いたのは、偶然ではないだろう。おそらくは秀嗣も、夫婦だけになるのを待っていたのだ。ならば、夫の用件を先に聞きたい。

譲り合いになったが、なんとか先に秀嗣に話をさせた。

「前から話してる、海外生産の件なんだけど」

「ああ、海外に工場を作るというあれね」

「そう。ベトナムだ」

「それが現実的になるの？」

秀嗣は答える前に、水滴のついたグラスの、冷えた麦茶を一気に半分ほど飲んだ。喉ぼとけがスライドするように上下に動くのをなんとなく見ていた。

「そうなんだよ」と言ってから小さくげっぷした。「失礼。——役員会議で本決まりになったらしい」

「本当に？」

「議事録の整理を頼まれた総務の若手が、こっそり盗み読みしてばらしたんだ。かなりの勢いで広まってる。あしたぐらいには、会社中に知れ渡ってるな」

「それって、あなたがベトナムに行くっていうこと？」

秀嗣が残りの麦茶をまたひと息で飲み下して、さっきよりも大きなげっぷをしたが、今度は「失礼」と言う代わりに「たぶんね」と答えた。

「総務といえば聞こえがいいけど、要するに軌道に乗るまでの雑用係というか、何でも屋だと思う。ただし、この前も言ったけど、係長待遇に昇格、という付帯条件がつくらしいけど」

たぶんね、で済ませないで――。

そう喉まで出かかった。しかし、秀嗣の顔つきがいつになく真剣なので、どうにか抑えた。

懲戒で減給だとか、整理要員のリストに載った、などというわけではないから、目の前が真っ暗というほどではない。しかし、冷静に「ああ、そうなの」と受け止めることは無理だ。

食品メーカーが海外に工場を作るというのは珍しい話ではないし、秀嗣が勤める『ヤナハル食品』程度の規模なら、いままでなかったのがむしろ不思議なぐらいなのかもしれない。

しかし、自分の夫がその工場の立ち上げスタッフとして現地へ行くとなると、話は別だ。

そもそも、ベトナムとはどんな国なのか。行ったことはないし、仕事の関係で詳しく調べた経験もない。いいとか悪いとか、そういう判断の材料がない。日本から飛行機で何時間かかるのか、さらにいえば通貨の名前すら知らない。

いや、そんな表層的な問題だけではない。折尾家の生活はどうなる。洸太は？　治子は？　自分の校閲の仕事はどうなってしまうのだ？　一部の作家のように、メールで原稿を送って「あとはよろしく」では済まない。

それとも、秀嗣はすでに単身赴任の覚悟を決めたのだろうか。落ち着かない。いらいらする。

頭の中がむず痒いようないやな気分だ。これも『リトル』のせいなのか。世間の人は——たとえば、あのいつも陽気で元気で少し品のない、バス友ママの岩崎千沙などは、「ベトナムもありかー」などと笑って済ませるのだろうか。

「それで、受けるつもりなの？」

里佳子が問うと、秀嗣はふっと息を吐きうつむき加減で額をこすった。答えを探しているようにも見える。

ふいにリビングを埋めた沈黙に染み込むように、二階から優平と洸太の笑い声が響いてきた。

あはは、とふたりそろって楽しそうだ。

秀嗣が顔を上げる。

「おれ、単身赴任は自信がないよ」

やはり、そうなるだろう。

「でも、選択の余地がないんでしょ」

少し意地悪な球を返す。しかし、秀嗣からは予想外のボールが返ってきた。

「思い切って、兄貴の会社を手伝うとかどうかな。ちょうど総務の人間が欲しいって言ってるし」

「クラウドファンディングがどうとかいう?」

「そう。もちろん」

「ねえ、まさかと思うけど、さっきの法人化の話」

「ああ」

「出資するとか言い出さないわよね」

「あ、もちろん。ないない」

その否定のしかたが、あまりに素早かった。里佳子にそう突っ込まれるのを予測していた印象だ。

自分でも不思議だったが、今の夫の態度から胸に湧き上がったのは、とまどいでも怒りでもなかった。

「パラレルワールド」という単語だ。ここは、つい数日前まで暮らしていた世界とそっくりだが、いろいろな細かいところが微妙に違っている、たぶん別の世界なのだ。

いつ自分はこっちの世界に飛び移ってしまったのだろう。そうだ、あの日だ。夫が「アニキです」と言って突然優平を紹介した日。あれは先週の土曜だったから、まだ一週間も経っていない。ずいぶん昔のことのように感じるのも、ここが異世界で時間の流れが違うからだ——。

そこまで考えて、思わず苦笑した。

「なにかおかしい？」

秀嗣が心配げに顔を覗き込む。

「なんでもないの」

何がおかしいのか、自分でもよくわからない。きっといろいろなことに疲れているのだ。仕事に対してか、家庭環境の変化に対してか、夫の会社の問題についてか、おそらくそのどれも当たっているだろう。

「わたし、きょうはひさしぶりに出版社に出かけたりして、疲れたから早めに寝るね」

秀嗣はまるで、気がつかなくてごめん、とでもいうようにうなずいた。

「ああ、そうだね。——兄貴のことでも迷惑をかけてるし」

根っ子の部分に悪意がないので、いつもこれ以上の口論にはならない。しかしそれは、生煮えのまま火から下ろすことでもある。

「それで——？」

「えっ」

「ほら、里佳子もさっき何か言いかけたじゃない」

すっかり頭から離れていた。リビングのサイドボードに入れておいた予備費が、五千円足りなくなっていたことだ。

「ああ、あれね。たいしたことじゃない。あしたにする」

なんだか、いまさら話題に出すのも億劫になってしまった。どうせ、秀嗣は勘違いだとか気のせいだとか言うに決まっている。あしたにしよう。

「わたし、先にお風呂入るね」

「ああ、ごゆっくり」

キッチンの片付けはあとまわしにして、風呂に入った。この家の湯船のサイズは、規格品の中では大きいようだ。里佳子の身長なら、ほぼ足が伸ばせる。

いつもより少し熱めの温度設定で追い焚《だ》きして、胸のあたりまでつかった。無自覚のうちに、ほうっと長いため息が出た。きょうはいろいろあった。頭の芯が、軽く揺れているような感じだ。自分で首筋を揉もうとしてうなだれると、湯の中に遠近感の歪《ゆが》んだ自分の体が見えた。

人からよく「白いね」と言われる肌と、このところ筋肉が落ちる一方の両腿《りょうもも》のあいだの黒い陰りとのコントラストが、われながらなんだか生々しい。そういえば、ふたり目を作ろうと言っていたが、今夜もまた、何もないだろう。

ドライヤーを当ててリビングに戻りかけると、話し声が聞こえてくる。洸太はもう寝たのか、優平が下りてきたようだ。

深い理由はなかったが、足を止め、そのまま廊下で耳を澄ませた。もちろん、どんな話をしているのか興味がないといえば嘘になるが、込み入った話の腰を折ってはいけないような気もした。そろそろこの家を出ていく、という話題かもしれない。

「──おいおい、何言ってるんだよ。いまさらインドなんてもう手垢《てあか》どころの話じゃないぜ」

優平の声だ。秀嗣がぼそぼそとしたしゃべりで、何か言い訳のようなことを口にした。

「トルコリラは最近話題だけどな、波が激しいから、元手の心もとない素人はやめといたほうがいい。中南米も危ない。これからはやっぱりアフリカだろうな。中国がいまかなり力を入れてるが──」

投資かなにかの話のようだ。まるで、里佳子に聞かせたいかのように、大きな声だ。

意地でも聞くまい、と思った。やはり片付けものは明日にしよう。あの兄弟と顔を合わせたくない。

そっと洗面所に戻り、歯を磨いて、たまたま脱衣所まで持ち込んでいたスマートフォンを手に、そのまま二階に上がった。夫に《先に寝ます》のメッセージを送ると、すぐに《おやすみ》の文字が返ってきた。

ひとり横になっていろいろ考えごとをしようと思っていたのに、布団に入って五分と経たないうちに眠りに落ちた。

20

家族でインドに住んでいる。

昔映画で見た、高床式の簡素な家だ。秀嗣がインド国債を売る仕事をしていて、それに同行したようだ。

洸太を乗せたシマウマ模様のバスが、うっそうとしたジャングルに入っていく。止めようとするが、なぜか隣にいる千沙が「大丈夫、男の子は自分でするから」とげらげら笑う。

幼稚園から連絡が入り、園に猫の死骸と魚の内臓が放り込まれて、洸太が行方不明になったという。意味が通らないと激怒しているところで半分覚醒し、いやこれは夢だからと自分を納得させて、もう一度眠りに落ちた。

名も知らぬ大河のほとりで釣りをしている男がいる。すぐ脇に山のようにカップ酒の空き瓶が転がっている。手を伸ばし、話しかけようとするが喉が痺《しび》れて声が出ない。腹の底からようやく絞り出した声で喉が裂けそうなほど痛くなったとき、完全に目が覚めた。

室温は快適なのだろうが、ぐっしょりと寝汗をかいている。気持ちが悪いので着替えたい。

いま、何時だろう――。

夜は、ベランダ側のシャッターを完全に下ろすので、寝室に朝日はほとんど差し込まない。

寝ぼけた頭のまま、枕元に置いたスマートフォンを手さぐりで探す。画面を見れば午前五時十五分だ。着替えて二度寝するには中途半端な時刻だなという思いが湧くと同時に、メールの着信があることに気づいた。

すっと目に入ってきたタイトルに眠気が吹っ飛んだ。

《ゲラの欠落について――村野》

ええっ、と声が出そうになるのを、なんとか飲み込んだ。隣の布団では、まだ秀嗣が寝ている。続く本文も数行だけ表示されているが、早く全文を確認したい。布団の中で腹這《はらば》いになって画面を操作し、メールを開いた。
《いつもお世話になっております。衆星出版の村野です。先ほどはわざわざありがとうございました》
着信時刻を確認すると、日付の変わった午前二時五十二分になっている。一度目のいやな夢を見ていたころだろうか。一日が長い編集者にとっては、まだ「先ほど」なのだろう。なんとなく緊迫感のない文面だが、編集者のメールはいつもこんな調子だ。
《実は、ゲラをお戻しいただいたあと、急な打ち合わせが入ってしまい、確認が遅くなってしまいました。
通しでチェックしましたところ、どうやらP.172～P.173の一枚が欠落しているようです。ほかのページに紛れ込んだかと、二度ほど見直しましたが――》
結局、どこにも見当たらない。そちらでも探してみてもらえないだろうか。それでもない場合は、念のため添付した同ページのPDFファイルに、再度書き込んでスキャンし、メールで返送して欲しい。そういう趣旨だ。ゲラは二ページが見開きで一枚になっている。つまりはその一枚分が見当たらないということだ。
《お忙しいところ恐縮ですが、本日の正午ごろまでにお願いできますでしょうか》
そう指示したあと、気遣いの村野らしく、くれぐれも持参などしなくていいので、メールで、と書き添えてあった。たしかに、急ぎでしかも少量の場合は、こちらでもプリンターを使ってスキャンし、PDF化して送ることもまれにある。

秀嗣を起こさないようにそっと布団から出て、ドアの音に注意しながら隣の仕事部屋に入った。

ライトをつけ、そのまぶしさに目をしばたたかせながら、まずは机の上を見る。もちろん、ゲラなど残っていない。複合機であるプリンターまわりや、机の周囲の床などを探してみたが、やはり落ちてはいない。

ないはずだ。『リトル』の名は伊達《だて》ではない。ゲラや資料を汚れ防止のポリ袋に入れたあと、もう一度、何も入れ忘れがないことをチェックするのが習慣になっている。校閲の途中でも欠落はなかった。だとすれば、自分が最終見直しを終えたあと、袋に入れるまでのあいだに消えたのだ。

そんなことってある――？

自問するが、もちろん答えなど浮かばない。いったい、どういう経緯で消えたのだろう。

ゲラの綴《と》じ方は出版社によってまちまちだ。もっとも多いのは、分量に応じて分割し、ホチキス留めする方法だろうか。留める理由はもちろん、紛失防止のためだ。最近では、ただ大きなクリップで挟むだけの社も増えてきた。

村野が渡すゲラはこのクリップ式だ。衆星出版の方針は、原則ホチキス留めらしいのだが、正直なところ、それだと校閲作業がしづらい。こっそり一度ばらす校閲者もいると聞く。

村野はそのへんを気遣って、そしてもちろん里佳子を信用して、クリップで挟んだだけで渡してくれる。

もし本当に紛失したのだとしたら、その信頼を裏切ったことになる。いますぐ電話を入れて詫びたいが、ようやく眠りについたころかもしれない。謝罪はあとにして、まずは善処することが先決だ。

パソコンが起動するのを待つあいだ、机に両肘をつき、軽く握ったこぶしに額をあずけ、目を閉じて意識を集中した。
P.172～P.173の見開き。たしかそのあたりは、主人公が自分の若いころを回想するシーンだ。小学校や中学校の入学、卒業などのイベントに社会的なできごとを絡めているのだが、これにいくつかのずれがあった。しかも、全体に一年ずれるのなら比較的簡単なのだが、あるものは正しく、あるものは一年早く、という具合にずれている。どれに合わせるかで、細かく〝えんぴつ〟を入れた記憶がある。
起動した画面からメールを開き、村野から送られてきたファイルをダウンロードし、開いてみる。

「やっぱり」

早朝の仕事部屋に独り言が響く。過去の社会的できごとと、主人公の身に起きたことの年代の齟齬《そご》が、わりと複雑に入り組んでいた部分だ。しかし、と安堵もする。このページならコピーを取っておいたはずだ。

机の脇に置いてある、A3サイズまで入るレターケースの、上から二番目の引き出しを開けた。『蒼くて遠い海鳴り』のゲラのコピーはここに入っている。もちろん全ページではない。少し気になっている箇所、指摘の多い箇所など、のちに問い合わせがあったときに応じられるようにするためだ。一定の期間が過ぎれば、シュレッダーにかける。今回、紛失したと指摘されたあたりは〝えんぴつ〟の箇所が多めだったので、コピーした記憶がある。そのコピーの束を机に置き、半分より少し前あたりを開いた。ノンブルの数字を確認しながらめくっていく。158、162、164、170、176。

「えっ」と声が出た。

172がない――。

もう一度見直す。しかし、やはりP.172〜P.173がない。

「これって、どういうこと？」

村野と同じように、最初から最後まで、二度見直した。どこにも紛れ込んでいない。無駄と思いつつ、再度机のまわりの床を見た。ゲラどころか、メモ用紙一枚落ちていない。

コピーし忘れたのだろうか。よりによって、もっとも書き込みが多かった箇所なのに。泣きたいような気分だが、落ち込んでいる暇はない。さっそく、メールに添付されていたまっさらなゲラを二ページ分、プリントアウトする。Ａ４対応のプリンターしかない里佳子のために、村野が気をきかせて見開きを分割してくれたようだ。

まだ多少の救いはある。里佳子は、ゲラに指摘をしながら、専用のノートに要点をメモする習慣がある。単に間違いを指摘するだけでなく、資料として何に当たったかなどを記録しておくのだ。

該当するページを開き、いざ本格的に作業に入る前にコーヒーでも飲もうかと立ち上がった。

部屋のドアを開けたとき、ひとつ離れた部屋のドアがほぼ同時に開いて、寝起きでぼさぼさの頭の優平が出てきた。向こうでも里佳子に気づいた。

「おはようございます」

ドアノブをつかんだまま、声量を抑えて挨拶する。優平もぺこりと頭を下げて、「早いんですね」ともごもごした口調で挨拶した。

「もしかして、起こしちゃいましたか」

優平はとっさには意味がわからなかったようだが、すぐに「あ、いいえ」と手を振った。

かった。

「トイレに起きました」

それ以上、話すこともなかったたし、とにかく急ぎの仕事があったので、キッチンへ向

途中、簡単な朝食の準備で作業が中断したが、洸太をバス停に送るころには、あらかた済んでいた。もともと一度作業した内容ではあるし、メモ書きも残っていたので、メール受信直後に緊張したほど、手間はかからなかった。

洸太を幼稚園に送りだし、一度気分が切り替わったところで、仕上げの見直しをすることにした。時間的には充分間に合う。大きなトラブルにならなくてよかった。

すでにバス停には、ほかの三組が来ている。きょうも風が強くてスカートではめくれあがってしまうので、みなパンツ姿だ。

「おはようございます」

「あ、おはよう」

三人のバス友ママたちが、ほぼ同時に挨拶を返してきた。三人とも、朝のこの時間はほとんどすっぴんに近い状態だが、その中でも栗原由香利はやはり人目を惹《ひ》く美しさだ。せっかくの自慢の長い髪が、風にあおられて乱れている。その由香利に会釈する。

「きのうは、どうもありがとう」

もちろん洸太を預かってもらった礼だ。きのうのうちに手土産《みやげ》を渡して、ひとまず挨拶は済ませてある。

「いつでもどうぞ。うちの賢も、遊び相手がいて楽しいし。ね、賢」

母親に同意を求められた賢が、肩に置かれた母の手を払いのけるように体をよじった。

「やだ。たのしくない」

「え、どうして？」

「だって、こうたくん、でんしゃのゲームばっかりやりたがるんだもん。だったら、てっぺいくんのうちへいけばいいんだよ」

ひとしきりの笑いが収まったところへ、バスがやってきて、子どもたちを乗せて去った。

いつもと同じように、ほかの三名はこのあとまた少し話すのだろうと、里佳子が去りかけたとき、ハキハキママ、岩崎千沙が声をかけてきた。

「ねえねえ、洸太くんママ」

「はい」

「お義兄さんて、また来るの？」

いつものストレートで遠慮のない口ぶりだ。なにか裏を探ろうとしているなどという腹はなく、ただざっくばらんに興味本位で質問しているのだろう。また泊りに来ていることは言っていない。まさかとは思うが「暇だから、今度来たら紹介して」などと言い出さないだろうか。適当に濁しておく。

「そうね、たぶん」

毎日寝泊りしていて、たまにシーツの取り換え、朝夜二食付きのホテル滞在並みです、と答えたいところだ。

続けて千沙の口から出たのは、意外なせりふだった。

「同級生がいたわよ」

手柄でも立てたように、得意げだ。

「どういう意味？」

「だから、お義兄さんの元同級生よ。中学校のときの」

「ええっ、ほんとに」

その場に立っていた、栗原由香利も横川亜実も、里佳子よりは小さいがそれぞれ驚きの声を漏らした。千沙が気を良くして訊く。

「苗字ってたしか、片柳だったわよね」

「そうだけど」

「阿礼と同じ組に、野末《のずえ》さんているの知ってる？　野末翔真《しょうま》くん」

言われてみればなんとなく思い出す、という程度だ。たしか、父親が地元の人間だったと記憶している。

「その翔真くんとうちの阿礼の仲がいいんで、ときどき遊びに行くのね」

「そうなんだ」

「きのうも行ったんだけど、むこうのパパがいたの。ほら、不動産業だから週の真ん中あたりが休みなのよ」

「知ってる。たしか――」

脇から亜実が出した名は、大手不動産会社のものだった。その支店に勤めているらしい。千沙がうんうんとうなずく。

「そのパパが子ども好きなんで、一緒に遊んでくれるのよ。実はそれ狙いで、あえてパパが休みの日に行ったりするんだけど。――で、なんだっけ。ああそうだ。何かの話のついでに『この近所に二十年ぶりぐらいに戻ってきた人がいる』っていう話になって『誰それ?』っていうことになって、悪いけど折尾っていう名前を出したら、翔真くんのパパが『おれ、その兄弟知ってるぞ』って言い出して、たしか、お兄さんが途中で転校していったけど『片柳』とかいう苗字で、弟はそのあと折尾に変わったって。特に友達ってわけでもないけど、近所だしちょっと印象に残ったんで覚えてたんだって」

そこまで一気にしゃべって、少し息が切れたらしく、呼吸を整えている。

「優平さんで間違いないの?」

亜実の疑問に、千沙がしっかりとうなずく。

「そういう名前だったって」

「そう。あの人の同級生がいたんだ」

里佳子は独り言のようにつぶやく。だからどうという感慨はない。もっと言えば、話題にしたくもない。

「ね、なんかすごくない？」

わずかに鼻の穴をふくらませて得意げな表情の千沙に、由香利が冷静な言葉をかけた。

「その野末さんも、地元のかたなのね」

「うん。マンションの近くに、翔真くんパパの実家がある」

その答えを受けて、由香利が論理的な発言をした。

「だったら、そんなに珍しい話でもないんじゃない？　結婚後も地元に残った同級生の子どもどうしがまた同級生になるって、たまに聞くもの。それが息子じゃなくて甥だったっていうだけで」

「なるほど。たしかにそうね」

亜実が、腕を組んで、大きな目のまじめな表情でうなずいている。

「そうかな。珍しくない？」

せっかくのスクープを否定される形になった千沙は、援護を求めるような目を里佳子に向けた。

「そうね。最初に聞いたときは驚いたけど——」

「でしょ」

「でも、よく考えてみると、賢くんママの言うとおりかなって」

「がっくり」

千沙がおおげさにうなだれ、笑いが起きたところで、今度こそ里佳子は別れを告げてその場を去った。急ぎの仕事が待っている。

家に戻って二階にあがると、洗濯物の匂いに満ちていた。

埃やPM2・5がつくのがいやなので、せっかく日は差していても、風の強い日はポールを立てて部屋干ししているのだ。本当は太陽の匂いがするようなシーツで寝るのが好きなので、そんなところからも小さなストレスが重なっていく。

仕事部屋に戻って、さっきやり直したゲラを再確認し、複合機でPDFファイルに変換し、丁寧な詫びの文面を添えて送信した。時刻はまだ、九時半にもならない。編集者への電話には早いかもしれない。あとで《拝受》のメールが来てからでいいだろう。

無事に済んでよかった——。

仕事机のチェアに背をあずけ、天井に向かって大きく息を吐いたとき、スマートフォンに着信があった。ずいぶん早い反応だなと思って、あわてて画面を見れば、村野ではなく、岩崎千沙からの電話だった。しまったと思ったときには、指先が応答ボタンを押してしまっていた。

「はい。折尾です」

〈あ、あたし、さっきはどうも。たったいままで柑奈ちゃんママと話してたから〉

もう一度時計を見る。バス停で別れてから、すでに四十分近く経っている。まだあの場にいたのか。いつも彼女たちの話題の豊富さに感心する。

「それで?」

〈さっきね、途中になって言わなかったことがあるの。っていうか、やっぱりみんなの前では言えないよなあって思ってやめたんだけど〉

「どんなこと?」

訊いてはみたが、想像はつく。

〈お義兄さんのこと〉

やはりそれか。ただ「うん」とだけ答えて先を促す。

〈陸上部で副キャプテンやったり、結局は次点で負けちゃったらしいけど生徒会長にも立候補したりとか、けっこう目立ってたらしいわよ〉

「へえ、初耳」

〈でもね、ときどき人が変わったみたいになるんだって〉

「変わるって、どういう意味？」

〈あ、その前に、これ翔真くんパパが言ったんだからね〉

「わかってる」

　言いたくて電話までかけてきたのだから、早く言えばいいのに。それとも、あの千沙でさえ言いづらいことなのか。

〈片柳さんて、なにかのきっかけで、マジギレするんだって〉

「怒り出すってこと？」

〈うん。激しく。――たとえば、たったいままでニコニコして話してたのに、誰かが何か言ってからかったりしたとするでしょ。それが気に入らないことだったりすると、いきなり目つきが変わるぐらい怒り出して、言った相手を突き飛ばしたり、一度か二度、顔を殴って鼻血を出させたこともあるらしい〉

「嘘でしょ。あの優平さんが？」

〈あたしは会ってないけど、優しそうな人なんでしょ〉

「うん。すごく優しいよ。洸太とかにも」

　優しいが、言葉にできない気味の悪さがあるのも事実だ。

〈でも、翔真くんパパはすぐ近くで見てたらしいよ。片柳さんに殴られた人が、鼻から血を噴き出して、保健室に連れていかれて、そのあとけっこう問題になったって〉

「そうなんだ」

〈なんでそんな話をしたかっていうと、ほら、たぶんまた来るって言ってたでしょ。だからね、洸太くんの家、おばあちゃんとかもいるし、ちょっと知っておいたほうがいいかなって思って。――あ、よけいなお世話だったよね〉

あわてて礼を言う。

「ううん、そんなことない。参考になった。ありがとう。たぶん、二十年以上も前のことで、いろいろ変わっていると思うけど、いちおう、覚えておくね」

〈ごめんね。あまり気にしないでね〉

「ありがとう」

通話を切って、スマートフォンを乱暴に机に置いた。画面が、皮脂か汗かわからないもので汚れていた。里佳子の家庭を気遣うようにも聞こえるが、危険な人物なら近所をうろつかせないで、と言いたいようにも受け取れる。イケメンなら紹介しろと言っていたくせに、現金なものだ。

そんな反感もあって千沙にはああ言ったが、本心は違う。二十年経とうと、三十年経とうと、人の本質は変わらないと、里佳子は思っている。

『リトル』がいつまで経っても『ビッグ』になれないように。

21

優平はこのところ、帰宅――そう呼ぶのは腹立たしいが――すると、治子の部屋に入り浸っている。笑い声が漏れ聞こえてくるから、すっかり取り入ることに成功したようだ。

洸太を風呂に入れながら、湯気を透かしてあれこれ想像する。

ひょっとして優平は、治子に遺言書など書かせてはいないだろうか。秀嗣はのほほんとしているが、優平がずいぶん世慣れていることは明白だ。自分が優平の立場で、もしも遺産目的で近づいたなら、まっさきに遺言書を書かせる、あるいは書き直させるだろう。

自分のことはいいのだ、と自分に言い聞かせる。洸太だ。この先の不安定な世の中を、洸太はいずれひとりで生きていかねばならない。結婚したとしても、相手をどのぐらい当てにできるのかわからない。

親の目から見て、洸太は逞しさに欠けるところがある。まだ幼いから、とも思うが、姉や母、そしてなにより里佳子の性格を考えれば、大きく外れてはいないだろう。その洸太のために、残せるものは少しでも残しておきたい。

折尾家の財産のことばかりではない。いずれ、まさ枝もひとり暮らしがきびしい年齢になるだろう。そうしたら、いままさ枝が住んでいるマンションに少し手を入れて売り、まさ枝をこの家に呼べば丸々売却金額が浮く。老人ホームになど入れたら、金がかかってしかたない。

治子はいい顔をしないだろうが、そのときはそのときだ。

この先、社会保障制度がどうなっていくのか。『リトル』でなくとも、皆不安でいっぱいのはずだ。

「おかあさん、もうあがる」

「はい。出ようね。よく、髪の毛乾かすのよ」

脱衣所で洸太の体を拭き、下着をつけさせていると、ドアの外を人が通る気配がした。

はっとしてそちらを見る。ドアがわずかに開いている。里佳子の閉め忘れではない。習慣的に、かちんと音がするまでドアを閉めるのが『リトル』の習性だ。それほどの強風が吹き込んでいるわけでもない。誰かが開けて、覗くか様子をうかがったのだ。

それともやはり気のせいだろうか。疑心が暗鬼を生み出したのか。先に洸太を行かせ、自分も髪を拭きながらリビングに戻ると、優平が夕刊を読みながら麦茶を飲んでいた。

ほどなく秀嗣が帰宅し、優平が洸太と二階に上がったので、里佳子は待ちかねたように切り出した。

「きのう、言いそびれたんだけど」

「ああ」

ぼんやりと、夕刊を読むというよりは眺めていた秀嗣が里佳子を見た。目に活気がない。

「予備費の、五千円札がないの」

「予備費？」

サイドボードの置き場所から説明しなければならなかった。

「なんだ、そんなことか。気のせいじゃないの」

「そう言うと思った。でもわたし、自信がないときは断言したことないでしょ」

「じゃあ、誰が抜いたっていうんだ」

「それはわからない。だから、相談してるの」

「相談されてもな。わが家には四人しかいないんだし」

「五人よ。——いまはね」

夕刊に視線を戻していた秀嗣が、ぎょっとしたような目を再び里佳子に向けた。

「まさか。兄貴が盗《と》ったって？」

「そうは言ってないけど」

「そういう意味にしかとれないよ。でなければおふくろか？」

急に空《むな》しくなって、どうでもよくなった。ここまで予想どおりの反応だと、腹も立たない。

「そうね。もう一度探してみる。気のせいかもしれないし」

「うん」

夫の頭の中は、ベトナム新工場への異動の可能性のことでいっぱいなのだろう。あるいは、まさかとは思うが本当に退職して、優平の事業を手伝うとか――。

闖入者どころか、とんだ疫病神かもしれない。

その優平が階段を下りてくる音が聞こえた。あまり顔を合わせたくない。早く仕事部屋へ行ってしまおうと腰を上げかけた。わずかの差で間に合わなかった。

ちょっといいかな、と興奮気味の優平が入ってきた。

「いま、洸太くんと話したんだけど、明日、多摩動物公園に行ってもいいかな」

「動物園？」

先に反応したのは秀嗣だ。優平が、おう、とうなずく。

「それと、同じ駅にある『京王れーるランド』なんかにも寄る予定なんだ。特に男の子にはたまらないと思うぜ」

「そこに明日？」

「うん。明日は土曜だから、幼稚園は休みだって聞いたけど」

優平はそう答えてから、里佳子のほうを向き、片方の眉を上げた。同意を求めているのだろう。

「お休みはお休みですけど――」

里佳子は答えながら秀嗣と目を合わせた。もちろん、断ってほしいという意味だ。気づいたのかどうか、秀嗣がのんびりした口調で問い返す。

「どうして急に、そんな話に？」

「いま、洸太くんと話してて、話がまとまってさ。それに、そんなに急でもないぜ。前から言ってたと思うけど」

「そうだったかな」頼りない。

「なあ秀嗣、いいだろう。洸太くんがすごく喜んでさ。特に電車のアミューズメント施設なんて、絶対に……」

「明日はちょっと用事があって」

しかたなく割り込んだ。

「用事？」

優平と秀嗣が、ほとんど同時に声に出した。やはりこのふたり、本当の兄弟なんだなと、ふと関係のないことを思った。

「お母さんのところに洸太を連れていく約束したから」

「お母さんて、西浦和《にしうらわ》の？」秀嗣が問う。

「うん」

まさ枝は、いまもさいたま市に住んでいる。最寄りの駅がＪＲの西浦和駅なので、洸太と話すときは「西浦和のおばあちゃん」と呼ぶことが多い。

「あ、そうなんだ」

たしか聞いてないけど、と秀嗣の顔に書いてある。当然だ、言っていない。というよりもいま思いついた。

「このまえ『洸太の顔が見たい』って電話もらったし、特に今年はほら、お正月以来ご無沙汰だから」

「そうだったっけ」

秀嗣が、遠くを見るような目つきになった。記憶をたぐっているようで、あまり深くは考えていないのはわかっている。予想したとおり、すぐにそうだねとうなずいた。

「ずいぶんご無沙汰しちゃったな。ぜひ、行くといいよ。――で、おれはどうしよう」

「洸太とふたりで行ってくるから、ゆっくりしてて」

「そうさせてもらおうかな」

秀嗣が優平に向かって片手を上げた。

「悪いけど、そういうことなんで」

「しょうがないか」優平が片目をつぶって頭を掻いた。「でも明日の朝、洸太くんを説得するのが少しむずかしいかもね。かなり乗り気だったから」

「なんとかごまかします」

「ならば、あさっての日曜は？」

優平もあきらめきれないようだ。

「ごめんなさい。そっちは幼稚園のお友達と先に約束があって」

「そっか。じゃあ、また次の機会ってことで。――風呂、もらいます」

優平が軽く敬礼のようなしぐさをして、風呂場へ向かう。その背中を、少しだけ複雑な思いで見送った。

優平とふたりきりで洸太を外出させるなど、ありえない。

治子はもちろんだが、秀嗣のことでさえ、百パーセントは信じていない。まだ、しっかりしたママ友のほうが、信頼がおける。男は雑なのだ。

いや、優平に対する拒絶反応はそういうことではない。

こちらの生活圏に割り込んできて、居座っていることも許せない。意図的なら相当の腹黒さだし、無意識なら厚かましいにもほどがある。どちらにせよ、我が身よりも大切な洸太があんな男とふたりで出かけるのを、認めるわけがない。

ただ、疑うことを知らない夫に嘘をついた自分も嫌だった。

正月以来実家に帰っていないと言ったが、本当は秀嗣に言っていないだけで、洸太の幼稚園が春休みだったときに、一度会いに行っている。隠していたわけではなく、ただ言いそびれていただけなのだが、いまさら言い出せない。

22

こういう状況も「嘘から出たまこと」と呼んでいいのだろうか。

そんなことをぼんやり考えながら、JR武蔵野線の車窓から見える曇天を眺めている。きのうの天気予報では降りそうなことも言っていたが、なんとか持ちこたえてくれている。

洸太は途中のコンビニで買ったチョコを一枚食べ終え、シートに膝立ちになって窓側を向き、流れゆく景色を見ている。機嫌はそこそこに良さそうだ。

ゆうべとっさに思いついた話だから、もちろん母のまさ枝に事前連絡などしていなかった。

今朝早くにこっそり電話をかけて「きょう、ちょっと行きたいんだけど」と告げた。

最初は、夫婦喧嘩でもしたのかと心配したようだったが、「洸太が会いたがっているから」と言ったら、まさ枝は喜んだ。嘘が嘘を呼ぶ。

めずらしく早起きした洸太に、動物園行きが中止であると告げると、案の定少しぐずった。しかし優平が「こんど、絶対に行くから」と指切りしてまで説得したのと、奥の手であるシール付きチョコを買う約束をして、どうにか収まった。

まさ枝のところへ里佳子と洸太のふたりが行くあいだに、男たちは、秀嗣がそろそろ買い替えを考えているノートパソコンの下見で、秋葉原へ行くことに決まった。パソコンを買い替えるなどと言われると、またあれこれ想像してしまうが、気にしてみてもしょうがないとあきらめる。

洸太も当初は、父親たちの秋葉原行きに——というより優平伯父に——同行したそうだったが、孫に甘い祖母の顔を天秤《てんびん》にかけて納得したようだ。

まさ枝の住むマンションは、さいたま市の南寄り、戸田市との市境に近い場所に建っている。

その前に住んでいた一戸建てから遠くない。特にそのあたりの出身というわけではなく、たまたま、夫の潔と結婚して住んだというだけだ。それでも、まさ枝なりに愛着があるのだろう。

帰りの買い物のことなどを考えると、本当は車で行きたいところだが、都内から埼玉県へ抜ける主要道路はどれも混み合う。かといって、カーナビ頼りの抜け道は神経を使う。しかも、渋滞にはまるときまって洸太がトイレに行きたくなるので、実家への行き来は、電車を使うことにしている。最近では洸太もこのほうが楽しそうだ。

西浦和の駅まで、まさ枝が迎えに来ていた。十三年前、潔がいなくなるまでは、まさ枝はペーパードライバーだった。しかし、公共交通機関と徒歩ですべて用が足りるほどの都会ではないから、必要に迫られて運転することになり、いまでは友人を乗せて長野や栃木あたりまで旅行に行ったりしている。

まさ枝は三十歳のときに里佳子を産んだ。ことし六十三歳だ。足腰もしっかりしているし、会話に問題もない。治子より十歳以上若い。まさ枝を西調布の家に呼ぶ里佳子の作戦は、何もせずともうまくいきそうな気もする。秀嗣も反対はしないはずだ。

里佳子のなかで、ひとつだけまさ枝に対するわだかまりがあるとすれば、「あの男の暴虐を許していた」という点だが、それはしだいに解けてゆくだろう。

「おひさしぶり」里佳子がまっ先に声をかけた。

「おばあちゃん」洸太が走り寄る。

「はい、こんにちは」まさ枝が洸太に微笑みかける。

軽く挨拶を交わして、すぐに車に乗った。発進しながらまさ枝がたずねる。

「どうする？　一度マンションに行く？　それとも、どこかに寄ってお昼食べる？」

相変わらず、あまり感情のこもっていない口調だ。潔がいなくなってから、多少明るくなった時期もあったが、その後、長女の木乃美を水死で失い、生きる「張り」みたいなものをなくしたように見える。

時計を見ると、ちょうど十一時になるところだった。

「オモチャみて、おすしたべる」

洸太は、まさ枝に対しては遠慮がない。まさ枝が里佳子にたしなめられつつも、わがままを聞いてくれるからだ。

結局、少し足を延ばしてショッピングセンターへ行き、電池なしで動くらしい電車のおもちゃをふたつ買ってもらい、幹線道路沿いにある回転寿司の店に入った。

「秀嗣さんと何かあったわけじゃないんでしょ？」

セルフ式のお茶を淹れる里佳子に、まさ枝が小声で訊いた。洸太は、買ってもらったおもちゃをさっそく箱から出した。ゼンマイで動く、少し後ろに引いてから前に走らせる――プルバック式と呼ぶらしい――タマゴ形の小さい電車を、ジージーいわせて遊ぶ。

「違う、違うって」里佳子は明るく笑って否定する。「なんとなく、様子を見にいこうかなって。はい」湯呑《ゆのみ》を差し出す。

「ありがとう。――それならいいけど」

「サーモンとって」

衛生上の問題もあって、洸太にはまだ自分で皿を取ってはいけないと言ってある。

「どうぞ」まさ枝がサーモンの皿をレーンからすくって、洸太の前に置いた。

洸太は箸を割り、さっそくほおばる。左手にはタマゴ形の電車を持ったままだ。行儀は悪いが、好きにさせておけば会話に割り込まれない。

里佳子には、ひとつ気になることがあった。さっきからのまさ枝の態度だ。ときおりちらっと里佳子に視線を向けかけてはやめる、というのを繰り返している。もう長い付き合いなのでわかる。何か隠しているか、切り出せずにいるのだ。

「ねえお母さん。何か、言いたいことあるの？」たまりかねて訊いた。

まさ枝が寂しそうに微笑みながら答えた。

「言いたいことっていうか、ほんとうはどうしたの？」

「どうって？」

まさ枝は、本人にそれとわからないように、洸太を視線で示して「──が会いたがっているとか、様子を見に来るとか急に言い出して、別な理由があるんじゃないの」と重ねて訊く。

「やっぱり、わかるかな」

「親子だからね」

お互いに好みの皿を取り、口へ運びながら、優平のことをざっと説明した。

「二十一年ぶり」さすがに驚いているようだ。「──そんなことがあるのね。今もいるの？」

「いる。まだ居候してる」

「それは大変ね」

その後も、ご飯はどうしてるのとか、お仕事は大丈夫なの、という話題がしばらく続いたあとで、まさ枝がぽろっと漏らした。

「お父さんも、そんなふうに帰ってくればいいのに」

里佳子は、小柱の軍艦巻きをほおばるところだった。まさ枝が、ずずっと音をたてて緑茶をすすった。

「本心で言ってる？」

口の中のものをゆっくり飲み下して訊く。

「どういうこと？」

「本当に、あの人にいまさら帰ってきて欲しいと思ってるの？　ってこと」

まさ枝がちらりと洸太に視線を走らせた。もちろん、洸太はそんな会話に関心はなく、しゃりから剥がしたサーモンの両面に醤油をつけている。いつのまにか、ちゃっかりプリンの皿も取ってある。

「それはそうでしょ。だって、まだ話したいこともあったし、あんまり突然だし――」

「懐かしいとかいう対象の人間じゃないでしょ」

「そんな言いかたしなくても」

　自分でもわかっているのだが、父親のことになると冷静ではいられなくなるのだ。まさ枝の嘆息まじりの発言を聞いて、改めて思った。

　夫婦間の感情ははたからは理解できないと、このごろ実感することがある。あんな仕打ちを受けたにもかかわらず、まさ枝は本心で夫——潔の帰還を願っているのかもしれない。

しかし里佳子は、父親を懐かしく思い出すことはない。もう一度会いたいなどとは、露ほども思ったことはない。この先も思わないだろう。あれほどの人間の屑を見たことがない。

「でも、いまさら帰ってきたら、保険金はどうするの？」

潔の人間性にはそれ以上は触れず、現実的な話題に変える。

里佳子が生まれ育った、つまり当時住んでいた一軒家は、潔が行方不明になったときに、ローンが払えず売却した。

潔のケースは、いわゆる「普通失踪」だ。外洋で遭難した船に乗っていたとか、土砂崩れがあった地域に住んでいた、などという特別な事由がない。その場合は、原則として七年経たないと、法的に「死んだ」とみなされない。

なんとか売却せずにいれば、失踪宣告がなされた時点で、ローンを組んだときに入った生命保険から補塡されたはずだが、七年間支払いを続けることは金銭的に無理だった。さらに、里佳子は卒業まであと半年ほどになっていた専門学校をやめて働くと言ったが、母に諭《さと》されて思いとどまり、通学しながらアルバイトをした。

当時すでに勤務先の寮にいた姉の木乃美が、仕送りしてくれたという話は聞いていない。

翌年、里佳子が就職してからは、年払いの生命保険料だけは払い続け、七年後に死亡保険金を満額もらった。しかも、受け取るまで知らなかったのだが、この保険には、少し変わった「特約」が付帯していた。行方不明者届を出した日までさかのぼって、払い込んだ保険料も返金してもらえたのだ。

ただし、この特約にはマイナス面の条件もあって、万が一、保険金の受け取り後に本人が生還したときは、一定割合の金額を返金しなければならない。

「イクラとって」

洸太が足をバタバタさせた。里佳子が皿を取ってやりながら、潔の話題を続ける。

「いまさら、お金を返せないでしょ」

もらった保険金は、まさ枝がいま住んでいるマンションの購入費の一部に充て、足りない分はローンを組んだ。こちらは月額四万円ほどで、まさ枝ひとりで返済できている。いま売ってもマイナスにはならないだろうが、保険金を返せるほどプラスになるとも思えない。

「だって、お金のことより、やっぱりお父さんにもう一度会いたいでしょ」

「あんな目に遭ったのに？」

「優しいところもあったのよ」

「そんなこと言うから、つけあがるのよ」

いまさら繰り返してみてもしかたのないことが口をついて出る。

思ったより多めにつまんだガリをそのまま口に入れたら、甘辛い汁にむせそうになった。あわてて緑茶で流す。

潔の失踪の顚末《てんまつ》は、当時の警察の「釣りの最中、誤って川に落ち、溺れたのだろう。遺体はおそらく海まで流された」という判断が、きょうに至るまで最終的な結論になっている。ただ、川に落ちたという目撃者も明確な証拠もなかったため、死亡とみなされるまで七年かかったのだ。

「伯母さんから連絡はある？」

「こないね。年賀状だけは来るけど、宛名も文面もただ印刷されてる、そっけないやつよ」

「それでいいんじゃない」

潔には、三歳年上の姉がひとりいる。里佳子が生まれるより前に、北海道の海産物を扱う会社の人間と結婚して小樽《おたる》市に越していった。夫はとっくに定年になっただろうが、そのまま向こうで暮らしている。昔から、絶交というほど仲は悪くないが、遠距離ということもあってほとんど交流はない。潔の失踪直後は一度だけ見舞いに訪れたが、その後は何度か電話があっただけだという。

すでに事実上の縁切り状態だろう。それでいい。せいせいする。

里佳子は、母の半生も、そして自分の人生の一部も、潔によって台無しにされたと思っている。だから、自分の結婚相手には絶対の条件として、暴力的でない男を選んだ。いや、秀嗣のようにのほほんとした相手がいなければ、結婚するつもりもなかった。ただ、子どもだけは欲しかった。

この世界で無条件に信じられる存在だから。

まさ枝が言いたいことはまだほかにもあったようだが、別れるまでとうとう口に出さなかった。里佳子はそれが不満だった。

最近、周りじゅうのみんなが、何か隠しごとをしている。

23

まさ枝に筑前煮《ちくぜんに》とかぼちゃの煮つけを分けてもらったので、あとは豚肉の生姜《しょうが》焼きでも作って済ませようと、夕飯の支度をしているところに秀嗣が帰宅した。

「ただいま」

ひとりだ。

「お義兄さんは？」

「きょうは来ない」

「栃木に帰ったの？」

「いや。都内のビジネスホテルに泊るとか言ってた」

秀嗣はそう答えながら、リビングのテーブルに、電器店でもらってきたらしいパソコン関連のカタログ類を、ばさばさっと置いた。どっこいしょと座り、それらをめくりだす。やはりどこか変わった男、いや兄弟だ。

まだ栃木へ帰らないのに、ホテルに泊るというのは、当初の「一週間」という約束を守ったわけではあるまい。動物園行きを、嘘の口実を作ってまで止めたからへそを曲げたのだろうか。それならそれでかまわないのだが。

「じゃあ、もううちには泊らないってこと？」

「そうかも。ただ、まだ荷物があるから時々は来ると思うけど」

「そうなんだ」

まさかとは思うが、まさ枝に電話をかけて、きょう会いに行くことが以前からの約束だったかどうか、確認したりしていないだろうか。

　さすがにそこまではしないだろう。

　考えすぎだ。このところ、神経が過敏になっているのだ。そう自分に言い聞かせて、夕食の支度に戻る。

　弟の秀嗣がこの調子なのに、深く気にする必要もない。優平に関する会話はもう終わりだ。

　肉に下ごしらえをしようと冷蔵庫からパックを出し、ラップを剝がしたところで電話がかかってきた。見れば母からだ。やはり、何か言い残したことがあるのか。手を拭いて通話にする。

「はい、里佳子です。昼間はありがとう。どうしたの、こんな時間に」

〈あのね、たいしたことじゃないけど、洸太くんの下着忘れていったでしょ〉

「あ、そういえば」

　なんだそんなことか。洸太は、昼寝のときに寝汗をかくので、外出するときは替えを持ち歩く。きょうも「流れてくるおすし」を食べ終えてまさ枝の家に行ったあと、しばらくするとこてんと寝てしまった。その後着替えさせたのだが、湿ったほうを忘れてきてしまった。

〈どうする？　洗濯して宅配便で送ろうか〉

「そんなことしなくていいわよ。また行くから。悪いけど洗濯だけしておいて」

〈わかった。それとね——ああ、いいか別に〉

「何よ、途中で止めて。気になるじゃない」

〈たいしたことじゃないんだけど、さっき、秀嗣さんのお兄さんから電話があったわよ〉

「優平さんから？」

ずきん、と左胸のあたりが強く脈を打つ。

〈そう。昼間、話に出た人〉

「どんな用件？」

〈どうっていうこともなかった。ただ、『二十一年間も遠方に行っていたけど、あらためて親戚づきあいしたいのでよろしく』みたいなことを言ってた〉

「あとは？」

〈そのぐらいかな〉

ある質問が頭に浮かんだ。訊くべきかどうか迷ったが、結局口に出した。

「きょう、わたしたちが遊びに行ったことで何か訊かなかった？」

〈ああ、そういえば言ってたわね。『いいですね、お孫さんとデートですか』みたいに〉

「それで？」

〈ただ、それだけ〉

「ほんとにそれだけ？」

〈『美味しいものとか作って待ってたんですか』って訊くから、急に来るって連絡がきたから、なんにも準備してなくて、あの子はいつもそうなの、って返事して。そんな感じ〉

じゃあまたというような挨拶をして、通話を終えた。

「ねえ。うちの母親の電話番号、お義兄さんに教えた？」

秀嗣にたずねると、カタログに視線を落としたまま「そういえば訊かれたかな」と答えた。

少しも考えすぎではなかった。あの男はやはり、秀嗣などとは比べ物にならないほど、人の心の隅や裏を読むらしい。

そんなことを考えながら、コンロの火をつけた。電池が弱ってきたのか、パチパチという音ばかりで、なかなか着火しなかった。

「あれ、あの人は？」

夕飯が始まろうかというときに、治子が突然そんなことを口にした。

「あの人って？」

夕方のニュース番組を見ながら、秀嗣が訊き返す。

「ほら、男の人が泊ってたでしょ。ずっと」

里佳子は秀嗣と目を合わせた。さすがに、のんびり屋の秀嗣の顔も曇っている。「あなたが訊いてみてよ」と目顔で秀嗣に伝えた。

「それって、もしかして兄貴のこと?」

「兄貴って誰の?」

「優平だよ。おれの兄貴。お母さんの息子」

「いやね、優平はもうずっと前にいなくなったじゃない。あの男と一緒に出て行ったでしょ」

ぽかんとした顔つきのまま、返答に詰まっている秀嗣の顔を見ながら、胸の内でため息をついた。

やはりこういう傾向は先に進むしかないのだろうか。里佳子は、そっと頭を左右に振った。

「おかあさん、おにくおいしい」

無邪気な洸太の声が、救いに感じられた。

「そう、よかった」

ただの生姜焼きでも、焼く直前に軽く小麦粉を振るだけで、仕上がりがまったく違ってくる。味なじみはいいし、口当たりもよくなる。

「うん、うまい」秀嗣もなにごともなかったかのようにうなずく。

「このかぼちゃ、おばあちゃんの？」

まさ枝から分けてもらってきたかぼちゃの煮物を洸太が箸の先で示した。

「こら、洸太お行儀が悪い」

「わたしは、そんなの作ってないけど」

治子がすまし顔で割り込んだ。秀嗣は我関せずだ。治子が話を戻す。

「そう、あの人いなくなったの」

どの程度理解しているのだろう。

「だったら、返さないと」

そう言うなり立ち上がった。どうするのかと見ていると、まだ食事の途中にもかかわらず、リビングを出ていく。秀嗣と顔を見合わせた。

「ねえ。そろそろお医者さんに相談したほうがよくない？」

「そうだな。少し、進んできたかも」

箸を止めてそんな話をしていると、治子が戻って来た。

「これ、あの人が置いていったんだけど、また来たら返しておいて」

そう言いながら、一冊の本をテーブルの隅に置いた。

「ねえ、さっきかったゼリーたべてもいい？」

里佳子は、治子が置いた本のタイトルに目を奪われて、それどころではなかった。

「ねえ、おかあさん」

「ちょっとうるさい」

思わず怒鳴ってしまった。秀嗣が「いいよ。肉を全部食べたらな」と答えている。

「見せてもらっていいですか」

本を手にとり、ぱらぱらとめくってみる。何かの間違いではなさそうだ。

『一番わかりやすい遺言書の書き方』

それが本のタイトルだった。


食事を終え、後片付けもざっと済ませた。洸太は、秀嗣と一緒にテレビの旅番組を見ている。今夜は、寝かしつけるところまで秀嗣に世話を頼んだ。

いまは仕事の切れ間だが、この隙にパソコンの中の取り散らかした一時保存のテキストファイルを整理しようと仕事場に向かった。いらいらした状態で何かを考えても、ろくな結果にならない。それは過去の体験から学んだ。

ひとまず頭を冷やすために、きわめて事務的な作業に没頭することにした。

起動を待つ間、指先でもてあそんでいたボールペンが落ちた。

椅子から降りて机の下に上半身を突っ込む。

「あった――」思わず声に出した。

なくなったはずのゲラが、知らない間に足で踏みつけてしまったように、くしゃくしゃっとなって壁際に縮こまっている。

手に取り、机の上に広げてみる。やはり、見当たらなかった『蒼くて遠い海鳴り』の、P.172～P.173のゲラだ。

アイロンをかけるように、机の上に手のひらで押し広げる。皺《しわ》をのばすが、もとどおりにはならない。なってももう意味がない。とっくに代わりのゲラで作業は進んでいる。意味のあるなしはどうでもよかった。ひたすら、ゲラの皺のばしを続ける。これはいったい、どういうことなのか。あのとき、もちろん机の下も探した。何もなかった。ゲラのように存在感のあるものが落ちていれば、見逃すはずがない。

やはり誰かの仕業なのだろうか。誰かが抜き取り、そしてくしゃくしゃにして、机の下に放り出しておいたとしか考えられない。

やったのは誰か？

ひとりしかありえない。優平だ。あきらかに嫌がらせだ。しかし、証拠もないし、それ以前に動機がわからない。どうしてこんなことをするのか――。

しかたがない。今は気づかなかったふりをして、こんど何かしでかしたら、証拠をつかんでやる。そして、二度とこの家に近づくなと宣言してやるのだ。

気がつくと、チャドクガの幼虫に刺されたあたりを、こすっていた。


日曜日も優平は姿を見せる気配がなかったので、洸太が友達のところへ行く約束はなくなったと秀嗣に説明した。

「あ、ほんと。でもおれ、床屋の予約入れちゃった」

ようするに、遠方へ外出の家庭サービスはできない、と言いたいのだ。

「べつにかまわないけど。わたしも仕事の準備したいし、昼間、洸太を児童館にでも連れていく」

「わかった。夕方に、買い物は付き合うよ」

米やペットボトルなどの重いものがあるときは、週末に秀嗣に手伝ってもらうのが慣例になっている。

週末ということもあってか、児童館には幼稚園の顔見知りがふだんより多く来ていた。洸太はすぐに彼らに交じって、積み木で基地を作り始めた。

バス友ママの横川亜実がいたので声をかける。

「こんにちは、柑奈ちゃんと？」

「うん。あと怜人《れいと》も」

大きな目をぐりぐりさせて答える。柑奈の兄も一緒らしい。去年までは一緒にバス停を使っていた顔見知りだし、洸太との仲もそこそこにいい。

「ちょっとお願いがあるんだけど」

苦笑しただけで、亜実は察した。目を細めて微笑む。

「いいわよ。図書館でしょ。いってらっしゃい。見てるから」

「ありがとう」

里佳子は児童館に来ると、少しでも隙を見て、二階の図書館分館で資料にできそうな本を物色するのだ。それがママ友のあいだでは知られているようだ。

しかし、なんとなく洸太のことが心配で、あまりのんびりしていられなかった。十五分と経たずに、児童館へ下りて行く。そのまま洸太を遊ばせ、本を読みながら一時間ほど時間をつぶすと、秀嗣と待ち合わせの時刻になった。亜実親子や、そのほかの顔見知りに挨拶をして児童館を後にする。

秀嗣のいきつけの床屋まで迎えに行き、そのまま大型スーパーへ買い出しに行く約束になっている。

車をスタートさせてまもなく、洸太が訊いた。

「ねえ、『たにん』てなあに？」

「たにん？　どういうこと」

それだけでは意味がわからない。何かの聞き間違いではないか。

「れいとくんが、そういった」

「怜人くんが、なんて？」

「こうたは、おとうさんとおかあさんと『たにん』なんだぜ、って」

前の車が信号で減速したのに気づくのが遅れ、あやうく追突しそうになった。あわてでブレーキを踏んだので、助手席の洸太の首ががくんと揺れた。きゅうくつだと嫌がるので、違反と知りつつも、ふたりきりのときはチャイルドシートを使わず、助手席のシートベルトで済ませてしまう。

「怜人くんが、そう言ったの？」

「うん。『たにん』てどういういみ？　なかよしじゃないっていういみ？」

怜人がどういうつもりで言ったのか知らないが、前後の会話の雰囲気で「他人とは、仲がよくないこと」と感じ取ったのだろう。

「他人じゃないよ。何かの勘違いで言ったんだね。気にしなくていいよ」

「うん、わかった」

素直にうなずく。察しのいい洸太は、母親が気にしていることに気づいたようだ。

単語の意味すら理解できないような子どもに、なんてひどいことを言うのか。いや、教えるのか。

バス友ママの発信源は、主として岩崎千沙だ。そういえば、先日もそんなことを匂わせていた。里佳子がいないときに蒸し返し、それを聞いた亜実が、言わなくてもいいことを息子に教えた。そういう流れだろう。無知と無神経は犯罪に匹敵する。

さらには、そもそも千沙に伝わったルートも簡単に想像がつく。千沙が同居している義母は、治子と昔から仲がいい。

つまり、大もとの発信源は治子だ。

どいつも、こいつも。

そんな言葉が浮かび、頭の隅に濡らした切手のようにへばりつき、はがれなくなった。

24

週が明け、月曜になり、これまでどおりの日常が再開された。

予定どおり次の仕事のゲラが届き、洸太は幼稚園へ行き、秀嗣は――やはり残業は続いているが――ひとりで帰宅する。治子は、ほとんどの時間はしっかりしているが、まれに返答に困るような、とぼけたことを言ったりする。だが、不思議と事故にも遭わず、あいかわらずちょこちょこ外出しては、無事に帰宅する。

今年に入って続いた階段の事故以来、注意深くなったようだ。

治子の今後のことはおいおい考えるにしても、優平が現れる前の日常に戻りつつあった。

今回発注を受けた長編小説『レッドソイル』は、原稿用紙換算で約四百枚と短めだが、納品までが短い。次の月曜には発送しなければならない。結構タイトなスケジュールだ。その面でも、優平の影がないのは、集中できてありがたい。

火曜の午後、あと三十分ほどで洸太を迎えに行こうかと時刻を確認したとき、スマートフォンにメッセージが届いた。

《いま、電話してよいですか？》

緒方からだ。例の件の続きだろうか。話したくはなかったが、いまここではっきり断わらないと、何度でも連絡が来るだろうと思って《大丈夫》と返した。

一分と経たずにかかってきた。ほとんど挨拶も抜きに、緒方は本題を切り出した。

〈ほかでもない。お義兄さんの件なんだけど……〉

拒絶するなら、早いほどいい。

「その件はもういいの」

〈いいって、どういう意味？〉

「先週の土曜日に、義兄は出て行ったから。もうここにはいないし、正直言えば、あの人の過去にあまり関心はない」

〈出て行った――〉

電話越しなのではっきりとはわからないが、何か考え込んでいるような沈黙だ。

「ごめんなさいね。こっちから相談しておいて。それから、ありがとう」

わざわざ呼び出して相談したわけではなく、会話の流れで出た話題に、緒方が予想以上の反応を示したのではあるが、一応、その労力に対して礼を述べた。しかしあきらめきれないのか、緒方が訊いた。

〈彼に、過去を問い質すようなことを言った？〉

「特に何も言ってない。来たときみたいに、ふらっと自分から出て行ったの。たぶん、どこかのビジネスホテルにでも泊ってるんじゃないかな」

どうでもいいことのように答えた。

〈そうか。ところで、そのお義兄さんのことなんだけど――〉

もう少しでため息が出るところだった。いいかげんにして、と言ったら自分勝手だろうか。

緒方としては、どうしても調査内容を聞かせなければ、収まりがつかないようだ。五分、と決めた。五分だけ、耳を傾けよう。そうしたら仕事を理由に中断しよう。なるべく切りが悪そうな、話の途中がいい。それならば拒絶感が伝わるかもしれない。

「仕事中なので、できれば手短にお願い」

〈わかった。――縦に調べてだめだったので、横に調べてみたよ〉

「どういう意味？」

〈時間を過去にさかのぼるんじゃなく、最近、どこかで何か結びつきそうな事件が起きていないか調べてみた。まあ、ぼくらの仕事じゃ常套《じょうとう》手段だ〉

「まさか、指名手配犯だとか言わないでしょうね」

冗談のつもりで言ったのだが、緒方は否定せず、話題を変えた。

〈そのまえに、ぼく見たよ〉

「見たって？」

〈本人をさ〉

「いつ、どこで？」

〈もちろん、きみの家の近くで〉

「近くって、来たの？」

〈あ、気を悪くしたらごめん。あくまで優平さんを確認するためだからね。ほら、平日は、ご主人と一緒に朝の七時ちょい過ぎに出かけるようなことを言ってたから、先週の金曜日に散歩するふりして、お宅の近所をぶらぶらしてたのさ。うまくすれば顔を見られるかもしれないと思ったら、ほんとに家から出てきた〉

甘く考えていた。ライターという種族が、そんな探偵まがいのことまでするとは思わなかった。

〈もしもし、聞いてる？〉

「あ、うん。聞いてる。そんなこともするんだ」

〈するよ。ごく普通に。それで、ああこの人は陰を背負《しょ》ってるなって思った。ぼくは仕事柄、犯罪者に何人も会った。中には殺人犯もいる。彼らは似た目をしている。陰りがあるとでもいえばいいかな。天気でいえば、晴れではなくて、どんより曇った冬空のような目をしている〉

そんな抽象的なことを言われてもわからない。単なる先入観——というより、逃亡中の犯罪者であれば面白そうだ、という希望からの思い込みではないのか。黙っていると緒方が先を続けた。

〈あれは、普通のサラリーマンの目じゃないよ。まして、クラウドファンディングとか、インチキに決まってる〉

「そこまで言う根拠は？」

〈おやと思う事件がふたつあった〉

「事件？　ふたつ？」

〈そう、怪しくて危険な事件だよ〉

緒方がかいつまんで説明したところによると、一件目は北海道で起きた、「サービス付き高齢者向け住宅詐欺」だという。その犯人は逃走中で、緒方の表現を借りるなら、「優平に年恰好が、そっくりとまでは言わないが似ている」ということだった。

岩崎千沙の電話を思い出した。

――ときどき人が変わったみたいになるんだって。

中学時代の同級生の話によれば、中学生のころの優平は、急に激怒して、鼻血が出るほどの力で相手を殴ったこともあるらしい。

酒という引き金があったにせよ、まるで別人のように言動が変わる人間の姿を、いやというほど見た。いや、あれは「変わる」のではない。アルコールの媒介で「本来の姿」が現れるのだ。アルコールとは限らない。何かのはずみでタガがはずれると、人はふだんの姿からは想像もつかないことをする。

あれこれと思いを飛ばせている里佳子の沈黙を、緒方は先を促していると受け止めたらしい。

〈ネットで調べればたぶんまだ記事が残っていると思うけど、ざっと説明するよ。三か月近く前に起きた事件だね〉

緒方の説明によれば、札幌市近郊で起きた詐欺事件らしい。子どもがいなかったり、近くに身寄りのないような年寄りを相手に「大規模なサービス付き高齢者向け住宅を建設予定。限定で百名だけの特典なのだが、建設前に出資すれば割安で入居できる」ともちかけ、金だけ取って姿をくらましたそうだ。ちなみにこれは、いわゆる「介護付き有料老人ホーム」などとは違い、細かい審査などは必要ない。

販促用のパンフレットやＷｅｂページには、高齢者に人気の演歌歌手や歌舞伎役者などがコメントを寄せていたという。もちろん無断で写真を使いコメントも捏造《ねつぞう》していて、それもまた犯罪だ。

「でも、パンフレットならともかく、Ｗｅｂで公開してよく世間にばれなかったね」

〈それが巧妙なんだけど、サーバーにはアップしていないんだ。つまり公開はしてなくて、犯人が持っているパソコン端末の中でしか見られない、いわば閉じたＷｅｂページなんだよ〉

もしも当人の言うことが本当なら、クラウドファンディングの運用サイトを立ち上げるほど、優平はそちらの方面には詳しい。

「容疑者も浮かんでないの？　単独犯？」

〈お、食いついてきたね〉緒方の声が嬉しそうだ。〈それに、普通の主婦は「容疑者が浮かぶ」とか「単独犯」なんていう単語は、あんまり使わないよね〉

「そんなことは、いまはいいから」

〈はいはい。あくまで警察発表に基づいた、新聞や週刊誌のＷｅｂ記事がソースだけど、具体的な容疑者は浮上してないみたいだ。犯人グループは少なくとも二名。主犯格の男は三十代半ばからせいぜい四十歳あたり。痩せぎみで、目がぱっちりとして笑顔のさわやかなイケメンだそうだ〉

こころなしか、緒方の声が嬉しそうだ。

「きょ——」喉が渇いて言葉が詰まったので、唾を飲み下してから言い直す。「共犯は？」

〈主犯の男の秘書兼運転手みたいな存在がいたらしい。ただ、その男は対照的に、背は低め、太りぎみで犬のパグみたいな顔をしてたって〉

冗談交じりのつもりなのかもしれないが、笑えなかった。秀嗣に似ていなかったことにほっとし、そんなことを考えた自分に驚いている。緒方が続ける。

〈——ところで二週間ほど前、札幌から支笏《しこつ》湖に向かう途中の国道沿いの、原生林みたいな森の中から腐乱死体が見つかったんだ。それこそ一般人が足を踏み入れるような場所ではないらしいんだけど、北海道森林管理局の職員が何かの調査で入って見つけたらしい。詳細な続報はまだみたいなんだけど、身長なんかはその共犯に……〉

「ちょっと待って。二週間前って言った？」

〈うん、まさに二週間前だね。ゴールデンウィーク明けの火曜日だから〉

卓上のカレンダーを見る。優平が幼稚園で目撃されたのも、秀嗣が週末に来客があるという趣旨のことを口にしたのも、その翌日だ。

「その死体の身元は？」

ふっと軽く笑うような気配と短い沈黙のあと、緒方の声の質が変わった。

〈なんだか、冗談じゃなくなってきたね。やっぱり優平さんの可能性があると思う？〉

「まさか。そういうことじゃなくて――」

血中にアドレナリンが増えたことを自覚しながら、落ち着け落ち着けと自分に言い聞かせる。もしまた軽はずみなことを言えば、緒方はさらに深入りするだろう。どこかに発表するかもしれない。何も全国的な週刊誌やスポーツ紙の記事でなくてもいい。SNSでも、話題になればあっというまに何万、何十万と拡散する。しかもフィルターなしだから、いきなり個人名や住所などが特定される恐れもある。

ごく短い時間に、そんなことが頭をよぎった。『リトル』――小心者――は、リスクに敏感だ。そして、そちらの方面にはとっさに頭が働く。

「そうじゃなくて、いま手掛けている小説に似たような展開があるから、なんだか気になって」

〈なるほどね。たしかに、似たような話はありそうだ。――もっと詳しいことがわかったり、事件捜査に何か進展があったら連絡するよ〉

いらないとも言えない。

「ありがとう。でも、本来のお仕事のほうを優先して」

〈これが仕事だから〉

緒方との電話に気をとられ、お迎えの時間ぎりぎりになっていた。

あわててバス停まで駆けつけたのがちょうど定刻で、むこうから犬の顔をしたバスがやってくるのが見えた。

「あ、きたきた」

小走りであわてる里佳子を見て、岩崎千沙が楽しそうに笑った。

「大丈夫よ。間に合うから」

あたりをはばからずに大声を上げる。人があわてるのを見て、そんなに楽しいのだろうか。

一緒にいるセレブ美人ママの由香利も、つられて口に手を当てて笑っている。ラテン系ママの亜実は、関心がなさそうにスマートフォンをいじっている。やはりこの人たちは、たまたまバス停が一緒だったというだけで、友人でもなんでもなかったのだ。

バスが着き、子どもたちが降りて、挨拶を済ませ、犬のお尻を見せて去っていった。

「ねえ、洸太くんママ聞いた？」

洸太の手を引いてすぐに帰りかけたが、千沙が「そんなにあわてなくても」という口調で声をかけてきた。

「なにを？」

洸太と手をつないだままふりかえる。どうやら、里佳子が登場する前からの話題らしい。ほかの二名もこちらを見ている。

「柑奈ちゃんママが働いてる、パン屋さん」

千沙がそう言い、脇から由香利が「『シャンボール』」と補足した。たしかに、そういう名だった。

「その『シャンボール』であったこと、聞いてない？」

「聞いてないけど」

朝から『レッドソイル』の校閲に集中していたし、ようやくひと息つこうかというときに、緒方からの電話だ。誰かと世間話などする暇はない。

「嫌がらせされたらしいの」

由香利が奇麗に整った眉を寄せた。気づけばほかの三組もみな、子どもと手をつないでいる。

「どんな嫌がらせ？」

「商品に、毛虫を入れられたの」

ようやく亜実本人が説明した。さきほど、亜実だけがあまり楽しそうでなかった理由はそれか。

「毛虫って、どういうこと?」

しかし、亜実は思い出したくもないという顔で、腕組みをしたまま自慢の大きな目を閉じ、体を震わせた。

「人気の小倉あんぱんだっけ?」代わって由香利が、亜実に確認をとって続ける。「ほら、アニメのキャラクターの顔になってるパンね。あれを買っていったお客さんが、家で子どもにあげたら、子どもが泣きだしたんだって。それでなにごとかと見たら、中から毛虫が出てきたんだって」

「うわあ」

千沙も鳥肌が立ったかのように、腕を自分でこすっている。

「トラウマ、トラウマ」

「うちもあのパン、日曜日に買ったよ」

里佳子は冷静に答えた。それは本当だ。

「で、大丈夫だった?」

千沙の問いに「うん」と簡潔に答える。亜実が割り込んだ。

「写真、見る?」

スマートフォンの画面を見せようとしたが、里佳子はあわてて首を左右に振った。

「わたし、毛虫は無理なの」

「この写真もわたしが撮ったわけじゃないんだけど、店長が『念のため』とかいって、従業員に配信したの。チャドクガっていうんだって」

「毒があって、刺されるとひどく腫れたりすることもあるんだって」由香利が補足する。

「警察は？」

　気になるところだ。

「もちろん通報したし、店にもきた」と亜実がうなずく。「でも、うちの店って、あの店長の性格上、防犯カメラ置いてないのよ」

「お客さんをはじめから泥棒扱いするなんて失礼」

　口真似のつもりか、千沙が声色を変えて言う。

　あちこちに話は飛ぶのだが、つまるところ、犯人の目星もついていないらしい。おそらく、店から一度買っていったパンにチャドクガの幼虫を詰めて、店員の目を盗んで棚に戻したのではないか。脅迫状や犯行声明などもないし、最近客とトラブルになったこともないという。

　保健所にも通報されたので、店は数日休業するという。

「だから、急遽《きゆうきよ》お休み。パートでも有給休暇はあるけど、事情が事情だから、なんだかそういうわけにもね」

亜実が肩を落とす。

「運悪く、買った人がSNSでアップして、拡散しちゃったらしいの」と由香利。

「この近辺のママさんで知らないのは洸太くんママぐらいかも」千沙が自分の言葉にうなずく。

亜実以外が遠慮気味に笑ったところで解散になった。

洸太の手を引いて帰る途中、洸太が話しかけてきた。

「パンにけむしがいたの？」

「そうみたいね」

「だれがいれたの？」

「さあねー。それより、たとえ本当のことでも、言いふらされたらいい気持ちはしないってことが、理解できたんじゃないかな」

「どういうこと？」

「なんでもない。ねえねえ洸太。べつなお店で買った、虫なんか入ってないプリンパンがあるよ。帰ったら食べよう」

「わあい」

25

チャドクガの幼虫の一件は、折尾家の生活には関係ない。

いろいろと物騒なので、洸太は家で遊ばせてさっそく仕事に入る。

秀嗣には言えないが、優平が家に寄り付かなくなったことはありがたかった。靴の中の小石が、ようやく出ていってくれた。異物は心を乱す。

これでようやく作業に集中でき、はかどると思った矢先に、思わぬ精神的な邪魔が入った。あの緒方の電話だ。

緒方に言ったことはまんざら作り話ではなく、『レッドソイル』は詐欺師の話だ。詐欺活動も最初はうまくいくが、やがて仲間割れして血みどろの殺し合いになっていく陰惨な展開だ。校閲に没頭しようと思うのだが、つい小説の犯人像と、すっかり北海道の詐欺事件の主犯となった優平の笑顔が重なって、手が止まる。

それでなくとも、予定よりだいぶ遅れ気味だ。こんどの週末は、多少のことは秀嗣に無理を言って、徹夜してでもこなさなければならない。

バス停の送り迎えも、最低限の挨拶しか交わさないことにした。『シャンボール』の営業がその後どうなったか知らないが、亜実の顔つきを見ると再開していなそうだ。あんぱんに毛虫が入っていたぐらいで左右されるほどのものなのか、あんたの人生は。

もちろん、そんな胸の内は顔には出さない。どうも、優平が現れてからというもの、性格がぎすぎすしてきたようだ。だから、異物は嫌なのだ。もう、二度とこないで欲しい。


仕事が切羽詰まってきて、それ以上雑念にかまっている暇はなかった。

毎日かなり集中したのだが追いつかない。一度だけだったが、最低限の買い物のほかに、ホームセンターへ足を延ばして、ペット売り場などに行ったせいかもしれない。

とにかく、金曜の夜は徹夜を覚悟した。翌日は秀嗣も洸太も送り出さなくてよいからだ。

まだ暗い中、新聞配達のバイクの音が近づいて去った。ふと時計を見ると、午前三時を少しまわったところ。誰にも邪魔されない時間帯だ。

やがて鳥の鳴き声が聞こえ、空が白んでくる。外に人の気配がする。午前六時にもなれば、窓の外はもうすっかり明るい。

二時間だけ仮眠をとろうと、仕事部屋に敷いたマットレスに横になった。五月も下旬なので、薄手の掛布団が一枚あれば風邪もひかない。

眠気はほとんど感じないのだが、これまでの経験で、短い時間でいいから頭を休めると、その後の効率が変わってくる。

洸太が、北海道だか熱帯地方だかわからない原野で、迷子になる夢を見た。

洸太たちは犬の顔をした幼稚園バスに乗って、なぜか「北海道へ遠足」に行くのだが、風景はどうみても日本ではない。でこぼこ道の原野を進むうち、熱帯風のジャングルに迷い込み、密林の中を象やキリンが歩いているのが見える。

突然、背の高い草を押し分け、迷彩服を着てライフルを構えたハンターが現れる。その顔は優平だ。優平は最初、象か犀《さい》の白っぽい尻に狙いを定めるのだが、木に登ってカブトムシを捕まえている洸太とその友人に気がつくと、にやにや笑いながら銃口を洸太に向ける。銃床を肩に押しつけて構え、引き金に指がかかる。ライフルはいつしかボウガンに変わっている。

優平に似た男が「闇を覗いてもどうせ闇だ」と、わけのわからないことを口にする。やめてやめてやめてと叫ぼうとしても、口がねばついて声がでない。だったら、と考える。

手の中には、ペットショップで買ったハムスターがいる。

「代わりにこれを撃って」と言いたいのだが、声にならない。

しかたなく、大きなパンの中に、いつのまにか死んでぐったりしているハムスターを詰めて、岩崎千沙の家の庭に放り込んだ。中から悲鳴が聞こえる。優平はそれを見て片えくぼを浮かべる。パトカーのサイレンが近づいて来るが、それはなぜかアラームの音だ。

優平が、ボウガンの狙いをパトカーに向ける。

「お蕎麦はね、一度にたくさん茹でたほうがおいしいのよ」

いつの間にかすぐそばで、般若《はんにゃ》のようなメイクをした治子が、数十人分はありそうな大量の蕎麦を茹でている。薬味入れの器の中では、チャドクガの幼虫が無数にうごめいている。夢の中で失神したところで目が覚めた。寝汗をぐっしょりかいていた。

壁の時計を見ると、すでに午前九時を回っている。

「しまった」

声に出た。予定より一時間も寝過ごした。アラームを無意識に切ってしまったようだ。すぐに仕事を再開しようかとも思ったが、喉がからからに渇いていることに気づいた。もしかすると、夢のあいだ、ずっとうなり声を上げていたのかもしれない。まずは水を一杯、そのあと朝食代わりにコーヒーを飲むぐらいは自分に許そうかと思い、一階へ下りた。

リビングから笑い声が聞こえる。覗いてみると、テレビの音量を抑え気味にして、秀嗣がひとりでバラエティ番組を見ていた。

「おはよう」

「おおっす」

秀嗣はソファに座ったまま軽く身をひねって挨拶を返し、またすぐにテレビに向き直った。秀嗣が「趣味」と公言しているものはいくつかあるが、結局のところ、休日はのんびりテレビを眺めているのが一番性に合っているようだ。平凡だが、特別つまらないとは思わない。むしろ、ゴルフだ海釣りだと、家にいつかず時間も金も自分勝手に使われるよりははるかにいい。

コップに満たした水を、喉を鳴らして一気に飲み干した。ふうーっと息を吐き、洸太の姿がないことに気づく。

「ねえ、洸太は？」

「出かけたよ」

秀嗣のそっけない答えに、途中まで出かかったあくびが止まる。

「どこへ。お義母さんと？」

「いや、兄貴と」

まだぼんやりと頭の中を漂っていたもやもやが、一気に晴れた。

「どういうこと？」

つい、声が険《けわ》しくなる。秀嗣は、画面の中で汗だくになって真っ赤な汁のラーメンをすすっているタレントに、ちらちらと未練を残しながらこちらを向く。

「多摩動物公園だよ。ほら、先週行けなかったから、きょう行くって言ってただろ」

「嘘。聞いてない」

「あれ、言ってなかったっけ」

先週中止になったあとのことは聞いていない。

やりとりの途中で、秀嗣はリモコンを使ってボリュームを上げた。いまそれどころではないだろうと腹が立ち、リモコンを奪ってオフにする。画面がいきなり暗転し、ふたりの顔をぼんやりと映した。

「あ、消さなくたって。店の名前見たかったのに」

「そんなことより、すぐに連絡とって」

「何、怒ってるんだよ。誰に連絡するって？」

「決まってるでしょ。お義兄さんに。洸太を連れて帰ってもらってよ」

「どうして」

「何かあったらどうするの」

「何かってなんだよ」

「事故とか――」

とっさに答えたが、その先が続かない。まさかライフルやボウガンで狙われる夢を見たとも言えない。しかし、何かあったら絶対に許さないという気持ちが顔に出たのだろう。

「わかったよ」

気は乗らないけどね、という表情を隠さず、秀嗣はスマートフォンを操作した。二度ほどやり直したあとで、ばつが悪そうに言った。

「電源が入っていない」

瞬時に、さまざまなことが頭に浮かんだ。事故、悪意、いやただの偶然だ。考えすぎだ。動物園に遊びに行っただけじゃないか。しかも他人ではない。『リトル』がゆえに心配しすぎなのだ。しばらく様子を見よう。いやいや、ほとんどの悲劇はささいなきっかけから始まる。やはりすぐに動くべきではないか——。

心があちこちへ動く。仮に、対処するにしてもどうする？　警察に通報するのか。いや、さすがにそれは大げさだろう。そもそも、洸太はすっかり優平になついている。その伯父が——里佳子は聞いた覚えがないが——予定どおり動物園に連れていったのなら、いったいどこが問題なのだと、門前払いを食らいそうだ。

秀嗣は、そんな里佳子の葛藤を知ってか知らずか、カップに残ったコーヒーをすすっている。

「ねえ、出かけたのは何時ごろ？」

「たしか、八時半ごろだったな」

壁にかかった電波時計に目をやる。秀嗣の言うとおりなら、出発してすでに一時間近く経つ。寄り道したりアクシデントがなければ、もう着いている時刻だ。開園は何時だろう。

このあととるべき行動を決めかねて、スマートフォンで検索しながら、キッチンへ行く。

秀嗣が自分で淹れたらしいコーヒーが、サーバーに残っていた。それをマグカップに注ぎ、冷たいまま飲んだ。すぐに検索の結果が出た。動物園の開園は九時半、ちょうどいま、中に入ったところかもしれない。ならばもういいかという、あきらめのような気持ちが湧いた。いや、自分を説得しようとした。

ぎりぎりに詰まっている仕事のことを考えたら、雑念や心配ごとは敵だ。

「ねえ、このコーヒー、あなたが淹れた？」

テレビを断念して、新聞を開きかけていた秀嗣が、里佳子の手にしているガラスの容器を見て、軽く首を振った。

「いや、今朝、兄貴が淹れた」

どうりで秀嗣の好みより濃いはずだ。いや、そんなことより、自分が寝ているあいだにまた上がり込んで、勝手にそこらのものを触ったのだ。冷蔵庫の中を覗いたりもしたのか。

「お母さんが寝ているあいだに、動物園行こうか」

いたずらっぽい目で洸太を誘う、優平の笑顔が浮かんだ。嬉しそうにうなずく洸太。断るわけがない。そのとき夫は、どうして止めるなりわたしにひと声かけるなりしてくれなかったのか。

「そうだ、言い忘れてたけど、兄貴がよろしくって」

緊張感のない声に、一度は収まりかけた不快感と怒りが、風にあおられた藁《わら》の火のように燃え上がる。仕事の気がかりはその熱風に吹きとばされつつある。

「ねえ。すぐに着替えるから、車で駅まで送って」

「え?」

「わたし、これから動物園に行く」

里佳子の顔色を見て、秀嗣もようやく何か感じたようだ。

「え。ああ、わかった」

立ち上がり、外出の準備を始めた。

里佳子も、まずは洗面所へ行き鏡を覗く。寝起きのままで髪はぼさぼさだ。顔を洗い、夫が使っている寝ぐせ直しのスプレーを吹きつけ、ブラシを当てた。あわてたのと少し乱暴にしたのとで、もつれた髪が数本抜けた。化粧はあきらめる。この際、そんなことは気にしていられない。

身支度を終えた秀嗣が、車のエンジンをかける音が聞こえた。

里佳子は身軽な恰好に着替え、愛用のショルダーバッグに、財布や折り畳み傘などが入っていることを確認し、少しだけ迷って、夫がアウトドア料理用に買って一度しか使っていない、鞘《さや》付きのペティナイフも押し込んだ。数日前からキッチンカウンターの引き出しに入れておいた。

スニーカーに足を入れながら、スマートフォンで乗り換え検索アプリを開いた。最寄りは西調布駅だが、今からなら調布駅に出て、準特急に乗るのが早い。高幡不動《たかはたふどう》から先は、京王動物園線を使うルートより、モノレールに乗るほうが早く着くようだ。胸の内で復唱し、鍵を閉め、車の助手席に乗り込む。

「調布駅にお願い」

「了解です」

サイドブレーキを解除し、アクセルを踏む。事態がここまで来てしまうと「もう一度考え直せば」とは、秀嗣は言わない。だから胸の内で何を考えているのかわからない。

「それと、わたしも電話するけど、あなたからもしてみて。何回も。そしてもし繋がったら、わたしに連絡して」

秀嗣がもう一度わかったとうなずき、スピードを上げる。空模様が怪しい。たしか、きのうの予報では昼ぐらいから雨になるかもしれないと言っていた。なぜわざわざこんな日に。ちゃんと雨具を持っていっただろうか。洸太は髪を濡らしたままにすると、すぐ風邪をひくのに――。

赤信号にひっかかった。秀嗣がハンドルを軽く指先で叩きながら、唐突に言う。

「おれ、まじで転職を考えてる」

「え、なに？」

里佳子の頭の中には洸太のことしかなかったので、とっさに夫の言う意味が理解できなかった。

「正確に言うと、転職っていうより、会社を辞めて何かべつなことをしようかと思ってる」

「それって、お義兄さんの仕事？」

「それもわからない」

わからないとはどういうことか。

「どうして今そんなこと言うの？」

「今っていうか、きょう、相談しようと思ってたんだよ。でもなんだか、ごたごたしちゃったし」

鷹揚《おうよう》にかまえているというより、単にいろいろなことに危機意識が薄いのだ。神経質よりはましだと思っていたが――。

「悪いけど、あとにしてくれる？　洸太のことが気がかりで、ほかのことは考えたくない」

26

調布駅前のロータリーで飛び降り、駆け込むようにホームに突進したが、目的の準特急まで、まだ数分あった。

左手が震えた。驚いて落としそうになる。ずっと握りしめたままだったスマートフォンに着信だ。緒方からのショートメッセージだ。

《いま、電話ＯＫ？》

《取り込み中》と打ちかけて消し、《電車内》と返信した。やや間があって、車両の進入に注意を促すアナウンスがホームに流れる中、緒方から返信が届く。

《例の北海道の詐欺事件の犯人――》

開いたドアから車内に乗り込んだ。ところどころに空席があったが、座る気分ではない。そのままドア近くに立つ。

《都内で見かけたという情報があるらしい》

やはりそんなことか。男という種族には、考えなさすぎか深読みしすぎしかいないのか。

《ごめん。いまちょっと取り込み中なので》

あえてそっけない返信を送ってけりをつける。そのまま秀嗣から聞いた優平の番号あてに発信する。車内であろうと、繋がればそのまま話すつもりだ。多少のマナー違反など気にしてはいられない。

少し間を空けて三回かけてみたが、全く通じない。やはり電源が入っていないようだ。無意識のうちにぶつぶつつぶやいていたらしく、気づくと車内のいくつかの目がこちらを見ていた。

高幡不動駅へ到着する直前に再度調べたが、やはりモノレールのほうが早く着くようだ。ホームを移動し、次の車両を待つ時間に電話をチェックする。着信の形跡はない。こちらからかけてみる。優平には繋がらず、秀嗣は進展がないという返事だった。

高いところがあまり得意でない里佳子は、ちょっとしたビル並みの高さを進むモノレールが、本当は苦手だ。しかし今はそんな怖さなど感じず、むしろのんびりした走りにいらいらした。もっと飛ばしてよ、と訴えたいほどだ。

ようやく目的の多摩動物公園駅が近づいたあたりで、バッグの中から機関車のシュホーッという警笛が聞こえた。秀嗣からの電話だ。先日、夫が洸太とふざけて設定したままになっている。ボリュームを上げてあったので、車内の視線が集まった。

「もしもし」

声を落とし、口もとを空いているほうの手で覆った。

〈ああ、おれだけど〉

結婚してからだけでも、八年間も毎日顔を合わせている。だから気配でわかる。あまりよくないことが起きた――。

「どうかしたの？」

〈もしかして、まだ電車の中？〉

「もうすぐ着くから気にしないで。それより、用件を言って」

〈たったいま、兄貴から連絡があった〉

背中がむずがゆくなる。

「なんて？」

〈洸太と……らしい〉

間もなく駅に到着しますという、やけに大きな車内アナウンスがかぶった。

「もう一回言って」

つい声が大きくなる。スマートフォンを耳に当てたまま車内に視線を向けると、こちらを見ていた何人かが、視線をはずした。いや、家族連れの父親らしき男が一人、きつい目で睨んでいる。

〈動物園に入ってすぐ、洸太とはぐれたらしい〉

めまいがする。貧血を起こしそうだと思ったとき、駅に着いた。

まだ停車もしていないのに、ドアにもたれるように立つ里佳子の背中を、わざとぐいぐいとリュックで押す者がいる。さっきの父親だ。あきらかに嫌がらせだが、睨み返すエネルギーがない。

ドアが開くなり、よろけるようにホームに出た。続いて降りた何人かが、立ち止まった里佳子にぶつかって通り過ぎてゆく。例の父親は、おそらくわざと里佳子のかかとを蹴って去った。その背中を睨む。

ほかに悩みはないのか、それとも何かの八つ当たりか——。

スマートフォンを耳に当てる。通話は切れていない。

「はぐれたってどういうこと？」

問い詰めるように訊き返しながら出口に向かう。

〈おれは……〉

「はぐれたなら、どうしていままで連絡してこなかったの」

〈おれだってよくわからないけど、たぶん洸太を捜してたんだろ〉

「警察には？」

小走りで改札を抜けると、長いエスカレーターが待っていた。

〈わからない。聞いてない。——そんな話はしてなかったけど、園の職員には言ったらしい。アナウンスもしてもらったって〉

怒りが気つけ薬になったらしい。いつのまにかめまいは去り、気持ちはしゃっきりとしていた。

できることならエスカレーターを駆け下りたかったが、その横幅はデパートなどのものより狭く感じた。しかも先には子ども連れの家族などが何組もいるので、走るのは無理そうだ。もどかしい思いを抑え、会話を続ける。

「それで、結局、どこにいるの？」

〈園内としかわからない〉

「わかった。こっちからも電話してみる」

ようやく、地上へ降りた。来るのは久しぶりなのですっかり忘れていたが、降りてすぐ左手に交番があった。覗いてみるが、出払っていて誰もいない。

しかたない、とにかく園内に入ろうと、入り口に向かって走りかけたとき、道を挟んだすぐ向こう側、つまり里佳子が乗ってきたのとは別の、地上の線路の駅前に人だかりがしている。いつかの優平の話に出てきた、電車のアミューズメント施設前の、ちょっとした広場のようなあたりだ。

何かあったのだろうか。急病か、喧嘩か。——よく見ると、人々は道路に沿って流れる川を覗き込んで、驚いたり小さく悲鳴をあげたりしている。

里佳子は名も知らないが、大人なら飛び越えられそうなほどの狭い川があることは知っている。コンクリートで護岸されており、川に沿って鉄柵が設けられている。しかし、立ち入り禁止というわけではないらしく、ところどころに川岸へ下りる階段がある。

いま、皆がその柵や橋の欄干から身を乗り出して、人の背丈ほどもありそうな雑草が生い茂る一段低い川を覗き込んでいる。半分ほどの人間は、スマートフォンやカメラのレンズを向けている。観光地のせいか、本格的なカメラも交じる。

交番が空《から》な理由はあれのようだ。あそこに、カメラを向けたくなる何かがあるらしい。それも、楽しいものではなさそうだ。脈が速くなる。

ふと、道路脇にハザードランプを点滅させたパトカーが停《と》まっていることに気づいた。制服警官の姿もある。手にした無線機のようなものに話しかけている。

頭の中が白くなっていく。考えがまとまらない。そのままふらふらと道路を横切る。けたたましいクラクションが鳴った。びくっと体をすくめ、我に返る。運転手がものすごい目つきで睨みながら通り過ぎて行った。

ヒステリックなクラクションに驚いて、見物人たちのかなりの数がこちらを見た。どの顔も強張っている。里佳子はわずかな車間を見切って再び飛び出し、いったん中央分離帯で立ち止まる。もどかしいが、反対車線の車列は途切れない。車列の向こう側に、優平らしい背中をみつけた。

「ちょっと」

そう声を張り上げようとしたとき、優平に似た男が隣に立つ連れの女に話しかけた。その横顔は別人だった。手の甲で額に浮いた汗を拭う。

車道の信号が赤に変わる。すかさず飛び出す。見物をやめて動物園に向かうグループとすれ違いざま、その会話が聞こえた。

「やべえ、見るんじゃなかった」

「あたし、夢に出てきそう」

「しばらく焼肉食えねえ」

足がもつれて、転びそうになる。あわてて体勢をたて直すが、視界が狭くなり、呼吸が荒くなる。また貧血を起こしそうになる。一度この症状が出ると、続けざまに起きる体質だ。

それでもどうにか、よろけるようにして橋の欄干に近づく。一度強く息を吐いて、覗き込んでいる女の野次馬を押しのけた。

「ちょっと、なによ」ピンク色のブルゾンを着た若い女が怒る。

「どした?」その連れらしき男が訊く。

このおばさんがなんとかと、ぐずぐず言っている。里佳子の顔を見て、男は開きかけた口を閉じた。

里佳子はようやくそこにあるものを見た。車にはね飛ばされたようだ。

下半身が水に浸《つ》かっている。

片方の目玉が飛び出して、ちょうど里佳子のほうを見ている。これは冗談だよとでも言いたげに、口からだらんと長く舌を出している。その口から細く血が流れている。胴体に大きな傷はなさそうだが、はねられた衝撃によるものだろう、腸が三十センチほど下腹部から飛び出して、川の流れにたゆたっている。きれいなピンク色をしていた。

里佳子はその場にへたり込んだ。地面に尻をついた。少しひんやりとして、小石が当たって痛かった。大丈夫ですかと、すぐ後ろにいたらしい男性が声をかけてくれた。

喉がひりついて、声が出なかった。かろうじて小さくうなずいた。ぼろぼろと涙が出た。はなをすすりながら、バッグから引っ張り出したハンカチで涙を拭う。こぼれ落ちたペティナイフを拾って、バッグに押し込む。

川の中の死骸は、その大きさと毛並みからして、ゴールデンレトリバーかその雑種のようだった。

シュホーッ、シュホーッ。バッグの中でスマートフォンが機関車の音を立てていることに気づいた。地面にへたり込んだまま、あわてて取り出す。ころんと地面に落とし、すぐに拾う。秀嗣からだ。

「もしもし」

〈ああ、おれだよ。なんか声が変だけど、大丈夫？〉

「うん。平気」はなをすすりあげる。

〈いま、兄貴から電話があった〉

「なんて？　洸太は？」

鼻声の上にがらがらにかれているので、自分の声には聞こえなかった。

〈見つかったって〉

「どこで？」また涙があふれる。

〈園内じゃないの。入ってすぐのなんとかセンターで待っててくれって。いま向かってるって〉

返事はせずに、青信号が点滅しかけた横断歩道を、全力で走り抜けた。

27

秀嗣が言った「なんとかセンター」というのはすぐにわかった。

正面ゲートを入ってゆるやかな坂道を登りかけた左手にある、ウォッチングセンターのことだ。中に入ると意外に広く、案内カウンターのほか、休憩コーナーやロッカー、資料コーナーなどがあった。奥には事務所もあるようだ。

案内カウンターに座っている、二名の女性に走り寄った。

「折尾です。息子――洸太が、迷子になって見つかったと聞きました。無事ですか」

自分でも、これでは意味が通じないかと思ったが、言い直すのももどかしい。

里佳子の剣幕に、若いほうの受付の女性は目をむいて驚き、もうひとりの、里佳子と同年配に見える女性と顔を見合わせた。

その年上のほうが「もしかしてほら、さっきアナウンスした？」と水を向けると、若いほうが納得したようにうなずき、手元のバインダーに挟んだ書類を確認した。

「あ、ありました」

ほっとしたように顔を上げる。

「――オリオコウタくんですね。さきほど職員が見つけて、いまこちらに向かっています」

にっこりと微笑むその顔が、聖女のように見えた。

「よかった――」

力が抜ける。カウンターに手をつき、身をあずけるようにして、深くため息をついた。

「おかけになって……」

職員が親切に言ってくれたが、気持ちはそれどころではない。床の段差につまずいたりして転びそうになりながら、建物の外に飛び出した。しかし、園内は一本道ではない。むやみに歩き回っても、行き違いになる可能性がある。気持ちは焦《じ》れるが、小きざみに体をゆすりながら建物前で待った。

ぽつり、と冷たいものがほおに当たった。雨だ。とうとう降ってきた。

洸太が濡れないか心配になったが、ほどなく、向こうから優平を含めて三人の大人と、洸太が歩いてくるのが見えた。帽子をかぶっている。

「洸太っ！」

「あ、おかあさん」

双方同時に駆け出して、里佳子は洸太を抱きしめた。

「だめでしょ、お母さんがいないのに出かけちゃ」

「ごめんなさい」

きつく抱かれて苦しそうに洸太が詫びる。

「怪我してない？」

一度体を離し、チェックする。目のあたりは泣いたらしい跡があるが、特に怪我などはしていないようだ。

「してない。どこもいたくないよ——おかあさんないたの？」

「お母さんですか」

五十年配の警備員の男性と、里佳子とそれほど歳が変わらなそうな、園の制服らしきものを着た男性が、微笑みながら立っている。その少し後ろに、優平がばつの悪そうな顔で、しかしかすかに笑みを浮かべながら立っている。

感情が爆発しそうになったが、ようやくの思いでそれを押しとどめ、立ち上がって、職員たちに頭を下げた。

「ありがとうございました。ご迷惑をおかけしました」

「無事に見つかってよかったです」

若いほうの男は、『後藤《ごとう》』と印字された職員の名札をつけている。

年配の警備員は、自分はこれで、と言って去っていった。里佳子はその背中にもう一度頭を下げた。

顔を上げたとき、まだにやにやしている優平と目があった。バッグの中にあるものを取り出しそうになる。

「一応、記録として残したいので、簡単な書類を書いていただけますか」

職員に促されて、ウォッチングセンター内に入った。

「コアラが見たいって言うんで、最初にコアラ館に行くことにしたんだ」

コーヒーをずずっとすすって、優平が説明を始めた。これまでよりあきらかに態度が横柄だ。開き直っているのかもしれない。

ウォッチングセンター内のテーブルで、指示された書類に記入した。保護者ということで、書き込むのは里佳子だ。本当はくたくたに疲れていてすぐにも帰りたかったが、迷子騒ぎを起こしたのだからそのぐらいは当然だろう。

手続きが終わり、その後、親切にしてくれた後藤という職員に促されて、喫茶コーナーでひと息つくことになった。

後藤が飲み物をサービスしてくれた。大人にはコーヒー、洸太にはオレンジジュースを。里佳子はお金は払いますと言ったが、後藤は笑っていいですよと答えた。

「わたしの甥が今年四歳になって、いたずら盛りなので、なんだかひとごとじゃなくて」

そして、よかったね、とにこにこしながら洸太の頭をなでた。洸太が恥ずかしそうに、小さくうなずく。

「ただし、全員にというわけではないので、内緒で」と笑いながらつけ加えた。

それでさ、と優平が話を持っていく。

「案内図を見るとコアラ館は一番奥だから、真っ先にそこへ向かったわけ。で、少し手前の分岐点のところに売店があって、そこのトイレに入ったんだけど、出てきたらもういなくてさ」

「そうなの？」

ストローでオレンジジュースをすすっていた洸太は、ばつが悪そうに下を向いているだけだ。

「見つけた職員の話では、アジアゾウの前にいたそうです」

後藤の説明に合わせて、優平が園内マップをテーブルに広げ、すっと指で差した。なんとなく手慣れたようなそのしぐさに腹が立ったが、とりあえず指摘された場所を見る。たしかに、コアラ館は奥まっていて、その手前には通路の分岐点があるようだ。

それでね、と優平が説明を続ける。

「象の鳴き声が聞こえてきたんで、ちょっと見に行ったらしいんだ。でも、あそこは実は柵が低いんだよね」

優平が同意を求めるように後藤の顔を見た。後藤が、そうなんです、と引き継いだ。

「アフリカゾウは人気があって、場所も開けているし広々として視界もきくけど、アジアゾウのあたりは、正直ちょっと寂しくてあまり人けがないんです。それに、いまおっしゃったように、あそこの柵はこのぐらいのお子さんでも乗り越えられるぐらい低くて……」

優平は得意げだ。

「それでね、柵のすぐ向こうは、かなり深いコンクリートの堀になっているんだ。高所恐怖症の里佳子さんじゃ、覗けないかもね。垂直に切り立っていて、三メートルぐらいはあるかな。ね」

同意を求められて、後藤がうなずく。

「まあ、そんなもんでしょうか——でも、事故などが起きないよう、職員たちも充分に気を配っています」

たしかに、だからこそすぐに見つけてくれたのだろう。しかし優平は、後藤の説明など聞こえなかったかのように続けた。

「だから、落ちたら擦り傷ぐらいじゃすまないところだった。ほら、一応撮ったから見る?」

説明しながら、優平はスマートフォンの画面を里佳子に向けた。見もせず、それを手で払いのけた。ごつん、という音を立てて手の甲に当たり、端末は一メートルほど吹っ飛んで、椅子に当たり、床に転がった。

「あっ」

優平が声を上げて、あわてて拾いに行く。里佳子も指の骨に当たってかなり痛かったが、顔にも声にも出さない。そもそも、どうして里佳子が高いところが苦手だと知っているのか。秀嗣はなんでも話してしまうのか。その点にも怒りが湧く。

「よかった。壊れてないみたいだ」

独り言をつぶやきながら優平が椅子に戻る。

「どうしてちゃんと、洸太のことを見ていてくれなかったんですか」

里佳子の抗議に、優平は不思議そうな顔で答える。

「見てたよ。でも、おれだってトイレぐらいは行くからね。『ここで待ってて』と言ったし。な」

そう言って洸太に同意を求める。洸太がどんな返事をするか見ていると、ちらりと視線をあげて里佳子を見たあと、小さくうなずいた。

「待っててって言ったのに、歩いて行っちゃったんだよね」

また無言でこくりとうなずく。

「それでは、特に怪我もないようですから、わたしはこれで」

立ち上がった後藤に再度、お世話になりました、ありがとうございました、と重ねて礼を言った。

28

いざ帰ろうと腰を上げると、洸太がお腹が空いたと少しぐずった。

ようやく時計を見る余裕ができた。ばたばたしていて気づかなかったが、すでに十二時近い。ようやく仕事のことが蘇った。そろそろ帰らないと。

「何か食べて帰りましょう」

優平がわざと洸太に聞こえるように言う。

睨みつけたが、すでに手遅れだった。

「たべたい。おなかすいた。なにかたべる」

洸太のぐずりが加速する。ふだんは見せない態度だ。その前の少しショックな出来事の反動か、優平がいるから多少のわがままなら通ると思っているのか。いずれにしても、そういう空気になってしまった。

いまいる施設内でも、ちょっとした食事はできる。里佳子は手早くそれでいいと思ったのだが、優平が駅のほうへ行こうと誘う。

「うん、いく。あっちにいく」

洸太がすっかり聞き分けのない子になってしまった。

もうこの男の顔は見たくない。これ以上一秒たりとも一緒にいたくない。しかし、さきほどからのねばっこい態度を見ると、簡単に引き下がりそうにない。洸太の前で、露骨な言い争いはしたくなかった。

それにここで別れても、またこの男は似たようなことを繰り返すだろう。ここへ駆けつけてきたときの視野が狭くなるほどの緊張が解けてみると、逃げるようにして別れるより、むしろこの機会に言いたいことを言うべきだという思いも湧き上がってきた。

仕事のことは帰ってから対処しよう、まずはこの問題にけりをつけよう、そう決めた。

外はまだ傘が必要なほど降ってはいない。たまに、ぽつりぽつりと手や顔に水滴が当たる程度だ。それでも、バッグから出した折り畳み傘を開き、洸太の上にかざす。

「あそこの二階に、子どもが喜びそうなレストランがあるんだ」

園の入り口を抜けて緩やかな下り坂にさしかかると、優平が前方の駅のほうを指さした。

里佳子の喧嘩腰の雰囲気が消えたのをさっそく感じとったらしく、その口調がさらに馴れ馴れしくなった。

京王線の駅舎に沿うような恰好で『京王れーるランド』と『京王あそびの森HUG《ハグ》』というふたつの施設がある。以前来たときには、『あそびの森』のほうは、未完成だった。優平のあとについて、その『あそびの森』の建物へ向かう。中に入ったとたんに、洸太の目が輝く。奥のほうで、洸太ぐらいの子どもが大勢、ネットを張ったアスレチックのようなもので遊んでいる。

すぐに遊びたいと言う洸太をなだめ、二階に上がる。二階フロアは家族でくつろげるようなカフェになっていた。明るく、開放的で気持ちがいい。テラス席もある。順番待ちするほどではないが、八割がたテーブルは埋まっている。

優平と一緒にいるのは不愉快だが、洸太に少し楽しい思いをさせて帰ることも必要かと思い始めていた。

席についてメニュー表を見ると、子どもの喜びそうな料理が盛りだくさんだ。

里佳子は食欲などなかったが、大人用のパスタと子ども用のカレーなどがセットになった親子向けのメニューを頼んだ。優平もカレーのセットを頼む。

「あ、でんしゃ」

そう言うなり、洸太が席を立って走り出した。

「どこへ行くの。洸太」

洸太がかけて行った先には小さな踏切があり、そこをいま、先頭に職員の運転士、その後ろに数名の幼児を乗せたSL風のミニ電車がゆっくりと走っていく。カフェの周囲を循環しているらしい。通り過ぎるまで眺めてから、戻ってきた洸太がねだった。

「ごはんたべたら、あれにのりたい」

「あれはね」里佳子が答える前に優平が割り込んだ。「人気があるから並ばないと乗れないんだ。伯父さんがさっさと食べて、並んでおくよ」

「わーい」

足をばたばたさせて喜んでいる。靴をぬいでシートの上に立ち上がる。

席を探すときにちらりと見たが、ホールの中央部は吹き抜けになっていて、一階が見えた。テントのように組まれた大きなネット遊具の中で、トランポリンのように跳ねたり、たくさんのボールで遊ぶ子どもたちの姿があった。

「もういっかいみてくる」

洸太が我慢できず、また踏切のほうへ走って行った。ほんの少し前に迷子になったばっかりなのに、と思うが、洸太はすっかり忘れたようにはしゃぐ。おなじぐらいの子どもが何人もいるし、見通しはきいて危険はなさそうだ。それに、ちょうどいい。洸太に聞こえないところで優平と話をつけたい。言いたいことがありすぎて、何から切り出せばいいのかわからないぐらいだ。

さきに優平が話を振ってきた。

「秀嗣はむかしからグズでね」

意図がわからない。相槌も打たず、黙って続きを待つ。

「頭は悪くないんだけど、不器用なんだな。何をやるにも中途半端で、成し遂げることができない。たとえばさ、おふくろの帰りが遅いときにカレーを作ったりするわけだ。そうすると、まず百パーセント失敗する」

そのとおりだろうと思うが、返事はしない。

「おふくろはあの性格だろ、帰宅してとっ散らかった台所と、カレーだか煮込みすぎた肉じゃがだかわからない代物をみて、激怒するわけだよ。なんなのこれはってさ」

無反応でいると、優平は先を続ける。

「で、おれの出番になるわけ。ごめん、おれが作ろうとして失敗した。すると、もしかして秀嗣がやったならどうしようと思っていたおふくろが、ほっとするわけだ。当時から秀嗣が大好きだったからね。で、心置きなくおれを叱るわけ。すると、よせばいいのに親父が登場してかばうんだ。このカレーもそんなに悪くないぞとかなんとか。そんなことが続くうちに、とにかく明るいニュースは秀嗣、マイナス要素は優平と親父のセット、っていう区分ができちまった」

「思い出話は終わりですか」

優平が、片方の眉を上げて、里佳子が続けるのを待っている。

「向かい側の『れーるランド』にも、洸太の喜びそうなものがありますよね」

優平は、何を言い出すのかと拍子抜けしたような顔つきになった。

「ああ、あるね。実物の電車とか、運転体験シミュレータとか、ジオラマとか……」

「半日ぐらいは遊べそうですね」

「そりゃあもう、電車好きなら一日だって」

「ならばどうして――」

また少し興奮してきて、喉が詰まって言葉がすんなりと出なかった。先にもらったコーヒーをブラックのままひと口含んだ。

「どうして、先にあそこやここへ来なかったんですか？」

「どういう意味？」

「たしかに動物園は楽しいかもしれない。でも洸太は、電車関連のものがいっぱいある、こういう施設で遊ぶほうが好きなはず」

似たような年頃の子どもたちにまじって、踏切の向こうを通りすぎるミニSLに手を振っている洸太に視線を向けた。

もちろん、子どもによって好みは分かれるだろう。ライオンや象やキリンが大好きな子もいるはずだ。現にバス友の賢などは、虫が大好きだから、昆虫園に入ったら出てこないかもしれない。

しかし、今の洸太の中では「電車」が最優先だ。同じ電車好きの友人たちに対する対抗心もあるようだ。事前にどちらがいいかと訊けば、おそらく即答で電車のアミューズメント施設を選んだに違いない。そして、優平も洸太のその好みはわかっていたはずだ。

「だって、動物園に行くって約束したから」

いや違う。たしか「動物園や電車のアミューズメント施設に行く」という意味のことを言った。しかし証拠はないので、そこには触れない。

「ほんとうにそれだけの理由かしら」

「どういう意味？」

「洸太は『電車がいい』と言ったのに、強引に動物園に連れていったんじゃない？」

「なんだか気になる言い方だな。言いたいことをはっきり言ってよ」

「じゃあ、言います。きょうはお天気もよくない。今朝の予報は見てないけど、きのうは『明日は雨がぱらつく』って言ってた。現に、降ったり止んだり」

　窓から見える灰色の空を顔で示す。優平はにやにやしながら続きを待っている。

「――こんな日は、やっぱり屋外型の行楽施設は人の数が減る。もしかすると、だからこそ急に出かけることにした」

　突然思い立ったように、動物園へ行くと言いだした先週も、似たような天気だった。

「だから、どうして？」

　ますます、にやにや笑いがどぎつく見えてきた。

「わざと迷子にするため」

「は？　なんだいそれ」

「コアラ云々も、たぶん誘導でしょ。洸太が、自分からコアラが好きだと言ったのを聞いたことがない。だけど、大人が好きだよねと言えばうなずく。そして、動くなと言われればそのとおりにする。あなたがトイレに行っている隙に洸太がいなくなったんじゃない。あなたは事前に、そのアジアゾウだかの周辺は、人けが少なくて寂しそうだと調べておいて、開園直後に近くまで連れていった。そして、あたりに職員の姿がないのを確認して、洸太に『このあたりにいろ』と命じて置き去りにした」

「ちょっと待ってよ。空想がすごいね。仕事柄、小説の読みすぎじゃないの。どうしてそんなことする必要があるのさ。だいたい、洸太くんも、自分で歩いて行ったって言ったじゃない」

「言ってない」

「言ったよ」

記憶をたぐるが、洸太はうなずいただけで、自分から言葉には出していない。優平が肩をすくめ、困った人だと言わんばかりの歪んだ笑みを浮かべた。芝居がかったその表情を見て、嫌悪感が増していく。

「ただうなずいていただけ。洸太は『こうだよね』と同意を求める大人に対して『違う』とは言えない性格なの。さっきも言ったけど、洸太にはそういうところがある」

小さいころのわたしに似て、あるいは、あなたの弟に似て。

優平はやや前かがみになり、里佳子の目を覗き込んだ。

「まあ洸太くんの好みや性格はちょっと脇において、もう一度訊く。どうしておれがそんなことをする必要がある？　現にすぐに職員さんに見つけてもらったし、危険なことは何もなかったでしょ」

「怖がらせるため。脅すため」

「誰を？」

もちろんわたしを、とは答えたくなかった。優平の狙いが成功したと思わせるのが癪《しゃく》だった。短い沈黙の隙間へ洸太が戻ってくる。

「おかあさん。あのきかんしゃ、こどもだけでのってもいいんだって」

「なんだ、伯父さんも一緒に乗りたかったな」

ちょうど注文した料理が並び始め、食事になった。中途半端に会話が中断されて、もやもやは残ったままになった。

あのチャドクガの幼虫はどうやって布団に入ったの？　ゲラはどこへ消えてどこから現れたの？　五千円は誰が抜き取ったの？

問い質したいことはまだいくらでもあった。

29

里佳子は気乗りしなかったが、帰路もモノレールに乗ることになった。洸太の強い希望だ。

もっと遊びたいと少しぐずった洸太を、「また今度」と納得させるためにやむなく折れた。

売店で、9000系を象《かたど》ったバッグと5000系の下敷きと、またプルバック式の小さい電車を買った。五歳ともなれば、大人の顔色を読む。きょうは少しぐらいのわがままは聞いてもらえると感じ取ったようだ。

次のモノレールが来るまで、少し間があった。洸太は、ベンチの隅で買ってもらったばかりのプルバックの電車を動かしている。

その洸太に聞こえないように、優平が里佳子の耳に口を寄せた。

「もうわが家に近づかないで、って思ってるでしょ」

上半身を少し反らせるようにして優平を見る。得意のにやにや笑いだ。少し迷って、素直に肯定する。

「はい」

優平は、なんだかすごく嬉しそうにうなずく。

「だよね。相続のこともあるし」

「どういう意味ですか？」

「おふくろは、そろそろ死ぬでしょ」

むせそうになったが、唾を飲み窓の外を見てごまかす。

「おれが行方不明のままだと、百パーセント秀嗣が継ぐことになっただろうね」

肯定も否定もせずに聞いている。

「だけどさ、もう状況は一変したんだ」

「………」

「少し調べればわかるけど、おれにも法定相続の権利はある。両親が離婚していようともね。普通なら二分の一、たとえ不利な遺言があったとしても、四分の一はもらえる権利がある。遺留分っていうんだけどね」

「………」

「金銭だけの問題じゃない。あんたたち夫婦だけでは、あの家や土地を売ることもそう簡単にはいかないってこと。場合によったら、おれにも住む権利が認められるかもしれない。里佳子さんは面白くないでしょ」

「相続のことは、わたしには関係ありませんから」

「そんなことないでしょ。三人だけで静かに暮らして、いずれは洸太くんに全部譲り渡したいんじゃないの」

やはり、秀嗣などよりはるかに細かく深く、人の心を読んでいるようだ。

はっきり否定しようとしたとき、モノレールがやってきた。

車内は思ったよりも空いていた。洸太を優平と隣り合わせにしたくなかったので、里佳子が真ん中にくる形で座った。あんなに乗りたいと言ったくせに、食事の後に遊んだせいもあって、洸太はモノレールに乗るなり、すぐに居眠りをはじめた。里佳子に体をあずけるようにして、熟睡している。

さっきの話を蒸し返して、相続の話は相続の話、洸太には関係ない、嫌がらせなら直接わたしにしてくれ、と言いたい気持ちがあった。

「そうそう、話は飛ぶけど、あんたのお父さん、どこいったの？」

無視する。

「荒川に落ちたっていうけど、ふだんから行き慣れてた場所でしょ。いくら増水したからって、落っこちるかな」

「警察はそう判断しました。酔っぱらいだし」

「あと、お姉さんね。自殺っていうけど、お父さんが落ちた川に飛び込むって、話ができすぎじゃない？」

「何を言いたいんですか」

「ほらほらその目。秀嗣に聞いたけど、あんた昔から『リトル』とかいうあだ名で、小心者を自認しているらしいけど、そんなことはないな」

「何がわかるんですか」

「あんたは、脅されて泣き寝入りするタマじゃない。ただ用心深いだけで、引かないところは引かないと思うね」

「どうとでも思ってください」

抑えようとしたが、声が大きくなった。斜め向かいに座る六十年配の女性が、聞きとがめたようでちらりとこちらを見た。その目を見返すと、向こうから視線を外した。

乗り換えの高幡不動駅が近づいた。

「おれはさ、少しぐらい嫌な顔をされても、なんとも思わない。何度でもおじゃまするよ。洸太もおれになついてきたし、また遊びに行くかもしれないし」

「警察に訴えます」

「どう説明する？　秀嗣が認めてるのに」

駅に着いた。洸太に声をかけ体をゆする。寝ぼけているので、とりあえず抱き上げる。

優平と別行動をとる口実を探していたら、先に言ってきた。

「あ、おれちょっと用事があるので、ここで別れるから。それじゃまた」

手を振る優平に、挨拶も返さずに背を向ける。

「いま言ったこと、本心だから」

背にかかる優平の声を無視して大股で歩きながら、手の甲でほおを拭った。なぜ涙が流れるのか自分でもわからなかった。そして、腹立たしさ以上に強く抱いたのは、なぜ急に優平は偽善者の仮面を脱いだのかという疑問だった。

ひとつ仮定は浮かぶ。里佳子の想像どおりなら、「その気になればおれはなんでもするぞ」と知らしめるため、今回の行動に出た。動物園の下調べまでして。ようするに脅しと嫌がらせだ。

だとすれば、最初に幼稚園にいかにも怪しげな男として現れたのも、同じ理由だったのかもしれない。

どういうつもりなのか。単に、あの家や土地の権利の一部をもらうために、こんなことをしているのだろうか。だとすれば、秀嗣に相談して、何らかの手を打たなければならない。

洸太は、京王線に乗るころにはすっかり目が覚めて、ジュースを飲みたいと言う。買ってやるとこんどは、さっき買ってもらったグッズを見せに、鉄平のところへ遊びに行きたいとぐずりだした。

「お母さん疲れたから、きょうはまっすぐ帰ろう」

夕飯のメニューも、買い置きの冷凍食品か、総菜を買って済ませるつもりだ。

「てっぺいくんのところへいきたい。いきたい」

「静かにしなさい。もともと、洸太が勝手に遊びに行って、迷子になったりしたからでしょ」

めずらしく、八つ当たりをした。きつく言ってしまってから、洸太もまた犠牲者かもしれないと思った。

「ごめんね」

短く謝り、帽子を取って髪をなでると、洸太が不思議そうに見上げた。

うっかり、秀嗣に到着時刻を連絡するのを忘れていた。改札を出て、迎えが来るのを待っているとき、千沙から電話がかかってきた。無視してあとでフォローするのも面倒くさくて、そのまま出た。

〈あ、あたし、岩崎です〉

「どうかした?」

〈どうでもいいようなことなんだけど、一応伝えておこうかと思って〉

「もうすぐバスが来るんだけど」嘘も方便だ。

〈あ、すぐ済む。あのお義兄さんの優平さんのこと。覚えてるでしょ、中学校のとき、マジギレして殴って、相手に鼻血出させたりしたって〉

「うん。感情的になりやすいって」

〈あれね、きょうまた翔真くんの家に遊びに行って、たまたま土曜だけどパパがお休みで……〉

「悪いけど、結論だけ」

〈それでね、翔真くんパパが言うには、よく思い出したら少し違ってたって〉

「どういうこと？」

秀嗣の運転する車が見えた。

〈その殴られたやつが、いじめっ子で、いじめられっ子のノートとかを、何回注意しても破いたりするんで、それでつい手が出たんだって。つまり、どっちかっていうと正義の味方っていうか……〉

「ごめん。バスが来たから、切るね」

〈あ、もしもし〉

30

仕事に集中したいという願いとはうらはらに、月曜も朝から騒がしかった。

バス友の体育会系千沙の家の庭で、ハムスターの死骸がみつかったらしい。彼女の家ではハムスターを飼っていないし、心あたりもないので、外から投げ込まれたのだろうという。

それも、死骸の様子からして数日は経っていそうだということだ。

「きのうの夕方にみつけたんだけど、警察とか来て、ご近所さんにはじろじろ見られるし、ごはんとか遅くなっちゃって――」

千沙の愚痴とも自慢ともつかない話が、バスを待っているあいだ、ずっと続いた。

「便乗した愉快犯の可能性は？」

いつも冷静に分析するのはセレブ美人ママの由香利だ。

「ああ、警察でもそんなこと言ってた。飼ってたハムスターが死んだから、騒ぎになるのが面白くて、投げ入れただけっていう可能性もあるって。でも、でもね、だったらどうしてうちなの。見つけたらただじゃおかないんだけどな」

愉快犯とか考える前に、誰かの恨みを買っていないか胸に手を当てて考えてみたら？

そう喉まで出かかったが、よけいなことは言わずにおいた。

火事場の馬鹿力というのだろうか、必死にとり組んだ結果、思った以上にはかどった。

夕方、仕事の仕上げにかかっているとき、秀嗣から電話がかかってきた。ちょうど、洸太の様子を見に、一階へ下りたときだった。時刻は五時半だ。めずらしいこともあると、忙しい中にもかすかに不安が湧く。

動物園騒ぎのあと、結局、優平の話題は出せなかった。忙しかったのもあるが、どう切り出してよいかわからなかったからだ。

〈今夜は帰りがだいぶ遅くなると思う。っていうか、泊りになるかもしれない〉

「残業？」

〈ちょっと面倒なことが起きてさ、会社で大変な騒ぎなんだよ〉

どういうことか問う里佳子に、秀嗣があらましを説明した。

社内組織の「ドラスチック」な変革、大胆な人員整理、入れ替わりに外部からの大規模な中途採用、そしてベトナム工場、そういった件に関する極秘中の極秘文書が流れてしまったらしい。里佳子もゲラ作業でよく使う、ＰＤＦ化したファイルとしてメールに添付され、社員に一斉送信されたらしい。

犯人、つまり送り主は不明。外部からいわゆるフリーメールアドレスを使って行われたそうだ。

〈いっそ、脅迫とか、セクハラとかだったら、警察沙汰にもできるんだけど〉

社内管理の甘さの尻拭いを、警察捜査に頼るわけにはいかないとこぼす。

〈それじゃあどこが後始末するかっていえば、総務部しかないわけ。まったく、ただでさえ残業続きなのに――〉

忙しいというわりに、秀嗣の愚痴は続いた。こちらも忙しいんだけどと思いながら、アニメを見ている洸太に視線を向けつつ、聞いている。

しばらく話して気が済んだのか、秀嗣は〈そういうことだから〉と電話を切った。まるでその瞬間を待っていたかのように、玄関ドアが開いた。

見なくてもわかる。優平が来たのだ。せっかく、プロでもピッキングできないという謳い文句の、イスラエル製のディンプルシリンダー錠に替えたのに、予備のキーを秀嗣が優平に渡してしまったのだ。早めに、ドアガードをロックしておけばよかった。

リビングから廊下に出て出迎える。廊下で立ち話する形になった。

「こんにちは。いや、そろそろこんばんはかな。これ、お土産」

差し出したレジ袋の中には、さらに紙袋が入っていて、たい焼きらしき匂いがする。胃のあたりが重くなった。

「すみません。きょうはお引き取りいただけませんか」

洸太に聞かれたくないので、声を抑える。

「どうして？」わざとなのか、声が大きい。

「お義兄さんがこの家に出入りする権利があることはわかりました。でも、きょうはちょっと込み入った事情があって……」

「ああ、秀嗣の会社のことね。あれまいったよね。世の中にはひどいやつも……」

「それだけじゃなくて、わたしも仕事の追い込みで、ちょっと手が離せなくて」

「あ、飯とか、おかまいなく。それにきょうは、おふくろに呼ばれてきたんだよ」

「お義母さんに？」

「そう。秀嗣が帰れないかもしれないから不安だって。——ねえ、お母さん」

優平は里佳子の脇をするりと抜け、治子の居室である和室の引き戸を開けた。あらいらっしゃい、という治子の声が響いた。

「来てもらって悪いわね。ほら、そんなところにつっ立っていないで、こっちに座りなさいよ」

後ろから覗くようにしている里佳子に向かって続けた。

「お茶とかはいらないから。わたしのところでそろうので」

引き戸を閉めながら優平が里佳子に向けた視線には、勝ち誇ったような色が読み取れた。

ジャングルでも砂漠でもいいから、家族三人だけで暮らしたいと思った。


仕事はなんとか仕上げて発送することができた。そして燃え尽きたようになった。治子に、とても忙しく体調もすぐれないので夕飯の支度ができないと言ったら、自室の冷蔵庫で保存してあったらしい、『ヤナハル食品』のハンバーグを温めて、自分の部屋で優平と食べていた。

洸太には、同じく冷凍ピラフを温めてやったものを食べさせた。優平が来たことには気づいたらしいが、「きょうは大事な用で来ているから邪魔をしちゃだめ」と言ったら聞き分けた。理解したというよりは、母親の顔色を読んだのだろう。

仕事の後処理にとりかかろうとしたが、洸太をリビングでひとりにしたくない。しかたなく二階へ連れていって、近くで遊ばせながらのろのろと作業した。

洸太を寝かしつけたころ、秀嗣からメールが届いた。

やはり今夜は泊りになるので、戸締りをよろしく、という用件だった。また、優平が来ているのも知っていて、何かあれば兄に頼るようにと書いてある。

食欲がなくて、牛乳を多めに入れたコーヒーを胃に収めたが、なんとなく、胃壁がささくれだったようにむかむかとする。

まるで畳みかけるかのように、緒方からもメールが届いた。

《優平さんと、少しだけ話した。興味ある人物だ。こんど、きちんと話をする機会を設けることにした。なんだか、小川さんのご家族の一件にも興味があるらしい》

突然、胃が痙攣《けいれん》した。我慢できずに部屋を飛び出し、トイレに駆け込む。牛乳まじりのコーヒーを吐き出したあとも、むなしく胃液を戻し続けた。

ようやく少し落ち着いて、トイレの床にへたりこんで肩で息をしていると、いきなり背後から「大丈夫?」と声がかかった。

短く悲鳴を上げて、振り返る。気配に気づかなかったが、優平が後ろに立っている。いつの間に二階へ上がってきた?

「大丈夫ですから」

優平の足を押し出すようにして、トイレのドアを閉めた。

「心配ごとがあるなら、なんでも言ってよ。義理とはいえ、兄妹なんだからさ」

「放っておいて」

ドア越しにそう言うのがやっとで、再びえずいた。

「誰にも言ってないよ。チャドクガのこととか、ハムスターのこととか」

頭痛がするほど頭に上っていた血が、すっと下がっていく。

「何の話？」

「あんたが、かっとなると自分を抑えられなくなるってこと」

「変な言いがかりはやめて――」

吐き気がぶり返してきた。便器に顔をつっこむようにしてからっぽの胃を収縮させた。

「おかあさん、だいじょうぶ？」

洸太の声だ。騒ぎを聞いて起きてきたらしい。

「洸太くん」

優平が優しい声をかける。

「大丈夫だよ。お母さん、古くなったものを食べたみたいなんだ。伯父さんが見ててあげるから、布団に戻ろう」

「洸太に手を出さないで」押し殺した声で言う。

「こっちも大丈夫だよ。いまだって、頭をなでているところだから。——さ、洸太くん、部屋に行こうか」

「洸太、お祖母《ばあ》ちゃんのところに行ってなさい」声を大きくする。

「あ、そうだね。お祖母ちゃんのところがいい。自分で行ける？」

「うん」

ふだんと違う雰囲気は察したのだろうが、どう行動してよいのかわからず、ひとまず大人たちの言うとおりにしようと決めたらしい。洸太が階段を下りて行く気配がした。

「さ、乱暴なことはしたくない。ドアを開けて話し合おうよ」

とっさに覚悟した。洸太だけでも守らねばならない。ひとまず言いなりになるふりをしよう。そして隙を見て反撃する。ペティナイフはキッチンだが、とりあえず仕事道具がある。この際、ハサミでもカッターでもいい。ボールペンを目に突き刺す話も読んだ。まずは仕事部屋にかけ込むのだ。

深呼吸をしてドアをあけた。いきなり、優平の腕が伸びてきて、肩を抱いた。

ひっという小さな悲鳴が、喉から漏れた。あっという間に意識が遠のいた。

体が重い。

秀嗣が久しぶりに行為に及んだのだ。どうしよう。あまり気分は乗らない。しかし、それもまたありか。洸太の弟か妹——。

そこで覚醒し、上半身を起こした。

ここは——寝室だ。布団の上に寝ていたのだ。重かったのは冬用の布団が体に載っていたせいだ。すぐそばで、優平が覗き込んでいる。

「いやっ」

叫んだが、優平はにやにや笑っている。

「何もしてないさ。あんたが急に意識を失ったんだよ。ガタガタふるえてたから、厚手の布団を掛けた」

たしかにそうだったかもしれない。優平に何かひどいことを言われたような気がする。よく覚えていないが。とにかくそれで、このところまいっていた神経が耐え切れずに、失神してしまったのだ。暑苦しいだけの布団をはいだ。

「礼は言わない。この部屋から出ていって」

タオルで体を拭きたい。

「洸太は、おふくろのところで寝てる」

「あの子には手を出さないで」

「どういう意味？」

「言ったとおりの意味」

反応を待ったが、優平は何も言わない。先ほどの嘔吐《おうと》と同じように、言葉が勝手に喉から出た。

「もしも、洸太になにかあったら、あなたを殺す」

優平が、げらげら笑いだした。楽しくてしかたないというふうに。

「――いや、ごめん。あんまり真剣だから、つい。おれがあの可愛い洸太をどうにかするって？」

「そのために、入り込んだし、つきまとっているんでしょ」

「たしかに、秀嗣の言うとおりだな」

「どういう意味？」

「被害妄想というか。まあ、結果的に妄想でない部分もあるけどね」

「……………」

「秀嗣にさ、いろいろ聞いてね。あんたのお父さんのこととか、お姉さんのこととか。興味を持ったんだよ。へえ、そんなことがあったんだって」

「それがいま、関係あるの？」

「あるかもね。あんたに都合が悪い人間は、川に落ちたり、その川で自殺したりするんだってね」

　きついめまいがした。起き上がっていられず、布団に横になった。

「とにかく、おれは、この家にずっと居座るつもりだ。遺産相続とかそんなめんどくさいことはしない」

「どうする気？」

「事実上、おれが主になる。秀嗣は子どものころ、おれを頼り切ってた。いままた、似たような関係になりつつある。あいつはなにかというと『兄貴、兄貴』って言うだろう。もう一度言う、おれがこの家を乗っ取る」

「どうしたら――」

「え、なに？」

「どうしたら、出ていってくれるんですか」

　優平はふっと鼻から笑いの息をもらし、遠くのほうをみつめる目をして言った。

「あんたもあきらめが悪いね。出ていかないって言っただろう。――まあいい」

　優平は片えくぼのにやにや笑いでうなずいた。

「明日にでもまた、ゆっくり話そう」

31

翌日、起きたときにはすでに優平の姿はなかった。

洸太を幼稚園に送り出すとすぐ、まさ枝に電話し、西浦和へ行った。

先日忘れた下着を取りに行くと伝えると、疑う様子もなかった。

持参した和菓子を食べ、日本茶を飲んだところで、足を揉んでやることになった。最近、足がだるいとよくこぼしている。寝室の布団にうつぶせに寝かせて、まずはさするようにゆっくりと優しく揉みほぐす。

ストレッチをしたらどうか、ヨガはどうか、などとしばらくとりとめもない話題が続いたところで、唐突に切り出してみた。

「ねえ、お母さん。話したの？」

「なにを？」

まさ枝は、うつぶせのまま自分の腕に額をのせて、体を弛緩《しかん》させている。

「あの人に」

「あの人って誰？　何を話すのよ」

「あの日、お父さんが川に流された日のこと」

「どうしたの、急に」

それでも顔を上げようとはしない。

「あのとき、見てたんでしょ」

「だから何を？」

「じゃあ、質問を変える。お父さんが川で流されたときに、すぐそばにいたでしょ」

「変なこと言うわね。だいたい、流されたかどうかわからないじゃない」

「どう見ても、状況はそうでしょ」笑う。この先話すことを考えると、笑わずにいられない。「釣り道具が丸々残ってたし、大好きなカップ酒も飲みかけのがあったし。食べ物はともかく、酒を飲みかけのままにするような男じゃなかった」

「じゃあ、流されたのかもね」

腰を揉んでもらって気持ちがいいのか、少し眠そうな声だ。

「――いまさらもうどうでもいいわ。お母さん」

それにしても、相変わらず、何事にも無感動、無関心だ。いまもあの頃も変わらない。いっそ酒豪だったらまだしも、安酒を少し飲んでは酔い、酔いにまかせて自分より弱いものに暴力をふるった情けない男。その夫に立ち向かうことをせず、いつもただ嵐が過ぎるのを待つだけの、こずるい草食動物のような母親。どちらも嫌いだった。そして、その性格を継いでしまったかもしれない自分が憎かった――。

「あれ、事故じゃないよ」

神にしろ運命にしろ、そんなに都合よく「事故」を起こしてはくれない。あの男の罪はもっと深かった。ただ、酒に酔って殴る蹴るよりももっと深い罪が——。

「どういう意味？」まさ枝の声はますます眠そうだ。

揉んでいた手の動きを止めた。母の、染めているが実は半分ほど白髪《しらが》の後頭部に向かって語りかける。

「あの日夕方近くなってから、わたし家に帰ったよね。そしたらお母さんがなんだかそわそわして『お父さんが釣りに行ったきり帰ってこない』って心配そうに言って。それでわたしが様子を見に行くことになった。覚えてるでしょ」

眠気が覚めたのか、それとも狸寝入りをあきらめたのか、まさ枝はどっこいしょと体を起こし、横座りになった。

「そりゃ覚えてるけど」

「本当はね、あの前にわたしは一度、家に帰ったの。そうしたら、お母さんの姿はなくて、あの男が赤い顔をして釣り道具を持って出ていくところだった。ああ、またやったな、ってすぐにわかった。だから、わたしはあの男を責めた。暴力をふるってきたら、やり返すぐらいのつもりで。そうしたら、あの男は暴力よりももっとひどいことを言った。ショックでわたしがぼんやりしている隙に、あの男は出て行った。だからわたしは、すぐに追いかけた。どうするつもりかわからなかったけど、許せない気持ちだけは強かった。ねえ、お母さん、もっとひどいことってわかる？」

　まさ枝は返事をしない。聞こえなかったふりをしているのだ。それならそれでもいい。「ひどいこと」というのは、あいつがわたしにしたことを思い出させる内容だ。

「もう少し揉んであげるから、また横になって」

　まさ枝は言われたとおりにした。

　背骨の両脇を押しながら上から下へ移動すると、まさ枝が気持ちよさそうに、小さくうなった。それで確信した。やはり母は知っている。すべて知っている。だとするなら、これ以上不愉快な話題を続ける必要はない。確かめたかっただけだ。

　あの日、鼻歌でも歌いそうな雰囲気で出て行った父親を、とっさに、自転車置き場にあった自分の自転車を出して追った。行く場所はわかっていた。

　民家が少なくなり、塀の壊れかけた町工場などが建ち並ぶ一帯に入っていく。舗装が荒れた道路の水たまりを避けながらペダルを漕《こ》ぐうち、気持ちが固まってきた。

　きょうこそ、あの男と話をつける。自分の気持ちに整理をつけ、わたしはこんな家から出ていく。もう親とは思わない。あとは夫婦だけでお好きにどうぞ。そう心に決めた。

　やがて荒川の河川敷に着いた。大雨が降ったあとで、しかもまた小雨が降りだした。ほかに釣りをしている人など、近くに見当たらない。里佳子はそっと潔に近づいた。声をかけようと思ったが、そのしっとり濡れた背中を見た瞬間に気が変わった。この世界のあらゆる理不尽が、その背中の薄汚いしみに凝縮されていた。もしかしたらこの男も、誰かに不当な扱いを受けているのかもしれない。

いや、そんなことは言い訳にならない。

この男の無責任で野卑な言動の言い訳になどならない。

きょうで終わりにする――。

ごみは捨てなければ、いつまでも悪臭を放っている。

自分の腕が、うす汚れた背中をとんと突いた。その瞬間、彼はただの男で、親でも肉親でもなかった。いや、もっとずっと前からだ。

男は「あっ」と短く声を出したが、まるで自分から飛び込むような恰好で川に落ち、そのまま流れていった。両手をばしゃばしゃさせながら里佳子を見た。何か訴えかけていたような気もしたが、あの濁流の中で何が見えただろう。気のせいだったに違いない。

ふと我に返り、歯の根も合わないほど震えていることに気づいた。自分は『リトル』なのだ。葦《あし》をかきわけて小道に戻ったが、あたりに人はいなかった。幸運だと考える余裕もなかった。

家に帰ろうと自転車にまたがりかけたとき、はるか前方に人影を見た。女だ。このあたりは、女性が一人で散歩するような場所ではない。とっさに頭を低くし、自転車を押して反対方向に逃げた。

あの日以来、ずっと「もしかしたら、母親に見られたのではないか」と疑心を抱き続けていた。やはりその勘は当たっていた。母親に見られていたのだ。つまりまさ枝は、さすがに背を押すところは見ずとも、里佳子が潔に何かした可能性があることに気づいていた。そして、それをずっとおくびにも出さなかった。

認めたくないことは、見なかったことにする人間がここにもいる。

うっすら汗ばんだまさ枝の背中に向かって、わたしはあなたの娘ね、とつぶやいた。

母との決着はついた。


一度自宅に戻ったが、優平の姿はない。

今夜も秀嗣は泊りになるらしい。ならば、考える時間はたっぷりある。少しぼうっとする頭で、衆星出版から新しく受け取った『黒い流星』を素読みした。

話の展開としては、主人公が殺人の計画を練るシーンが、延々と続く。

趣味で手にとった本なら、おそらく途中で読むのを止めただろう。どちらかというとあまりリアルではない世界観の作品で、部屋の中にミツバチを放ってアナフィラキシーショックで死なせるといったような、少し現実離れした手法が並ぶ。

アナフィラキシーショックといえば、最近そんな騒ぎがあった。あれはなんだったろう——。

　そうだ、毛虫だ。チャドクガの幼虫だ。思い出しただけで、全身が粟立《あわだ》つようだ。ベランダに干した布団を取り入れるとき、手すりに、あの毛だらけの体をうねらせて這っている虫をみつけた。それをその場に落ちていた枯れ葉の先にのせ、窓越しに優平が使っている部屋を覗いた。誰もいない。窓に錠がおりていなかったので、部屋に入り、優平が寝具に使っているソファベッドの上に、毛虫を置いた。

　今にして思えば、どうしてあんなことをしたのだろう。もちろん、根底に優平が気にくわなかったというのはあるだろう。しかし、そんな小学生の嫌がらせのようなことをしたとは、我ながら信じがたい。

　そして、あの毛虫がどういう経緯で自分の布団に這ってきたのか、それも不思議だ。東京で捨てた子犬に、大阪で再会するようなものだ。自業自得などという、ふるめかしい奇跡が起きたのだろうか。

　まあいい。本当は、あんな子ども騙しの嫌がらせではなく、もっと決定的に優平を排除する計画を立てていた。

　潔の一件は、やはり心の傷になっている。あれは、たまたま幸運だったから発覚しなかっただけだ。もう少し確実性のある計画でないとならない。『リトル』の自分にふさわしいような堅実な計画だ。そう、堅実にして単純なほどいい。

これも小説から学んだことだが、こういうたぐいの計画はシンプルなほど成功する。下手にアリバイ工作などしないほうがいい。もっとも検挙率の低い犯罪は、行きずりの犯行だというではないか。

いくつかある計画のひとつを実行することにした。暴力を使わない方法もあるのだが、残念ながら今回は準備が間に合わない。しかたなく、次善の方法だ。

まず凶器は、金属バットを使う。新しく買う必要はない。三年ほど前に、秀嗣が地元の草野球に誘われて買ったものだ。例によってまだ一度か二度しか使っていない。

相手が油断している隙に、このバットで後ろから殴る。そのときの冷静さにもよるが、理想的なのは首の後ろ、頸椎《けいつい》のあたりだ。うまくはまれば即死するようだ。しかし、手元が狂って肩や背中に当たれば、致命傷は与えられない。反撃を受ける恐れもある。うまく命中させる自信がなければ、とりあえず後頭部を殴って気絶させ、改めてとどめを刺せばいい。

次に、身元が判明しそうなものを取り除く。全裸が理想だが、服の始末に困るのでタグを切り取るだけにする。

そのあと、これもまた夫が「キャンプに行こう」と言い出して買ったものの、一度しか使っていない封筒型シュラフを広げて死体を転がして載せ、包み込む。チャックを閉じておしまいだ。夫はなくなったことにさえ気づかないだろう。

ここまではすんなりいくはずだ。しかし問題はそのあとだ。つまり死体の処理だ。

過去の作品のあれこれを思い出し、インターネットでも検索した。その結果、富士山麓の樹海、いわゆる青木ヶ原《あおきがはら》に捨てるのがもっとも無難で気持ち悪くない、という結論に至った。

どう考えてもバラバラに切断などできないし、焼却できる炉などもない。湖や川に沈める方法もあるが、これは運頼みの要素が強い。浮いてきて、釣り人などに見つかったりしたら、それで終わりだ。樹海に捨てた死体は、少なくとも当分のあいだ見つからない。腐敗後に見つかっても、よほどでなければ事件化はされないようだ。

青木ヶ原に決めたもうひとつ大きな理由は、若干の土地鑑があるからだ。学生時代に少し風変わりな友人と、観光目的で富岳風穴《ふがくふうけつ》へ行った。そのとき、このあたりが樹海への入り口なのだと聞かされた。

「二百メートルも入ると、白骨がごろごろ転がっている」そう言って、その友人はにやにやと笑った。「見に行くのはいいけど、GPSも利かないし、磁石も狂うから、戻れないよ」

のちに調べて、白骨ごろごろは大げさだし、GPSも磁石も狂わないことがわかった。しかし、手軽な死体の捨て場であることは知識として持った。

残る問題は協力者だ。現地に着けば、シュラフに包んだまま引きずっていけるだろうが、おそらく重さ七十キロ以上あるぐにゃぐにゃになった死体を、ひとりで車に積むのはかなりの困難が予想される。予行演習はできない。いざとなって、積めなかった場合、たいへんなことになる。

助手が必要だ。候補はひとりしかありえない。母親のまさ枝だ。今年六十三歳だが、非力な里佳子より力はありそうだ。口止めの件はなんとかなる。今回は、巻き込むことにする。

バットは少し離れた場所に捨て、シュラフは回収して、まったく別の場所に捨てる。それで完了だ。


日が沈むころ、優平が来た。秀嗣からは、やはり今夜も泊りになると連絡がきた。またとない好機だ。

昼に会ったばかりのまさ枝に電話をかけ、用件を伝える。その後、なるべく波風を立てずに夕食を済ませる。優平も、何食わぬ顔で洸太と次はどこへ行こうかなどという話をしている。

これまでのことなど何もなかったかのように時間が過ぎ、洸太は少し伯父さんに未練を残しながら寝た。

治子には「有名なお店のものらしい」と適当な口実を作って、自分では飲むのを中断した睡眠導入剤を入れたジャスミン茶を飲ませた。おもしろいように、ぐっすりと寝ている。

優平はまるでこの家のあるじででもあるかのような態度で、リビングでくつろいでいる。

夜も更けたというのに、酒ではなくコーヒーをすすりながら、新聞を広げている。そして、きのうの続きのようなことをしゃべっている。まともにとり合う気はない。いざとなると、『リトル』が頭をもたげてきて、本当に実行できるのか、不安になる。だからこそ、優平も里佳子の殺意を読み取れずにいるのだろう。その里佳子の背を、最後に押したのは優平のひとことだった。

「しかし、考えてみると洸太があんたがたの息子になったのは、偶然だろうか。そんなに都合よくお姉さんは自殺するものだろうか」

どうしてもそのことを蒸し返したいらしい。やはり終わりにせねば。まさ枝はまだ来ないが、とりあえず先へ進めておこう。

優平にはまったく警戒している様子がない。完全にこちらを見下して、油断しきっているのだ。ならば思い知らせてやる。

ソファの後ろに隠しておいたバットをしっかりと握り、新聞を読んでいる優平の後頭部めがけて振り下ろした。

当たる直前に、優平がすっとよけたように見えた。思ったほどの手ごたえはなかったが、頭部に命中した。優平はあっけなく倒れた。

「里佳子っ」

叫び声に振り返る。幽霊を見たような顔で秀嗣が突っ立っている。

「あなた、どうして——」

しかし、秀嗣はそれにはこたえず、里佳子を押しのけるようにして優平に駆け寄った。体をゆすりながら、優平の顔を覗き込む。

「兄貴、兄貴。おい、しっかりしてくれ」

何が起きているのだ。マタ、ヘンナユメヲミテイルノダロウカ。

「あ、生きてる」

秀嗣が喜びの声を上げた。ナラバトドメヲササナイト。再びバットを振り上げた。振り返った秀嗣が、その手からバットを奪った。

32

長編ミステリー小説『黒い流星』のゲラが、終盤にさしかかっている。

基本的な構成が虚言癖のある人物の一人称なので、時系列の狂いが多数出てくる。ほとんどは演出上の意図によるものだが、まれに作者の勘違いではないかと思われる部分が見つかる。ひとつ指摘すると、玉突きで矛盾が生じたりして、なかなかに手ごわい。

しかし衆星出版の村野から受けた仕事だ。味噌はつけたくない。

主人公は小学生のときに、大雨が降る中「探検」と称して、夜中に家を抜け出し、近くの増水した川を見に行く。親にもほかの友人にも内緒で親友とふたりきりで。そこで、度胸試しのふざけ合いになり、突き飛ばすふりをしたその手が、親友の胸に当たってしまい、彼は濁流にのみ込まれる。翌日、釣りに来た人が、流木と一緒に橋桁にひっかかっている遺体を発見する。主人公の少年は疑われもしない。

少年はその幸運に味をしめて、軽い気持ちで殺人をくりかえし、やがて露見する。幸運はそう何度も続かない——。

どこかで聞いたような話だ。こんな偶然があるだろうか。いや、ありえない。

頭が痛くなるほど考えて思い出した。

以前、村野ではない別な編集者から仕事を受けたときに、雑談をした。急な出来心や発作的に起こした犯罪は、目撃者がいないと意外に迷宮入りになるのではないか、という話になった。

「川に突き落として」というのは、そのとき里佳子が「たとえば」と口にしたストーリーだ。

おそらく、あの編集者がこの作品の担当なのだろう。自分が思いついたプロットのようにこの作者に提案し、作者はそれを小説にした。

まったく、油断も隙もない業界だ。それはそれとして、先へ進もう——。

「おい、取り調べだ」

頭の中に展開していたゲラが、その無粋な声で雲散霧消した。なんてことをしてくれたのか。

呼びに来た刑事だか職員だかを睨んで留置場を出る。

取調室には優平が座っている。側頭部に、湿布だかガーゼだかを当てている。おそらく、里佳子にプレッシャーをかけようとして大げさにしているのだ。その証拠に表情に怒りはなく、相変わらずのうす笑いを浮かべている。

ドアの近くには、記録係だろうか、若い職員が座っている。

「さてと、続きを聞こうか」

この男が刑事だというから笑わせる。あんなにがっついて食べていたのは、地が出たのだろうか。

「きょうはきのうの続き、中学にあがったところからだな。お父さんは、そのころになってもあんたにそういう関係を迫ったのか」

それも警視庁の捜査一課所属だそうだ。実生活で世話になったことはないが、小説の中ではいやというほど覗き見ている。

もっともこの男は、世間を騒がせている殺人事件などの担当ではなく、尻すぼみになったり、はじめから表立って事件化していない案件を、少人数で追いかける部署にいるそうだ。まあ、いってみれば閑職、企業でいえば窓際部署にきまっている。やはり兄弟だな、と思う。

「自分のことはあまり話したくありません。先に、またそちらの話を聞かせてください」

優平は、片えくぼを浮かべて苦笑したが、それでも、どこかのんびりした口調で話しだした。

「とっかかりは、二か月ほど前に起きた押し込み強盗だ。死人も出てないし、本来は捜査一課の出番じゃない。だけどな、それがたまたまおれの目に留まった。すぐに、昔住んでいた家の近くだと気づいた。今でも、母親と弟一家が住んでいることは、もちろん知っていた」

それで、少し興味を持って調べてみたところ、昨年末にあの界隈で、首を切られたハムスターや魚の内臓が庭に放り込まれる事件が起きていたことを知った。

「まあ、直感というか、本能というか、むくむくと興味が湧いたわけだ」

「そんなことを聞きたいんじゃありません。二十一年間、どこで何をしていたのか、それが知りたい」

「なるほど」

優平はまた笑って、ぼそぼそと昔話を始めた。

両親が離婚し、父親に連れられてあの家を出たあと、ずいぶん苦労をしたらしいということだけは聞いていた。

父親が病気がちだったうえに、優平が高校生のころ早世した。親戚づきあいもほとんどなかったので、公共の施設で世話になった。どうにか高校は出たが、進学はせずに就職することにした。施設の責任者の紹介で警視庁の採用試験を受けて入ったという。

「どうして弟に連絡しなかったの？」

「なんどかしようと思ったが、あの母親に嫌われていたことを思い出してね。そのうち、あんたと結婚したと聞いた。ならばなおさら名乗り出るのはためらうよ。秀嗣のことだ。たいして深くも考えず、この家には兄貴が住んでくれとか言い出すに決まっている。おれは、そんなつもりはなかった」

ただ、先般の事件のこともあり、念のため弟の身辺を調べるうち、里佳子の父親と姉の一件を知った。

「これを偶然と思っては刑事失格だな」

優平はまた笑う。そうだろうか。ほとんどの人間は気にもとめない。

「あんたたち夫婦に気づかれないように、近隣で聞き込みをした。もちろん、押し込み強盗にからめてだ。そしたら意外なことを聞いた。ここ数か月のあいだに、あんたがたの家に二回も救急車が来たという。どういうことかと訊いたら、どうもおふくろが階段から落ちたらしい。しかも、一度目は頭を打って、一日か二日入院騒ぎだったってね。これもまた、偶然だと見過ごしたら刑事の資質はない」

「でも、ほんとに偶然ですけど」

「そうだろうか？　おれは、おふくろの身が危ないんじゃないかと直感した。百歩譲って一度目は事故だったとしても、それをヒントにして二度目を企てた。――それでさんざん迷ったが、背に腹は替えられないと思って、秀嗣と接触した。おれにとっちゃ、愛情を注げる母親じゃないが、母親であることに違いはないからな」

「秀嗣さんには、どうやって説明したの？」

「素直に身分を明かしたよ。押し込み強盗の捜査をしていると理由をつけた。最初はえらく懐かしがってたし、驚いていたよ。そして『面白そうだな』と興味を持った」

たしかに言いそうだ。いつのまにか、自分の口もとにも笑みが浮かんでいることに気づいた。

「裏に何かあるかもしれないと思った可能性はあるが、あいつはあまりそういうことを気にしない。会社の人事異動だとか、明日は雪で電車が遅れそうだとか、そっちのほうが大きな関心事なんだ」

「二十年以上も離れていたのに、よく分析したのね」

「そうじゃない。子どものころから変わってないってことさ。それがわかっていたから、自分とは合わないと思っていたんだ。——『破《わ》れ鍋に綴じ蓋』って言いまわしがあるだろう？　ほとんど死語だが、あんたの仕事なら知ってるよな」

無言でうなずく。

「世間じゃよく『似たもの夫婦』っていうが、実際にはそっくりな夫婦なんていない。おれは学者じゃないが、現実の汚い世界をたくさん見てきた。いってみれば生きたサンプル採集だ。おそらく、理性とか知性とかを超えて、生物学的な根源的な理由で、人間は自分にないものを相手に求める。男も女もね。それで結局不幸が起きる。自分に欠けているものを求めるのは、もともと種の保存のためなのに、それで殺し合ったりするから不思議だ」

「生物学の講義ですか？　それとも哲学？」

「あんたら夫婦の話だよ。おれに言わせれば、あんたらは酒に弱い以外、何ひとつ似ていない」

「たとえば？」

「あんたなら、インフルエンザにかからないよう、あらゆる予防を講じるはずだ。注射したりうがい手洗いをしたり――」

そのとおりなのでうなずく。

「しかし秀嗣のやつは、口では『やるやる』と言いながら、何もしない。それで結局発症するのは、あんたのほうだ。世の中はそうできている」

同意できる部分もあった。優平が続ける。

「あいつは――秀嗣は、子どものころからああいう性格だった。すべてのことを上っ面で考える。目の前で起きたことにだけ、対処する。それが、はたからみると悠然としていたり、神経質でないように映る。得な性格だ。しかし少し深くつきあってみるとわかる。ただ、場当たり主義なのさ」

「その性格を利用して、あなたは我が家に入り込んできた」

「正直に言うが、最初はまだ確証はなかった。それでちょいとお宅訪問して、庭を覗かせてもらった。庭を見るとね、生活状態や性格がわかる。きれいに手入れされてた。そして、ひとつ気になることがあった。庭の隅の花壇に植わっている草花の中に、トウゴマをみつけた」

優平の目を見すえたまま、うなずいた。

「やっぱり、ねちっこくて嫌な性格ね」

「記憶力がいいと言ってくれよ。以前、あれを使った殺人未遂事件があったんで覚えてた。トウゴマは別名ヒマとも呼ぶ。ひまし油の材料になる。そして、驚くことに日本でもほとんど野放し状態だが、実は猛毒のリシンも抽出できる。素人に、どの程度の精度でできるのかわからんが、あんたは色々物知りだ。おふくろが実験対象にならない確証はない。

それでもまだ、まさかとは思っていた。しかしあんたに会って、話をして、目を見たときに確信したよ。この前もちょっと言ったがあんたは『リトル』なんかじゃない。秀嗣なんかよりよっぽど腹がすわってる。だから、あんたのお母さん、まさ枝さんとかいったな。たずねて行ったよ。あんたにはおれがいいと言ったこと以外絶対に話さないようにと、強く口止めもした」

それで洸太と訪問したあの日、しつこく「どうしたの？」と訊いてきたのだ。無関心が身上のあの女にしては妙だと思った。

「何を話したの？」

「すべてさ。あんたの家族に起きたすべてのことについて、おれの想像を話した」

「それでなんて？」

「最初はとぼけていた。しかし、やはり何か隠しているのはすぐにわかった。おれの目を見ようとしないからな。警察でなかったら追い返したかったところだろうけど、こっちももはや半ば仕事だ。おれは、納得がいくまで何度でも来ると言った。そして、あるキーワードを出して説得した」

興味が湧いてきた。黙って先を待つ。

「暴力は弱いもの、無防備なものへ向かう。娘さん――つまりあんたのことだ――はまた暴走するかもしれない。今度の犠牲は治子かもしれないしあなたかもしれないしもっと弱い存在かもしれない、と言った」

はじめの二人はどうでもいいが、三人目は聞き捨てならない。

「それって、洸太のこと？」

優平がまじめくさってうなずいたので、つい声をたてて笑ってしまった。

「ばかみたい。そんなことあるわけないでしょ。あなた、子どもがいないからそんなこと言えるのよ」

「こう言ってはなんだが、子殺しはめずらしくない。人は自分さえ殺すんだ。ほかの誰を殺してもおかしくはない。特に、心に深い傷を負った人間はね」

何を知っているというのか。黙っていると、優平が先を続けた。

「まさ枝さんはしばらく考え込んでいたが、どこからか日記を持ち出してきた。それを貸してくれた」

「日記？」

優平が、ああそうだ、と楽しそうにうなずく。

「やっぱり知らなかったな。知ってれば、手荒なことをしてでも手に入れてただろうかな」

日記とはなんだ？　眉根を寄せて考えていると、優平が説明してくれた。

「あんたの姉さんの日記だよ。木乃美さんのな。そこにいろいろ書いてあった」

そんなものがあったとは知らなかった。まさ枝にしては、よく隠し通したものだ。

「日記といっても、覚え書きというか、単語の羅列みたいなものだ。それでも意味はわかる。潔さんが行方不明になった日、たまたま、木乃美さんは実家に帰った。そうしたら、まさ枝さんから、『お父さんがいない。あの増水した川に釣りに行ったみたいだ。見てきてくれ』と頼まれたので、様子を見に行った。そこであんたが河川敷の草むらを掻き分けて出てくるのを目撃した」

そうだったのか。あの日見た女の人影は、母ではなく、姉だったのか。

「ただ、こう言ったらなんだが、お姉さんは、心配して行ったのかどうかはわからない」

そこで意味ありげに笑った。

「けっきょく、あんたがやらなくても、同じ結果になったかもしれない」

「姉は殺したりしない。それほどにはあの男を恨んでいないから。たぶん、わたしがあとを追ったと聞いて、何が起きるか見物に来たのよ。そのほうがしっくりくる」

里佳子が小学生のころから父親にされていたことを、木乃美は気づいていた。まさ枝が知っていたかどうかは、確信が持てない。うすうす、感づいていたという程度だろうか。まさ枝は、見なかったこと、知らなかったことにする天才だ。

「じゃあ、そういうことにしておくか。とにかく、物証はないが十三年前、あんたは父親を川に突き落とし、六年前には、洸太が欲しくて姉を同じ方法で始末した。――どうやっておびき出した？」

「おびき出してなんかいない。向こうから話があるって言いだしたのよ」

「ほう。どんな話？」

「さあ、結局聞いてない。たぶん、洸太の父親のことだと思うけど。『じゃあ、散歩しよう』って言って、河川敷に行った。小さいころから、何かというと、我が家の散歩はあの河川敷だったから」

さすがに、潔を突き落としたあたりの草むらに分け入ったわけではない。しかし、増水して人けのない河原なら、突き落とす場所などいくらでもある。

「お姉さんなりに、何らかの決着をつけようとしたのかもしれない。最後の日のところに『これからRと話す』って書いてある。自然に考えて、あんたのことだよね。そしてそれを、絶対みつからないような、高校だか中学だかの参考書の下にしまっておいたんだ。もしも自分に何かあれば、あのお母さんなら本の一冊も捨てないはずだと思ったんじゃないか。そうまさ枝さんが言ってた」

　強いものには立ち向かえないくせに、ねちねち、いや、ねばねばとした母親と姉だ。

「まあ、そんなわけで、あんたのやり口はわかった。それでもって、戸籍は離れたとはいえ、自分の母親が次のターゲットになっている可能性がある。これは放っておけないだろう。かといって、そんなあやふやな状況証拠で強制捜査もできない。でもって、休暇をもらった」

「休暇？」

「そう。この職について、休日出勤は数えきれないほどしたが、非番以外で休んだのは、五年前にインフルエンザで四日間寝込んだときだけだ。だから、十日ほど休暇をもらった。それで、何というか一種の潜入捜査をしたわけだ。ただ、それでもときどき『会社』に呼び出されたのには困ったけどね」

　なるほど、それで、日によって帰りが遅かったり、まったく寄らなかったりしたのか。もうひとつ疑問がある。

「あの、長々説明していたクラウドファンディングの件は、どういうこと？」

　優平は、顔をしかめたが、どこか芝居臭かった。

「言わないでくれって頼まれたけど、あれは秀嗣が実際にヘッドハンティングされかけてる会社だよ。どうも、海外への異動がよっぽど嫌らしくて、転勤のない仕事を探してるみたいだ。それで、おれを利用して、あんたの反応を見ようとした。ちゃっかりしてる。まあしかし、おれに言わせれば、いまの会社にいたほうがいいと思うけどね」

「それを弟に言ってやって」

優平は笑いながらうなずいた。

「もしかして、緒方くんも一味？」

「おお、それそれ。それも説明しとくか」優平は自慢げな口調で言い、手にしていたボールペンを上下に振った。「あんたのことを尾行してたら、彼に行きついてね。バーターでこんどネタを流すと言ったら、すぐに食いついてきた」

「北海道の詐欺師の話は？」

「あれは本当の事件だよ。犯人像がおれに似ているのを選んだ」

それで緒方は、あんなにしつこかったのだ。やはり、人が変わったという印象も当たっていた。どれもこれも、理屈で考えるより、直感のほうが当たっていたということか。無理やり、理屈で捻《ね》じ曲げていたのだ。笑える。ほんとに笑える——。

「そういえば、この前の猫を殺して人の家の庭に投げ入れた事件の犯人が捕まった。近所の浪人生だ。親と喧嘩するたびにそんなことをしてたらしい。昨年末の、首を切られたハムスターだとか魚の内臓だとかの一件も、そいつのしわざだろうと所轄は見てる。

あんたじゃなかったんだな」

「あたりまえです。首を切り落とすなんてできない」

「でも、ハムスターの首の骨を折ってママ友の家に投げ入れたのは、あんただろう。模倣犯だ」

否定してもしかたない。そのとおりだ。

庭に出入りしている猫は捕まえられなかったので、ホームセンターで買ってきた子どものハムスターの首を折って、千沙の家に投げ込んだ。ついでにいえば、亜実が働く『シャンボール』のあんぱんにチャドクガの幼虫を押し込んで、棚に戻したのも里佳子だ。どいつもこいつもよけいなことを言いすぎるからだ。

「とにかく、あんたは追いつめられると、そしてほかに選択肢がないと、手段を選ばずに排除する性質だとわかった。だからおれが邪魔になれば、おれを殺そうとするだろうと思った。秀嗣にはそこまで言ってない。顔に出るからな。まあ最悪死ぬなら死ぬでもいいいと思った。すくなくとも、おふくろの命と引き換えになるしね。そしたら、言い含めておいたまさ枝さんから連絡があって、夜、あんたに呼び出されたという。いよいよ決行だとわかった。それで秀嗣にも待機してもらった」

そして、あの夜の仕儀に至ったというわけだ。油断しているように見えたのは芝居だったのか。

「怖いと思わなかった？」

「思ったさ。あんたは何かというと、すぐにキッチンのほうを見る。最初は包丁かと思ったが、どうやらペティナイフをしょっちゅう持ち出しているらしい。だから、暑いのを我慢して薄い防刃ベストをシャツの下に着ていた。

そしたら、腹じゃなく頭に来たもんな。ずっと気配を追っていたから、なんとか最悪は避けられた。危ないところだったよ。まあおかげさまで、診断書がとれて事件化することができた」

話を聞くほど、腹立たしさが消えて楽しくなってくる。ここ最近仕事で接した作品よりもユニークだ。

とうとう笑いを抑えられなくなった。けらけら笑うのを、優平は怒るでもなく見ている。

「教えて。あなたがやった無礼なことは、すべてわたしをイライラさせるため？　動物園の迷子事件とか」

「もちろん。怪我をさせるつもりもなかった」

「露骨にあやしげな登場のしかたとか、車をわざと動かしたのも？」

「芸が細かいだろう」

「ならば、ゲラを隠したのも？」

「あれは申し訳なかったと思ってる。休暇が残り少なくなってきて、もう一押し欲しかったからね。ついでに言うと、チャドクガの幼虫もおれだ。おれが寝る予定のソファベッドの上でもぞもぞしてるのを見つけたから、隙を見てあんたの布団に返却しておいた。そうそう、五千円がなくなったらしいが、それはおれじゃない。息子の口から言いづらいが、おふくろかもね。唐突に、小遣いを五千円くれたから」

笑いが止まらない。

「さて、こっちの長話は終わりだ。証拠がでない案件もあるだろうが、それはそれ、あらいざらいぶちまけてもらおうか」

もはやどうでもよくなって、訊かれるままに、中学入学のころからのことを順序立てて話した。不思議なことに、話すうちに心が軽くなっていく。

「ねえ、風は吹いている？」

「はあ？」

「外は風が強いかって訊いてるの」

「きょうは風はないな。カラッとしていい天気だよ。こんな部屋に閉じこもっているのがもったいないぐらいだ」

ならば、帰りに本を買おうと思った。

庭の雰囲気を変えたいと思っていた。帰りに書店に寄ってガーデニングの本を購入しよう。資料費として経費に計上できるかもしれない。夜はハンバーグだ。またデパ地下の食材売り場で、今回は一番いい肉を買って、自分でミンチにしよう。

洸太の喜ぶ顔を思い浮かべたら、なんだか心が温かくなってきた。

このささやかな幸せを守るためなら、『リトル』は何でもするつもりだ。

終章

《おれは引き絞ったボウガンの矢を、女の腹のあたりに向け、引き金に力を込めた──。》

あのあとがどうしても思い出せない。

無機質な通路を歩きながら、折尾里佳子はそんなことを考えていた。

小説のタイトルはたしか『遥か深き夜の底から』だった。小説家のほとんどは、刑務所どころか留置場にさえ入ったことのない優等生が多いと聞いた。そんな彼らが「遥か深き夜の底」など、覗いたことがあるのだろうか。

あの場面で引用されていたのは、たしか「深淵」についてのニーチェの有名な言葉だった。

校閲したときに、自分で原文から訳してみた覚えがある。

皮肉なことに、自分もまた、深淵を覗いてしまったくちだ。

そういえば、この通路はずいぶんと薄暗い。掃除は行き届いているが、華やかさがまったくない。あの、まばゆいほどに明るかった衆星出版の通路を思い出す。たった、二か月前のことなのに、ずいぶん昔のことのようだ。

「入りなさい」

女性の職員に促されて、やはり愛想のないドアからさらに愛想のない部屋に入る。白い壁に囲まれて、入り口脇の壁際に小さな机があるほかは、備品のようなものは何もない。

ここは警察の取調室とはまた違う。あのうぬぼれ屋で皮肉屋の男も、もう登場しない。正面だけは異様に大きな窓になっている。といってもガラスではないらしい。プラスチックだろうか、アクリルだろうか。いまの自分には調べる術《すべ》がない。ひとまずアクリル板ということにしておこう。

「座りなさい」

命じられるまま、愛想のない椅子に腰を下ろす。通話用の小さな穴がいくつも空いたアクリル板のむこうにふたりの男が座っている。ひとりはよく知っている顔だ。夫の折尾秀嗣、会社に着ていく中で一番いいスーツを着ている。

その隣に座る男は知らない顔だ。秀嗣や里佳子と同世代に見える。

「どう？　メシは食えてる？」

秀嗣が訊いた。相変わらずのほほんとした表情からは、冗談なのか本気で心配しているのか判断がつかない。

「あまり食欲もないから」と、こちらも適当な返事をする。

「そういえば、例の社内ＰＤＦまき散らしの犯人がわかったよ。なんと、うちの課長だった。家庭の問題とかいろいろストレスがあったらしいけど、まあ、辞めるしかないだろうね」

「そうなの」

まったく関心はなかったが、里佳子が応じると秀嗣は満足そうにうなずき、隣の席の男を紹介した。

「こちら、新しく弁護をお願いすることになった、奥山《おくやま》先生だ」

紹介された男が、軽く頭を下げ、名刺を取り出し、アクリル板に寄せた。

「白石《しらいし》法律事務所の、奥山圭輔《けいすけ》と申します。今後の弁護を受け持たせていただくことになりました」

「いままでの弁護士さんは？」

詳しい経緯は知らないが、逮捕直後に「当番弁護士」を担当してくれた弁護士に、継続してもらっていた。あまり熱心そうではなかったが、どうでもいいと思っていた。

秀嗣が答える。

「ある人に勧められて、紹介していただいたんだよ。こう言ったらなんだけど――」そこでいったん言葉を切り、許可でも得るような顔で隣の奥山弁護士の顔を見た。奥山弁護士が軽くうなずいた。

「奥山先生は、子どものころからかなり辛い目に遭われていて、家庭内のトラブルも経験されている。だから、里佳子の弁護にはいいんじゃないかって思って」

見れば最初の弁護士より、身なりに金がかかっていそうだ。

「費用払えるの？　ぼったくられるんじゃない？

奥山弁護士が苦笑するのが見えた。秀嗣が「すみません」と謝って、こちらを見た。

「実は、紹介してくれたのは、緒方とかいう人なんだ。ライターだったたっけ？　きみの昔からの知り合いらしいね。ぼくは知らなかったけど」

「緒方くんが？」

くん、とつけたところで、秀嗣は少しだけ嫌な顔をしたが、それはすぐに消えた。

「なんでも、奥山先生とは仕事の関係でお知り合いらしい」

「だからって……」

「なんだか、今回の一件では結果的に迷惑をかけたかもしれないので、費用は自分がもつからって」

「そんなわけにはいかない」

「そうかな。甘えればいいと思うけど。それに奥山先生の事務所は、お金があまりない人に優しいって評判なんだよ」

相変わらず、さらっと無神経なことを言う。奥山弁護士も苦笑している。

「無料というわけにはいきませんが、ぼったくりはしませんのでご安心ください」

それは無視して質問する。

「先生は……」

「すみません。まずは『先生』をやめてください。ご主人にもお願いしました」

アクリル板の向こうで秀嗣がまたぺこぺこ謝っている。相変わらず、権威みたいなものに弱い性格だ。

「では、奥山さんは、こんな言葉をご存じですか。『お前が長く深淵を覗き込むとき、深淵もまたお前を覗き込む』」

奥山弁護士はほとんど表情を変えずにうなずいた。

「ニーチェの有名な一節ですね。その前半は『怪物と戦うものは、それが故に自身が怪物にならぬよう用心せよ』だったでしょうか。わたし自身、身をもって体験しました」

話を合わせる気配も、知ったかぶりも同情も、よけいな意識はいっさい感じなかった。

「わかりました。よろしくお願いします」

頭を下げた。

奥山弁護士は、いきなり本題に入った。

「里佳子さんが受けたのは、一種の囮《おとり》捜査です。それも、『犯意誘発型』といって、捜査手法としては認められていません。それに、かなり悪質な嫌がらせも受けています。そこをつけば、刑の軽減、場合によっては逮捕、起訴の無効を訴えることもできると思います」

「囮であろうとなんであろうと、わたしがあの優平という男を殺そうとしたことは事実です。罪は逃れたいですが、それ以上につまらない嘘はつきたくありません」

奥山弁護士は、そうですか、とうなずき、おそらくは場のつなぎだろうが、手にしていた資料に目を落とした。ふと、この男なら暗記しているのではないかと思った。

「少し、幼少期のお話をうかがいたいと思います。ご主人には外で待ってもらおうと思いますが、いかがですか」

秀嗣の顔を見た。話を聞かれることはかまわないが、この器の小さな男には受け止められないだろうと思った。

「そうしてください」

奥山がちらりと視線を向けると、職員も、では終わりましたら声をかけてください、と言って部屋を出ていった。弁護士はいわば〝特権〟を持っていて、職員の同席なしで接見できるのだ。

秀嗣が出ていったあとでも、奥山弁護士の態度は変わらなかった。

「お母様のまさ枝さんから、お話をうかがいました。里佳子さんの許諾を得ないかぎり、法廷では話さないという約束で」

「そうですか」

「ふたりだけですから、単刀直入にうかがいます。里佳子さんは、幼いころから、実の父である小川潔氏に性的虐待を受けていましたか」

「あれは」と言いかけたところで、一瞬言葉に詰まった。「——少なくとも、一般的ではないことをされていました」

「具体的にうかがってよろしいですか」

深い、おそらくは逮捕されてからもっとも深い息を吐き、昔のことを語った。記憶の底に封印したはずなのに、まるできのうのことのように思い出すことができた。酒臭いあの男が、自分の妻を殴ったあと、気晴らしに自分の娘にしていたことを。

あの男も小心だった。妊娠という事態を恐れていた。里佳子に対して最後の一線を越えなかったのは、罪悪感や、まして里佳子の心身を気遣ったからではない。トラブルが形をなすことを恐れたのだ。目に見えないことはなかったことにできる——。

だからそれ以外の、妊娠の恐れがないいろいろなこと、別な家庭に生まれていたら想像もしなかったようなことをされた。それ以来、男に触れられても快感を抱いたことはない。

話し終えたとき、自分が泣いていることに気づいた。

聞き終えた奥山弁護士の顔つきが曇っていた。

「ずいぶん、辛い体験をされましたね。どこまで公表するか検討する必要があります。ありのままでは、マスコミに扇情的に扱われて、潔氏の断罪どころか、里佳子さん自身が好奇の目にさらされます」

自分に注がれる視線などどうでもよかった。しかし、洸太がその犠牲になるのは耐えられない。

「一切公表しないでください」

「しかし、それでは正当性が……」

「正当性なんかどうでもいいです。わたしは、自分の意志であの男を増水した川に突き落としました。そのことに微塵《みじん》も後悔はありません」

あの日、家の前で顔を合わせたあの男に、めずらしく責める言葉を吐いた。あの男はにやにや笑いながら里佳子に向かってこう言った。

「今夜、久しぶりに楽しいことをしてみるか？」

奥山弁護士は少しのあいだ眉間に皺をよせて考えていたが、やがてわかりましたと答えた。

「では、そのことを公表せずに戦いましょう。——もうひとつ、お義兄さんは、木乃美さんのことについても立件しようと意気込んでいますが、その場合に備えての予備知識です。これを訊くために、ご主人には席を外していただきました」

一度言葉を切って、里佳子の目を見ている。何が訊きたいのかわかっていた。

「洸太くんの父親が誰かご存じですか？」

いまさらという気もするが、うなずいてから答えた。

「わたしの夫、秀嗣です」

「そう考える根拠は？」

「鈍感なママ友だって気づくほど、目のあたりなんてそっくり。いろいろ性格なんかもね。どうしても証拠をっていうなら、ＤＮＡ鑑定すればはっきりする」

「いつ、そのことに気づきました？」

「ほとんど最初から。夫は隠しごとができないんです」

「あなたが気づいていることを、ご主人は認識されていますか」

「ですから、あの人は、人の心を推察するなんていう芸当ができないんです」

だからこそ結婚したのだ。それに、最初に誘ったのは姉の木乃美に決まっている。秀嗣は断れない性格なのだ。

「では、ご主人は自身が洸太くんの実の父親であることは認識されているのですか」

「さあ、どうでしょう。結論を知りたくないことは考えない人ですから」

「もうひとつ、単刀直入にうかがいます。あの日、川にお姉さんを突き落としましたか？」

はいと答える代わりに、さっきから気になっていることを訊いた。

「先生、外は風が吹いていましたか？」

奥山弁護士は、どうしてそんなことを問うのか訊き返しはせずに、しかし少しだけ不思議そうに首をかしげ、いいえと否定した。微笑みが浮かんでいた。

「外は、風はほとんど吹いていなかったと思います」

その言葉を聞いたとたん、水流を押しとどめていたうすい膜を破ったように、再び涙があふれ出した。

「どうかしましたか」

奥山弁護士の問いには答えず、頭を下げた。勢い余って、ごつんと音をたてて面会用の台に当たった。

「先生。この先、どうぞよろしくお願いします」

「わかりましたから、頭を打ちつけるのは止めてください」

奥山弁護士に呼ばれた職員が部屋に入ってきて止めるまで、何度も何度も額を台にぶつけ続けた。頭の芯がしびれてきた。

ただ——。自分はただ、ごくありきたりで平穏な暮らしがしたかっただけなのに。三人で仲良く生きてゆきたかっただけなのに。

「洸ちゃん、洸ちゃん。会いたいよ」

ごつんごつんと額をぶつけるたびに、ぼたぼたと水滴が落ちた。

「会いたいよ。洸——」

どちらの子の名を呼んでいるのか、自分にもわからなかった。

解説

千街晶之

何か奇妙なことが身辺で起きている。だが、その原因が何なのかもわからぬまま、事態はどんどん悪化し、日常は崩壊してゆく——。

そんな、じわじわと迫ってくる恐怖を描かせれば、伊岡瞬は達人と言っていい作家だ。そして、本書『不審者』（《青春と読書》二〇一八年七月号〜二〇一九年六月号に連載。二〇一九年九月に集英社から単行本として刊行）は、そうした著者の本領をたっぷりと味わえる逸品である。

著者の小説の多くは、まず序章の時点で読者の興味を摑んでみせる。本書も例外ではない。何が起きたのか、それからどうなったのか——と、読者を不安に満ちた世界へと誘《いざな》ってゆく。

しかし、その後しばらくは、ある家族をめぐる平穏な日常描写が続く。主人公である折尾里佳子は、食品会社に勤めている夫の秀嗣、五歳の息子・洸太、義母の治子と暮らしながら、自宅でフリーの校正・校閲の仕事をしている。例えば、小説家がある情景を書いたとする。だが、そこには誤字ばかりでなく、言葉の誤用、その前の描写との矛盾、明らかにリアリティを欠く描写などが紛れ込んでいるかも知れない。それらを、原稿が出版物として店頭に並ぶ前にチェックし、編集者を通して指摘するのが校正・校閲の役割である。この仕事がなければ、本書も、この解説も、間違いだらけの状態で世間に流通してしまう可能性があるわけで、その役割たるや重大である。もちろん、間違っているように見える描写でも、小説家が意図的にそう書くことはあり得る。それでも校閲者は小説家にそれを指摘しなければならないわけで、作中にある通り、「感謝されることもあるが、憎まれ役」となる場合もある仕事だ。

このように簡単に紹介しただけでも、校正・校閲が大変な注意力を必要とする作業であることがわかるだろう。里佳子はこの仕事に向いた性格のようだ。几帳面で、慎重すぎるほどに慎重。そして、彼女が校閲者だという設定には物語の進行上でも意味がある。つまり、在宅で可能な仕事であるため、里佳子の家族たちの身に起きたことや、同じ幼稚園に子供を通わせているママ友たちとの関係などを詳細に描くことも出来るわけである。

夫の秀嗣は呑気で些《いささ》かデリカシーを欠く面もあり、義母の治子は気が強い上、高齢ということもあって記憶が覚束《おぼつか》ないことがある。とはいえ、里佳子を取り巻く日常は、おおむね平穏と言っていい。

そんな日々が、紅茶に入れた角砂糖のように少しずつ崩れてゆくきっかけは、里佳子が幼稚園の先生から、正体不明の男が洸太に話しかけていたと聞かされたことである。洸太に確認すると、相手は知らない人だったという。折しも、近隣では押し込み強盗事件や、首を切られたハムスターの死骸や腐りかけた魚の内臓が個人宅に投げ込まれる事件が立て続けに起こっていた。そんな事情もあって、里佳子は謎の男の存在に不安を抱く。

間もなく秀嗣が、二十一年前から音信不通だった兄の片柳優平を家に連れてきた。兄弟で苗字が違うのは両親が離婚したからであり、優平は最近クラウドファンディングの会社を立ち上げたという。洸太に話しかけた男とは優平だったのだ。しかし、母親の治子は「優平はこんな顔じゃないわよ」「息子の顔を忘れるわけがない」と主張する。

秀嗣が生き別れの兄と打ち解けたため、優平は折尾家に出入りしはじめ、やがて居候同然になるが、里佳子はどうしても彼への警戒心を捨てきれない。洸太も彼になつき、最初は知らない人だと言い張った治子さえも気を許す状態の中、彼の言動がいちいち気になる里佳子は精神的な孤立を深めてゆく。そして彼女の身辺では、校正したゲラの一部が紛失するなど、不可解な出来事が起きはじめた……。

里佳子のママ友や実母や高校時代の同級生らも登場するとはいえ、本書は基本的に、一軒の家、ひとつの家族を中心に展開される物語である。思い返せば著者の小説では、さまざまな家族が描かれてきた。そもそも、第二十五回横溝正史ミステリ大賞の大賞とテレビ東京賞をダブル受賞したデビュー作『いつか、虹の向こうへ』（二〇〇五年）からして、主人公である中年の警備員・尾木遼平と三人の男女の擬似家族的な同居関係が描かれていた。その後の作品を読んでも、『七月のクリスマスカード』（二〇〇八年。文庫化の際に『瑠璃の雫』と改題）の小学六年生・杉原美緒をめぐる複雑な家庭環境や、『悪寒』（二〇一七年）の自分の妻が殺人を犯したことで混乱の渦中に巻き込まれる会社員・藤井賢一の困惑と懊悩《おうのう》などは特に印象に残る（特に夫視点の『悪寒』は、妻視点の本書と好一対のサスペンス小説と言えよう）。主要登場人物たちが一般人ではなく警察官である場合でさえ、例えば『痣』（二〇一六年）のように、妻を殺された主人公の真壁修を含む複数の警察官の家庭の事情が物語に密接に絡んでくる。

《きらら》二〇二〇年一月号に掲載されたインタヴューで、著者は次のように語っている。

『不審者』では、欠損のない家族を描いてみたいと思っていました。しかし欠損のないように見える家族にも、必ず欠けている何かがあるという結論に行き着いたように感じます。

デビュー作の『いつか、虹の向こうへ』のときから、人間はひとりぼっちで生きていけるのかを自問自答しています。ひとりぼっちで生きていけないとすれば、最も側にいてくれるのは、家族のはず。その家族が信じられるのか？　家族を壊すのは何か？　いったい家族とは何だろう？　という問いを、小説で繰り返しています。
　人間を深く考えるうちに、いつの間にか家族がテーマになっていきました。作家として、そこから逃れたいときもあります。でも、人間の実像を突きつめていくと、家族に集束していくしかないのでしょう。

　家族とは最も身近な存在だが、それぞれ性格も考え方も異なる人間同士の組み合わせでもあり、互いに秘密がある場合も少なくない。家族のそれまで知らなかった仮面の下の素顔を知った時、そこにサスペンスが生まれる。そんな人間関係を描いてきた著者の作品の中でも、本書は特に家族という存在に焦点を絞っている。優平の言動が次第に挑発的になり、夫ばかりか実母さえ何かを隠しているような態度を見せることで、里佳子の疑心暗鬼は頂点に達する。「リトル」というあだ名があるほど小心な彼女だからこそ、人一倍注意力があり、おかしな点を見逃さないのである。最初に息子に話しかけた男の情報を耳にした段階で、「通りすがりの人が、『家にはだれかいる？』などと訊くだろうか」と細かい点を気にするあたり、里佳子の性格と、校閲者としての職業的な習性とが組み合わさった描写となっており、秀逸である。序盤の日常描写が淡々としているからこそ、サスペンスのギアが入ってからの緊迫感が引き立つよう計算されている点も見逃せない。

静かで穏やかな日常が不審者の闖入により掻き乱される物語といえば、イギリスの作家ヒュー・ウォルポールの短篇「銀の仮面」を思い浮かべるミステリファンも多いだろう。江戸川乱歩から絶賛されたことでも知られるこの作品は、独り暮らしの裕福な女性ソニアが、貧しい青年ヘンリーを哀れに思って家に招き入れ、食事を振る舞ったところ、ソニアの家を再訪したヘンリーはどんどん彼女の善意につけ込んでゆく……という物語である。こうしたパターンの物語は決して珍しいわけではないけれども、このヘンリーや、映画『家族の肖像』（ルキノ・ヴィスコンティ監督、一九七四年）のコンラッド青年（ヘルムート・バーガー）などのように、主人公の平穏な日常を崩壊させてゆく予期せぬ来訪者は、美しい青年の姿で登場することが多い。本書の優平もまた、そのような伝統に則ったキャラクターなのである。

美しい青年といえば、著者は前出のインタヴューで、優平のキャラクターに影響を与えた存在として、パトリシア・ハイスミスの小説を原作とするフランス映画『太陽がいっぱい』（ルネ・クレマン監督、一九六〇年）の主人公のトム（アラン・ドロン）を挙げている。彼と親友のフィリップ（モーリス・ロネ）がヨットに乗り、海上で二人きりになるシーンで、それまで降り注ぐ陽光の下で凪いでいた海が、トムがフィリップを殺害した直後に大荒れになるのだが、著者は「あのシーンのように、凪いでいた海が一瞬で嵐になるような話を、書いてみたいと思いました」「優平は、凪いでいた里佳子の日常に波風を立てる存在です」と語っている。しかし、ここでは伏せられているけれども、『太陽がいっぱい』ほどメジャーではないもののミステリファンのあいだでは知られているある映画が、本書の着想の源になったのかも知れない（ヒントだけ書いておくと、一九五〇年代末のイギリス映画であり、日本では二〇一五年になってようやくＤＶＤ化された）。優平が折尾家にやってきた理由は、その映画を踏襲しているのではないか。

とはいえ、私は本書を読んでいるあいだ、まさかそのパターンだとは予想だにしなかった――伏線が随所に張りめぐらされているので、注意深い読者ならば恐ろしい真実に到達することも可能ではあるのだが。この驚愕の結末を知ってから再び読み返してみると、今まで眼前にあったのとは全く異なる光景が見えてくるに違いない。きめ細かい心理描写によってアクロバティックな着想を成立させた本書の巧妙さは、むしろ再読によってはっきり浮かび上がってくるのだ。

（せんがい・あきゆき　ミステリ評論家）

本書は、二〇一九年九月、集英社より刊行されました。
初出 「青春と読書」二〇一八年七月号〜二〇一九年六月号

伊岡瞬の本

悪寒

会社の不祥事の責任を取らされ、地方に飛ばされた賢一。そんな中、妻を傷害致死容疑で逮捕したと警察から知らせが入る。殺した相手は、本社の常務だった――。渾身の長編ミステリ。

集英社文庫

集英社文庫　目録（日本文学）

安東能明　伏流捜査
伊岡瞬　悪寒
伊岡瞬　不審者
井形慶子　運命をかえる言葉の力
井形慶子　英国式スピリチュアルな暮らし方
井形慶子　「今日できること」からはじめる生き方　イギリス人の格
井形慶子　欧米人はどこに惹かれ、何に驚くのか　日本人の背中
井形慶子　好きなのに淋しいのはなぜ
井形慶子　50歳からの家づくりと仕事　ロンドン生活はじめ！
井形慶子　イギリス流 輝く年の重ね方
池寒魚　隠密絵師事件帖
池寒魚　ひとだま　隠密絵師事件帖
池寒魚　赤い心　隠密絵師事件帖
池寒魚　いきづまり　隠密絵師事件帖
池寒魚　画鬼と娘　明治絵師素描
池井戸潤　七つの会議
池井戸潤　陸王
池井戸潤　アキラとあきら(上)(下)
池内紀　ゲーテさんこんばんは
池内紀　作家の生きかた
池内紀　二列目の人生　隠れた異才たち
池上彰　これが「週刊こどもニュース」だ
池上彰　そうだったのか！ 現代史
池上彰　そうだったのか！ 現代史 パート2
池上彰　そうだったのか！ 日本現代史
池上彰　そうだったのか！ アメリカ
池上彰　そうだったのか！ 中国
池上彰　池上彰の大衝突　終わらない巨大国家の対立
池上彰　海外で恥をかかない世界の新常識
池上彰　池上彰の講義の時間　高校生からわかるイスラム世界
池上彰　池上彰の講義の時間　高校生からわかる原子力
池上彰　池上彰の講義の時間　高校生からわかる「資本論」
池上彰　そうだったのか！ 朝鮮半島
池上彰　これが「日本の民主主義」！
池上彰　君たちの日本国憲法
池澤夏樹　写真・芝田満之　カイマナヒラの家
池澤夏樹　憲法なんて知らないよ
池澤夏樹　パレオマニア　大英博物館からの13の旅
池澤夏樹　異国の客
池澤夏樹　叡智の断片
池澤夏樹　セーヌの川辺
池田理代子　ベルサイユのばら全五巻
池田理代子　オルフェウスの窓全九巻
池永陽　走るジイサン
池永陽　ひらひら
池永陽　コンビニ・ララバイ
池永陽　でいごの花の下に
池永陽　水のなかの螢

集英社文庫　目録（日本文学）

池永　陽　青葉のごとく　会津純真篇
池永　陽　北の麦酒《ビール》ザムライ　日本初に挑戦した薩摩藩士
池永　陽　下町やぶさか診療所
池永　陽　いのちの約束　下町やぶさか診療所
池永　陽　沖縄から来た娘　下町やぶさか診療所
池波正太郎　スパイ武士道
池波正太郎　天城峠
池波正太郎・選　日本ペンクラブ編　捕物小説名作選　一
池波正太郎・選　日本ペンクラブ編　捕物小説名作選　二
池波正太郎　幕末遊撃隊
池波正太郎　江戸前　通の歳時記
池波正太郎　鬼平梅安　江戸暮らし
伊坂幸太郎　終末のフール
伊坂幸太郎　仙台ぐらし
伊坂幸太郎　残り全部バケーション
いしいしんじ　よはひ

石川恭三　心に残る患者の話
石川恭三　定年の身じたく　生涯青春！をめざす医師からの提案
石川恭三　生へのアンコール
石川恭三　医者が見つめた老いを生きるということ
石川恭三　医者いらずの本
石川恭三　定年ちょっといい話　閑中忙あり
石川恭三　50代からの男の体にズバッと効く本
石川直樹　全ての装備を知恵に置き換えること
石川直樹　最後の冒険家
石倉　昇　ヒカルの碁勝利学
石田衣良　エンジェル
石田衣良　娼《しょう》年《ねん》
石田衣良　スローグッドバイ
石田衣良　1ポンドの悲しみ
石田衣良　愛がいない部屋
石田衣良　空は、今日も、青いか？

石田衣良他　恋のトビラ　好き、やっぱり好き。
石田衣良　答えはひとつじゃないけれど　石田衣良の人生相談室
石田衣良　逝《せい》年《ねん》
石田衣良　傷つきやすくなった世界で
石田衣良　REVERSE《リバース》
石田衣良　坂の下の湖
石田衣良　北斗　ある殺人者の回心
石田衣良　オネスティ
石田衣良　爽《そう》年《ねん》
石田雄太　桑田真澄　ピッチャーズ バイブル
石田雄太　イチローイズム
伊集院静　むかい風
伊集院静　機関車先生
伊集院静　宙ぶらん
伊集院静　いねむり先生
伊集院静　愚者よ、お前がいなくなって淋しくてたまらない

集英社文庫 目録（日本文学）

伊集院静 琥珀の夢 小説 鳥井信治郎(上)(下)
泉鏡花 高《こう》野《や》聖《ひじり》
泉ゆたか 雨あがり お江戸縁切り帖
泉ゆたか 幼なじみ お江戸縁切り帖
泉ゆたか 恋ごろも お江戸縁切り帖
伊勢﨑賢治 布施祐仁 文庫増補版 主権なき平和国家 地位協定の国際比較からみる日本の姿
一条ゆかり 実戦！ 恋愛倶楽部
一条ゆかり 正しい欲望のススメ
一田和樹 天才ハッカー安部響子と五分間の相棒
一田和樹 女子高生ハッカー鈴木沙穂梨と0.02ミリの冒険
一田和樹 内通と破滅と僕の恋人 珈琲店ブラックスノウのサイバー事件簿
一田和樹 原発サイバートラップ
一田和樹 天才ハッカー安部響子と2,048人の犯罪者たち
一田和樹 最新！ 世界の常識検定
五木寛之 こころ・と・からだ
五木寛之 雨の日には車をみがいて

五木寛之 不安の力
五木寛之 新版 生きるヒント1 自分を発見するための12のレッスン
五木寛之 新版 生きるヒント2 今日を生きるための12のレッスン
五木寛之 新版 生きるヒント3 癒しの力を得るための12のレッスン
五木寛之 新版 生きるヒント4 ほんとうの自分を探すための12のレッスン
五木寛之 新版 生きるヒント5 人生にときめくための12のレッスン
五木寛之 歌の旅びと ぶらり歌旅、お国旅 東日本・北陸編
五木寛之 歌の旅びと ぶらり歌旅、お国旅 西日本・沖縄編
伊東乾 さよなら、サイレント・ネイビー 地下鉄に乗った同級生
伊藤左千夫 野菊の墓
伊東潤 真実の航跡
いとうせいこう 鼻に挟み撃ち
いとうせいこう 小説禁止令に賛同する
絲山秋子 ダーティ・ワーク
井戸まさえ 無戸籍の日本人
乾ルカ 六月の輝き

乾緑郎 思い出は満たされないまま
犬飼六岐 青藍の峠 幕末疾走録
井上荒野 森のなかのママ
井上荒野 ベーコン
井上荒野 そこへ行くな
井上荒野 夢のなかの魚屋の地図
井上荒野 綴られる愛人
いのうえさきこ 圧縮《ぎゅぎゅっと》！ 西郷どん
井上ひさし ある八重子物語
井上ひさし 不忠臣蔵
井上麻矢 夜中の電話 父・井上ひさし最後の言葉
井上光晴 明日 一九四五年八月八日・長崎
井上夢人 あくむ
井上夢人 パワー・オフ
井上夢人 風が吹いたら桶屋がもうかる
井上夢人 the TEAM ザ・チーム

集英社文庫　目録（日本文学）

井上夢人　the SIX ザ・シックス
井上理津子　親を送る　その日は必ずやってくる
今邑彩　よもつひらさか
今邑彩　いつもの朝に(上)(下)
今邑彩　鬼
伊与原新　博物館のファントム　箕作博士の事件簿
岩井志麻子　邪悪な花鳥風月
岩井志麻子　瞽女《ごぜ》の啼く家
岩井三四二　清佑《せいゆう》、ただいま在庄《ざいしょう》
岩井三四二　むつかしきこと承り候　公事指南控帳
岩井三四二　室町もののけ草紙
岩井三四二　「タ」は夜明けの空を飛んだ
岩城けい　Ｍａｓａｔｏ
宇江佐真理　深川恋物語
宇江佐真理　斬られ権佐
宇江佐真理　聞き屋与平　江戸夜咄草

宇江佐真理　なでしこ御用帖
宇江佐真理　糸車
植田いつ子　布・ひと・出逢い　美智子皇后のデザイナー 植田いつ子
上田秀人　辻番奮闘記　危急
上田秀人　辻番奮闘記　二　御成
上田秀人　辻番奮闘記　三　鎖国
上田秀人　辻番奮闘記　四　渦中
植西聰　人に好かれる100の方法
植西聰　自信が持てない自分を変える本
植西聰　運がよくなる100の法則
上野千鶴子　〈おんな〉の思想　私たちは、あなたを忘れない
上畠菜緒　しゃもぬまの島
植松三十里　お江《ごう》流浪の姫
植松三十里　大奥延命院醜聞　美僧の寺
植松三十里　大奥秘聞　綱吉おとし胤《だね》
植松三十里　リタとマッサン

植松三十里　家康の母お大
植松三十里　ひとり白虎　会津から長州へ
植松三十里　会津の義　幕末の藩主松平容保
植松三十里　レイモンさん　函館ソーセージマイスター
植松三十里　慶喜の本心　徳川最後の将軍
内田康夫　浅見光彦豪華客船「飛鳥」の名推理
内田康夫　軽井沢殺人事件
内田康夫　北国《ほっこく》街道殺人事件
内田康夫　浅見光彦　四つの事件　名探偵と巡る旅
内田康夫　名探偵浅見光彦のニッポン不思議《ミステリアス》紀行
内田洋子　カテリーナの旅支度　イタリア 二十の追想
内田洋子　どうしようもないのに、好き　イタリア15の恋愛物語
内田洋子　イタリアのしっぽ
内田洋子　対岸のヴェネツィア
宇野千代　生きていく願望
宇野千代　普段着の生きて行く私

集英社文庫　目録（日本文学）

宇野千代　行動することが生きることである
宇野千代　恋愛作法
宇野千代　私の作ったお惣菜
宇野千代　私の幸福論
宇野千代　幸福は幸福を呼ぶ
宇野千代　私の長生き料理
宇野千代　私何だか死なないような気がするんですよ
宇野千代　薄墨の桜
冲方丁　もらい泣き
海猫沢めろん　ニコニコ時給800円
梅原猛　神々の流《る》竄《ざん》
梅原猛　飛鳥とは何か
梅原猛　日常の思想
梅原猛　聖徳太子1・2・3・4
梅原猛　日本の深層　縄文・蝦夷文化を探る
宇山佳佑　ガールズ・ステップ

宇山佳佑　桜のような僕の恋人
宇山佳佑　今夜、ロマンス劇場で
宇山佳佑　この恋は世界でいちばん美しい雨
江川晴　企業病棟
江國香織　都の子
江國香織　なつのひかり
江國香織　いくつもの週末
江國香織　薔薇《ばら》の木　枇杷《びわ》の木　檸檬《れもん》の木
江國香織　ホテル　カクタス
江國香織　モンテロッソのピンクの壁
江國香織　泳ぐのに、安全でも適切でもありません
江國香織　とるにたらないものもの
江國香織　日のあたる白い壁
江國香織　すきまのおともだちたち
江國香織　左岸(上)(下)
江國香織　抱擁、あるいはライスには塩を(上)(下)

江國香織・訳　パールストリートのクレイジー女たち
江國香織　彼女たちの場合は(上)(下)
江角マキコ　もう迷わない生活
江戸川乱歩　明智小五郎事件簿Ⅰ～Ⅻ
江戸川乱歩　明智小五郎事件簿　戦後編　Ⅰ～Ⅳ
NHKスペシャル取材班　激走！日本アルプス大縦断　密着、トランスジャパンアルプスレース　富山～静岡415km
江原啓之　子どもが危ない！　スピリチュアル・カウンセラーからの警鐘
江原啓之　いのちが危ない！　スピリチュアル・カウンセラーからの提言
M　L change the WorLd
ロバート・D・エルドリッヂ　トモダチ作戦　気仙沼大島と米軍海兵隊の奇跡の"絆"
遠藤彩見　みんなで一人旅
遠藤周作　勇気ある言葉
遠藤周作　ほんとうの私を求めて
遠藤周作　父親
遠藤周作　ぐうたら社会学
遠藤周作　愛情セミナー

集英社文庫

不審者《ふしんしゃ》

2021年9月25日　第1刷
2022年7月27日　第5刷

定価はカバーに表示してあります。

著　者　伊岡《いおか》　瞬《しゅん》

発行者　徳永　真

発行所　株式会社 集英社
東京都千代田区一ツ橋2-5-10　〒101-8050
電話　【編集部】03-3230-6095
【読者係】03-3230-6080
【販売部】03-3230-6393（書店専用）

印　刷　大日本印刷株式会社

製　本　大日本印刷株式会社

フォーマットデザイン　アリヤマデザインストア　　マークデザイン　居山浩二

ISBN978-4-08-744292-2 C0193